Alas de Ángel

(Episodios tropicales de A. C. Roy)

DAVID MARTÍN DEL CAMPO

3 1218 00443 8777

1ª edición, 1990
1ª edición en esta colección: marzo, 2009

Alas de ángel
(Episodios tropicales de A. C. Roy)

D.R. © 2008, David Martín del Campo

D.R. © Ediciones B México, S.A. de C.V.
Bradley 52, Colonia Anzures. 11590, México, D.F.

www.edicionesb.com.mx

ISBN: 978-607-480-006-7

A
Enrique Martín del Campo,

alas fraternales

ÍNDICE

III. EL GRIJALVA

IV. HOLBOX

V. SAN ÁNGEL

Lo que me importa el mundo
desde la sombra eléctrica del aeroplano.
Soy un poco de sol desnudo
libre de los pies y de las manos.
Estoy, solamente.
Estoy, nada más.

CARLOS PELLICER

EL FIN DE LOS TIEMPOS

Alto hay que llegar. Eso le había dicho su padre, Omar Abed, mejor conocido como *el Turco*. "Alto hay que llegar", sí, pensó Neftalí al atar la cola del gato.

—Apúrate primo, que ya me quiere rasguñar —se quejó Neguib, con su dentadura siempre visible.

Neguib y Neftalí habían llegado a la playa tan pronto como terminaron su invento. La idea era de Neftalí, pero la fabricación del papalote fue mancomunada. "Nuestro viajero será el gato de la tía Susana". Al principio intentaron cazarlo sin mayor acechanza, pero el felino se escabullía trepando a los roperos. Luego trataron de capturarlo arrojándole una colcha revuelta, pero el gato volvió a escapar y la tía Susana los corrió gritando "¡Desalmados, muchachos hijos de puta!... Váyanse mejor a vender hilos en la plaza".

Neftalí quería llegar alto, como le había sugerido en Tampico su padre Omar Abed, luego que desembarcaron a la abuela Sajiye del *Golden Nagus,* pataleando en la red de la grúa, como a la fuerza la hicieron subir en Ezgharta, al grito de "¡Nooo, a las Américas malditas no!"

Neftalí hizo por fin un nudo ciego en la cola del gato. Neguib también sonrió satisfecho, pero el rasguño del animal en su antebrazo lo obligó a gritar:

—¡Ay, gato hijo de perra!

La cometa era enorme, tan alta como ellos mismos, de papel de china y varas de bambú. La mantenían acostada, sujeta con cuatro ladrillos sobre la arena. El gato, apenas se vio libre de los brazos de aquel mozalbete, echó a correr. Lo habían atrapado con un truco demasiado burdo: una cabeza de pollo, una caja de jabón y un palito. Cuando Neftalí jaló el cáñamo, su primo Neguib comentó:

—Apúrate primo, porque este gato va a romper el papalote.

El felino, al descubrirse sujeto por la cola, se revolvía colérico y trataba de morder el nudo de aquel larguísimo trapo.

Neftalí avanzó contra el viento del "norte", pulsó el cáñamo y gritó:

—Ahora, Neguib; levántalo despacio. Que agarre viento.

El muchacho obedeció, no porque su primo fuera mayor que él y lo aventajara en todo, sino que en verdad el gato empezaba a lastimar la estructura de la cometa.

La sorpresiva racha y el vertiginoso despegue del papalote fueron todos tres, porque se acompañaron con el maullido lastimero que ya se elevaba, zigzagueante, y que Neguib celebró con su boca de mojarra:

—Vuela, vuela, vuela…

Neftalí debió emplear ambas manos para controlar aquello; el plano hexagonal era atacado por la brisa del mar y le exigía ceder una y otra braza de cordel. Cuando el muchacho retenía el cáñamo, la cometa empezaba a cabecear describiendo trayectorias de serpentina, y el pobre gato se balanceaba en el chicote igual que el péndulo enloquecido de un reloj de tormenta.

—Gato, gato; ¿qué ves allá arriba? —preguntó Neguib, exaltado con aquella escena.

Neftalí volvió a ceder la carrera del cáñamo, que ya le quemaba los pliegues de las manos, y la cometa recuperó su desplazamiento cenital. "Más alto, más alto", pensaba el mocetón al soltar el cordel, mientras en su mente vibraba una extraña emoción animal. Quisiera ser el gato agitado por los aires, ocupar ese punto cimero y dominar el horizonte del país. "Hay que llegar alto…", comenzó a balbucir, pero entonces el cáñamo interrumpió su carrera. Dos habían sido las madejas de bramante anudadas, y ahora la cometa aparecía como un punto anaranjado de papel picado entre las nubes que invadían el continente.

—No veo a nuestro tripulante —sonrió Neguib junto a su primo—, ¿se habrá caído?

Neftalí cedió entonces el control del papalote, que ya cabeceaba a izquierda y derecha.

—Está muy pesado, primo —reconoció Neguib, y sonrió emocionado—: Allá debe andar el gato de la tía Susana.

Una súbita racha hizo que la cometa describiera un ocho horizontal, después comenzó a dibujar círculos en espiral creciente, hasta que un último giro concluyó en tierra, más allá de las primeras rocas de la llanura.

—Allá debía andar —corrigió, lacónico, Neftalí; el cordel todavía en su mano.

El primo Neguib ya corría hasta el sitio de la colisión. Neftalí se cruzó de brazos, pensativamente. La emoción había concluido, el cáñamo se agitaba ya sin fuerza extendido a lo ancho de la playa, y no; había que llegar alto, pero de otro modo.

En la distancia Neguib comenzó a describir extraños ademanes. Agitaba los brazos sobre la cabeza y luego los extendía hacia el piso. Neftalí no sabría, sino horas después, que su primo lloraba desconsolado.

—¡Está muerto, Neftalí! ¡Está muerto el gato de la tía Susana! —clamaba Neguib al observar cómo el títere peludo era tironeado juguetonamente por los restos del papalote.

Neftalí miró entonces al caballo de la familia que ramoneaba ahí cerca, las ancas vueltas contra el viento. Comenzó a recuperar el ovillo de cáñamo; no quería ya pensar en nada. Entonces detuvo el manoteo, algo le hizo volver la cabeza hacia arriba.

Neguib también sintió aquello. Dejó de mirar el cuerpo estallado del felino y elevó la mirada hacia el cielo. "¿Qué será eso?", se preguntó.

Confundidas con el rumor del viento, otras voces llegaban a ese páramo mineral. Aquello parecía un lamento metálico, los aullidos quebrados de un lobezno, agónicos gemidos de la resurrección de los muertos.

Neguib miró al gato de la tía Susana, miró hacia arriba y se persignó asustado.

—¡Ay no, Dios santísimo! —murmuró al dejarse caer arrodillado porque el fin de los tiempos había llegado— ¡Fue idea de mi primo! —lloró implorante.

Neftalí quedó paralizado y de pie. Aquello le fascinaba. La voz parecía cantar y quejarse a un tiempo, como un coro celestial navegando entre las nubes que se deslíeían al topar con tierra firme. Volvió a experimentar ese pulso visceral que mordía las arterias bajo la piel.

—¡Arcángel San Miguel, ampáranos! —se encomendaba, devorado por el pánico, el joven Neguib— ¡Virgen santísima; detenlo! —porque ésas eran las trompetas del Juicio Final, ya se lo había contado la abuela Sajiye ante su altar maronita, cuando le advirtió que el Holocausto comenzaría en las Américas. Y sí, ya aparecía la silueta del primer arcángel, a contraluz de un sol que pronto se extinguiría bajo la lluvia del hielo ardiente, en esa playa donde el gato de la tía Susana lanzó su último maullido.

I

CORPUS CHRISTI

EN TIERRA, POR FIN, ELLA

—¿Doscientas libras, Jesús? —preguntó en español el piloto de la Aero Navigation Limited. Ángel Roy sabía que la capacidad del Bristol Scout era de 270 libras; o un pasajero con su equipaje.

El mexicano Jesús Martín revisó la lista del cargamento, apoyó un codo en el ala baja del biplano:

—Ciento cuarenta, jefe Roy —y luego precisó—: ciento treinta y el maletín de usted.

El piloto hizo una mueca, contrariado, no porque en ello le fuera la sobrevivencia, sino porque del negocio dependían, obviamente, sus ingresos.

—La gente sigue prefiriendo el correo terrestre, jefe Roy. El tren hace veinticinco horas hasta Miami, y "nuestro avioncito" cubre la distancia en cuatro horas de vuelo continuo… pero hay que hacer escalas. Y de noche no hay servicio: ahí es donde lo empata el ferrocarril, jefe.

Los vuelos nocturnos aterraban a Roy. Su único accidente había sido nocturno, luego del prolongado entrenamiento en Baton Rouge, en el verano de 1917.

—El vuelo nocturno es lo más parecido a un primer coito —Roy destapó el depósito de combustible, introdujo en él la regla de cedro—. Entonces no hay tiempo ni distancias; el vértigo te ciega, se apodera de ti sin que sepas cómo terminará eso, porque ¡Dios santo, en algún momento deberás acabar en tierra!

La regla de cedro marcaba dos tercios de su longitud; el depósito debía superar los 80 litros de gasolina. El bracero Jesús Martín no dijo nada. Cada vez que los pilotos de la empresa referían sus experiencias, él callaba con recato para reinventarse después aquellas aventuras como propias.

Ángel Roy trepó entonces a la carlinga del Bristol. Manipuló a izquierda y derecha el manubrio de alabeo mientras miraba los bordes posteriores de las alas; empujó y tiró de la palanca de profundidad para inquirir con la mirada al mozo del aeródromo, quien ya repetía con la mano los movimientos del ala posterior. Aquella era una rutina necesaria, y cuando accionó los pedales del timón, prefirió girar la cabeza para ver la cauda azul del biplano virando a babor y estribor. Después observó su reloj de bolsillo. Lo sincronizó con las manecillas del tablero. Faltaban dieciséis minutos para las 7:30 y el despegue.

—¿Ciento cuarenta libras? —volvió a preguntar.

—Ciento treinta, y su equipaje de usted, jefe Roy —recordó Jesús Martín bajo el fuselaje amarillo del Scout.

El piloto de la Aero Navigation hizo retroceder la cremallera del asiento; con ello compensaría la estabilidad de vuelo. Entonces un balido lo distrajo.

Cerca de ahí, al otro lado de la estacada, un arriero conducía un hato de borregas. El aeródromo de Nueva Orleáns estaba situado muy cerca de los muelles, donde esas ovejas abordarían pesadas barcazas para remontar la corriente del Mississippi. ¿De dónde vendrían? ¿De Escocia, de España?, imaginó Roy mientras aquellas borregas trotaban en el fango rumbo a los muelles fluviales.

—¿Has matado borregos, Jesús? —preguntó de pronto.

—¿Borregos?, no jefe Roy. Ni una mosca.

El piloto del Bristol Scout volvió a torcer el cuerpo. Atrás del respaldo quedaba un estrecho compartimiento, que era la bodega del biplano. Comprobó que los paquetes estuvieran correctamente estibados. Una o dos veces por semana ese hueco era ocupado por valientes pasajeros que, más llenos de curiosidad que de prisa, recorrían la ruta Nueva Orleáns-Mobile-Panamá City-Tallahassee-Ocala-Orlando-Miami; "el primer servicio postal aéreo del sur", como referían los folletos publicitarios de la Aero Navigation Limited.

—Yo sí —continuó el piloto Roy—. Fue hace tres años, en Alemania.

—¿Alemania? —el mexicano Jesús Martín sonrió, y ya se le nublaba la imaginación al evocar aquellas exóticas referencias.

—Desembarcamos en Burdeos en octubre de 1918, dos semanas antes del armisticio de Rethondes. Nos sentimos entonces los reclutas más inútiles del universo. Durante seis meses me entrenaron en aparatos Curtiss, hasta mi accidente nocturno —Roy se acarició el hombro derecho—; y allí estábamos en el aeródromo de Nancy, ateridos por la lluvia, sin más quehacer que llenarnos de coñac en los burdeles y aburrirnos en las barracas del campamento. Entonces, una mañana, nos ordenaron hacer un vuelo de reconocimiento por Stuttgart y el alto Danubio; íbamos piloteando tres Camel franceses, cuando descubrimos aquel rebaño de borregas en un claro de la Selva Negra. No podría precisar si fui yo el que empezó con aquello, pero segundos después cada cual lanzó una larga picada y abrimos fuego con las ametralladoras, hasta vaciar las cartucheras. Dos mil cuatrocientas balas de once milímetros para barrer con aquellas borregas.

—¿Y el pastor? —interrumpió Jesús Martín—, quiero decir… ¿Había un pastor, o algo?

Ángel Colombo Roy arqueó las cejas. De eso habían pasado ya muchas horas de vuelo.

—No sé. Además —se disculpó—, fueron borregas *bosches*.

El mozo volteó a mirar a las ovejas, pero más allá del aeródromo la vereda era un extendido amasijo de fango tras el paso del ganado.

—La guerra —comentó el mexicano— es algo horrible.

—No sé —opinó el piloto al ajustar el cronómetro en el tablero: darle dos golpecitos a la carátula del altímetro—. Mi guerra fue un año de encierro en Baton Rouge —y entonces algo lo hizo callar.

—Yo, la verdad jefe Roy, sí conocí la guerra. La "bola" de mi país; no se imagina usted.

—¿Muchos muertos?

—Muchos muertitos, mucha hambre, mucha orfandad… Ahora que me acuerdo.

—Se acuerda de qué, Jesús —el piloto comenzó a ajustarse el casco de cuero, las gafas protectoras.

—Me acuerdo que sí, una vez sí matamos una yegua.

—¿Mataron una yegua?

—Fue cuando veníamos a salto de mata, huyendo de todos los soldados por los llanos del Mante. Porque un día eran los hombres de Pablo González, otro la tropa de Pancho Villa, o los carrancistas. Total que…

—Mataron la yegua.

—De hambre, jefe Roy. Ya teníamos una semana de no comer más que las yerbitas menos fibrudas que hallábamos al paso. Éramos dos: Rigoberto el "Ojo de culebra" y yo. Me bajé de a tiro de la yegua aquella y le dije al amigo: "Tú mátala y yo voy preparando la lumbre". Pero él no quiso, o no pudo de lo canijiento que andaba. Así que yo le rompí la cabeza con una tremenda pedrada. Comimos carne hasta hartarnos, una pata de la yegua, no le hace que sabía como a panocha tatemada. ¡Uuh, qué dolor de panza luego, esa noche! El "Ojo de culebra" amaneció muerto luego de una pesadilla de retortijones. Sería la indigestión, o quién sabe… Y yo, qué remedio jefe Roy. No me morí, y a darle pies a la pena. Fue cuando pude alcanzar el paso por Laredo. Desde entonces que no pruebo carne, me repugna el olor de la chamusquina en los asaderos… "A medio día de camino, saliendo de Laredo, está Corpus Christi; pregunte allí por el rancho Lyncott", me había dicho la niña Merirrí; y así paré acá.

Ángel Colombo, tejano, ex combatiente del Ejército del Aire, quedó paralizado a punto de oprimir el interruptor del sistema eléctrico. ¿Qué había dicho ese hombre que ya se apalancaba en la hélice del avión?

Roy hizo contacto, alzó el pulgar para que el otro empujara, y la hélice produjo una primera explosión. Contra la costumbre, el motor Le Rohne comenzó a rugir con sus nueve cilindros en estrella. Roy mantuvo el ahogador a fondo, observó el manómetro, la presión del aceite llegando a su nivel normal, y entonces, alzándose las gafas asomó a un lado de la carlinga para gritar:

—¡Jesús! —porque el ruido del motor era ya un torbellino ensordecedor.

El mozo del aeródromo dejó las cuñas de las ruedas, subió en el estribo del ala inferior:

—¡Qué manda, jefe! —gritó a su vez.

—¡Quién dices que te envió aquí!

—¡Quién qué! —la borrasca del Bristol golpeaba como un repentino tornado.

—¡Quién te mandó al rancho Lyncott!

—¡Ah! ¡Pues la señorita Merirrí, la profesora que tuvimos allá en el puerto…!

—¡¿Mary Riff?!

Jesús abrió enormes los ojos a pesar del chorro de viento lanzado por la hélice.

—¡Su papá era míster Riff, el mayordomo en el rancho Lyncott! —aclaró Jesús Martín.

Ángel Colombo Roy asió la melena encanecida del bracero mexicano, jaló su cabeza y le besó la frente morena. Al despedirse le hizo una señal: que retirara las calzas que frenaban el tren de aterrizaje. Aflojó la cuerda del ahogador y tiró del acelerador a fondo. No esperó los dos minutos de calentamiento reglamentarios, se entregó a la carrera del aeroplano que a mil doscientas revoluciones por minuto devoraba ya las marcas de la pista. Apenas sentir que la cauda se alzaba sobre la pista, Roy tiró del bastón de profundidad y gritó: "¡Yajúuu!", porque él era el Bristol Scout ascendiendo con juguetones balanceos.

Y allá abajo, además de los meandros del Mississippi, el pasmado Jesús Martín y las barcazas que abordaban las ovejas europeas, ese martes de octubre de 1921 estaba, debía estar en tierra, por fin, ella.

ADIÓS AL FANTASMA

Dos veces más conversó Ángel Roy con el mexicano Jesús Martín. Fue entonces cuando decidió violar el séptimo mandamiento de la Ley de Dios. Católico por las dos partes, Colombo Roy era descendiente de irlandeses por la vía paterna, y texanos, de los tejanos con "j", por la materna. Los Colombo fueron de aquellos pioneros novohispanos que poblaron las llanuras al norte del río Bravo, más preocupados por las tropelías de los comanches que por la megalomanía de Antonio López de Santa Anna, cuyos devaneos caudillescos demediaron la patria y su pierna izquierda.

"Mary", suspiró Roy sobre el plano cartográfico extendido en su mesa de trabajo. El Bristol Scout rendía 130 kilómetros por hora, aunque su velocidad máxima fuera de 160. Roy miró la curva del Golfo de México en el mapa: un garfio a medio Atlántico. Originalmente dotados con motores de siete pistones, los Scouts más recientes habían sido equipados con unidades Le Rohne de nueve cilindros que generaban 120 caballos de vapor. Ése era el caso de los dos Bristol adquiridos por la Aero Navigation Limited en 1919, cuando la industria francesa se convirtió en la punta de lanza militar, pues los modelos SPAD más recientes superaban los 440 kilómetros de velocidad y el "techo" de los 5 mil metros de altitud.

Roy hizo varios cálculos aritméticos en los márgenes del mapa. No olvidaba que el radio de acción de su aparato superaba ligeramente las tres horas de vuelo. El plano era de 1890, estaba editado por la Oficina de Cartografía y Suelos de la República Mexicana, y distaba mucho de ser una carta de navegación aérea; como las diseñadas para el frente de guerra, en 1917, por el ejército norteamericano. Ángel Roy dobló en cuatro aquel mapa y lo guardó en el bolsillo de su camisa de lana; el otoño de aquel año comenzaba a refrescar.

Un prolongado bostezo le recordó la hora. Pasaba de la medianoche, y aunque era ya la madrugada de domingo y no volaría a Miami, Roy supuso con razón que no lograría conciliar el sueño. Cerró la llave de gas y la llama del quinqué languideció hasta desaparecer. La oscuridad reinante, sin embargo, no resultó ciega. Los tres cuartos de la luna, alta en la ventana, contagiaban al aposento una mínima penumbra. Roy sabía que una noche después iba a morir, así que se entregó al sueño sin sueño.

Un accidente en la hoja de servicios siempre será un obstáculo para ascender en el escalafón de cualquier piloto... siempre y cuando lo sobreviva. Aquel aterrizaje nocturno en Baton Rouge, aunque no provocó más que la rotura del eje de las ruedas (y la dislocación del hombro de Roy), fue el argumento que la empresa esgrimió para contratarlo como "mecánico en tierra", no obstante sus elocuentes 215 horas de vuelo. Aquello fue en el verano de 1919, recién inaugurada la ruta del correo Nueva Orleáns-Miami.

Sin embargo en febrero del año siguiente, Roy comenzó a tripular el Bristol Scout, no tanto por méritos propios (su aliento alcohólico y su impuntualidad en el aeródromo eran más que cotidianos) como por la desaparición de dos pilotos de la empresa: uno degollado al precipitarse contra un puente en Pensacola, y el otro presumiblemente ahogado frente a la costa de Mobile una tarde en que se desató un "sur" borrascoso.

Ángel Colombo Roy no era el mejor piloto del mundo; vamos, ni siquiera el mejor piloto de los dos que tenía contratados la Aero Navigation Limited; pero era, a fin de cuentas, capaz de trasladar por los aires aquella máquina de 350 kilogramos brutos y su carga.

—Va a entrar el "norte" —dijo Jesús Martín cuando la brisa le arrebató el sombrero.

Ángel Roy efectuaba la revisión de rutina y no quiso escuchar las palabras del mozo.

—Aquí, al menos, el "norte" sale.

—Cómo sale —rezongó en español, visiblemente ansioso, el piloto tejano.

—Sale al mar, porque allá en el puerto, el "norte" entra a tierra y hace cualquier destrozo.

—¿El puerto? ¿Cuál puerto, Jesús?

—Cuál será, jefe Roy: el único del mundo. Heroico y bello, sólo Veracruz.

Roy le dispensó una sonrisa y siguió anudándose la bufanda. Debía seguir con su juego, así que anunció:

—Apenas despegar, voy a ganar rumbo al sur un par de minutos. Quiero probar el ajuste del timón con el viento en popa. Después recuperaré la ruta hacia Mobile.

El bracero mexicano volvió a perder el sombrero con otra racha de viento. Lo ajustó contra su melena, y luego, al llegar junto al fuselaje, aventuró:

—A lo mejor no habría que hacer hoy la ruta, jefe Roy. El "norte" está apenas agarrando —y tuvo que derivar con humor—. No me gustaría rezarle a usted tendido entre cuatro velitas.

—No te preocupes, Jesús —bromeó el piloto en inglés, porque ésa era su oportunidad—. Nadie rezará por mí —y fue entonces cuando mostró su reluciente trombón— ...los santos marcharán cantando rumbo al cielo junto a mí.

Fue hasta el tercer jalón que la hélice del Bristol Scout logró hilar las explosiones del arranque. Pacientemente el piloto Roy esperó los dos minutos reglamentarios para alcanzar la temperatura de marcha; empujó lentamente la carrera del ahogador, y cuando el mozo Martín retiró las calzas que frenaban el aparato, Roy tiró a fondo del acelerador para ganar velocidad y pista. A pesar de las turbulencias que provocaba el acoso del viento, Roy logró disparar el aeroplano en diagonal ascendente, y luego viró —como había advertido— hacia el sur.

Apenas ganar el "techo" de los dos mil metros, se mantuvo allí para que todo mundo en tierra recordara después la trayectoria del biplano. Conservó la ruta varios minutos más, y entonces fijó el "palo de escoba". Desabrochó el cinturón de seguridad y se encaramó sobre el respaldo del asiento hasta alcanzar el compartimiento de carga. Uno a uno fue sacando los paquetes del servicio para arrojarlos inmediatamente después al vacío. Las cajas eran rápidamente arrebatadas por el viento y se precipitaban con vértigo en la bruma que tapizaba la superficie del mar.

De pronto Roy sintió un mareo; se depositó en el asiento y miró la carátula del altímetro. La columna de mercurio marcaba casi los tres mil metros, de modo que aquel ajetreo había modificado el centro gravitacional y, consecuentemente, el plano de vuelo. Roy destrabó la palanca de mando y recuperó lo que supuso un avance longitudinal. Quedaban solamente dos paquetes en el compartimiento posterior, así que volvió a encaramarse hacia atrás y los sacó no sin esfuerzo. Arrojó el mayor de ellos, y cuando se disponía a repetir la acción con el paquete menor, algo en la etiqueta le produjo una corazonada: el destinatario de aquella caja de galletas (al menos eso anunciaba la nota) era un tal Mr. Stephen Schwartz en Miami, y la advertencia no era para menos. ¿Qué judío recibía galletas por vía aérea?

Roy violó el paquete y las galletas resultaron ser varios fajos de dólares en billetes de a diez.

—¡Yajúuu! —gritó el piloto del Bristol, pero rápidamente se apoderó de los controles y en ese "techo" lentamente derivó hacia el poniente. Asomó a un lado de la carlinga, miró hacia abajo y no logró reconocer ninguna estela náutica. No habría testigos de su muerte: él sería uno más de los pilotos desaparecidos de la Aero Navigation Limited.

Dos horas después volvió a torcer hacia el norte, y muy pronto disminuyó la potencia de la máquina, permitiendo que el aeroplano perdiera toda altitud. Roy estaba decidido a evitar demasiados testigos de su ruta; así que mantuvo el Bristol volando a escasos cincuenta metros sobre el oleaje. Minutos después creyó reconocer en la distancia la línea de la costa, y destacando un poco a la derecha, un caserío blanco. Roy empujó el pedal izquierdo y compensó el giro del timón con un leve juego de alerones: no podía darse el lujo de perder (ni ganar) altitud en ese punto de la travesía.

Aquel poblado debía ser Corpus Christi, y así viró hasta enfilar hacia la extendida península de la Isla del Padre, "más allá de las cien palmeras", donde solía ir a pescar sábalos en su juventud. Así lo había precisado en el telegrama del domingo. Alineó el Bristol al cuerpo de aquel filete de arena, y apenas pasar el oasis de palmeras, dejó que el biplano sorteara los últimos golpes laterales del "norte" y se depositara, en dos saltos, sobre aquel polvo de marfil.

—¡Angelo, Angelo; querubín de alas quemadas! —gritó entonces, como lo hacía desde su accidente nocturno en Baton Rouge.

Antes de interrumpir el circuito eléctrico del aparato, Roy se irguió en el asiento para otear el terreno. Sí, afortunadamente, estaba solo. Descendió de la cabina, se quitó las gafas protectoras y desabotonó el correaje cruzado de su chamarra. Alcanzó los cigarrillos y logró encender uno de espaldas al viento. "¿Y si el telegrama no llegó?", pensó de pronto.

Volvería a Nueva Orleáns, explicaría que una turbulencia térmica le hizo perder el control y en la voltereta perdió el cargamento… Claro, nadie lo creería, sería enjuiciado en los tribunales, y aunque resultara inocente, perdería su licencia de piloto aviador, porque…

—¿Estás en líos?

La voz llegó de atrás. Roy volteó sorprendido, los oídos aún tapados por el descenso, y sí, allí estaba James Roy, su padre.

—¿Estás metido en problemas? —volvió a preguntar el viejo.

—¿Y los bidones? —fue la respuesta de Ángel. Muy claramente se lo había advertido en el telegrama: "No hagas preguntas."

—Siete; están en el carro descansando con las mulas.

—¿Gasolina ligera?

—Mira hijo, con trabajos logré comprarla. Eso sí, revisé que la filtraran con paño de gamuza, como dijiste. —Se quedó mirando a ese muchacho, y lo hubiera abrazado de no ser porque un violento divorcio pesaba demasiado entre ellos. Quiso reconocerse en aquellas aureolas de luz silueteadas por las gafas ausentes.

—¿Robaste el aeroplano?

—No hagas preguntas —dijo Roy al adivinar el carruaje de las mulas a cien pasos del lugar—. ¿Me ayudas?

Seis fueron los bidones que lograron estibar en el compartimiento de carga; unos 120 litros de gasolina. El séptimo lo vaciaron directamente al depósito del aeroplano. Roy sacó entonces un billete de diez dólares y lo entregó a su padre; un billete suyo, no de los del judío Schwartz.

—Déjalo Roy, más te debo yo a ti. Es mi regalo de bodas —sonrió por fin el viejo James Roy.

El piloto postal se aproximó a su padre y, resistiendo el impulso del abrazo, le advirtió:

—Hazme dos últimos favores.

—De qué se trata, hijo —el viejo retrocedió un paso insinuando los límites de su generosidad.

—Van a llamarte esta noche, o mañana temprano. Te dirán que he muerto en el avión; y tú llorarás mi muerte y cobrarás el seguro —al viejo se le iluminó la mirada—. Quédate con la mitad y envíale un giro a Carmen Colombo sin explicar nada. No moriré... Voy a México.

—Muy bien, hijo. Sólo el diablo sabe qué te propones —James Roy jugueteó con un zapato en la arena. Ese encuentro le incomodaba.

—Hazme el segundo favor, viejo —dijo en español.

—¿De qué se trata?

—Vas a tener que jalar la hélice para el arranque —avanzó hasta el frente del aparato—. Así, con las dos manos, como si tiraras de las campanas de una catedral… ¡y rápidamente a un lado!, que no son muy útiles los viejos mancos.

James Roy eructó mientras repetía los ademanes gimnásticos de su hijo. Antes de llegar a la hélice, metió la mano bajo el cinto del pantalón, y rebuscándose allí dentro sacó una botella aplanada:

—Es bourbon, Roy —masculló al entregársela—. Siete onzas del mejor whisky canadiense que le puedas birlar a este tonto de Wilson.

Roy metió aquello dentro de su chamarra y trepó en el estribo de la cabina.

Al arrancar, el torbellino de la hélice disparó una perdigonada de arena revuelta. Hizo que la figura del viejo James se difuminara como fantasma de utilería.

UNA GOLONDRINA

La campanilla del cronómetro en el tablero había sonado una hora atrás. Ángel Roy miró la carátula de su reloj y volvió a guardarlo en el bolsillo. Tenía helada la nuca. Gobernó una leve inclinación de alabeo y asomó la mirada hacia abajo. No logró ver más que el gris rasgado de las nubes. Eran pasadas las 3:15 de la tarde y le quedaba combustible suficiente para otra media hora; cuarenta minutos con un poco de suerte. ¿Dónde estaba? Sólo Dios sabía… y acaso ni él.

El cronómetro estaba diseñado de modo que a la mitad del vuelo saltaba la trampa de la campanilla; así el piloto conocía que estaba en el "punto de retorno". Era un útil invento para los aparatos de guerra, cuando el aviador no tiene ojos más que para matar enemigos y salvar el pellejo. Ahora que la alarma había sonado por segunda vez, Roy supo que llevaba recorridas más de tres cuartas partes de su itinerario. Volvió a sentir helada la nuca.

¿Dónde estaba? Miró la guía del compás magnético. Había tratado de seguir la ruta del sur, con leves coqueteos hacia el poniente, pero una hora después del despegue en la Isla del Padre la bruma se apoderó del mar, y allí abajo el Golfo de México (si es que allí abajo seguía ese piélago ignoto) era una borrascosa duda. En dos ocasiones, al descender del "techo" de los mil 500 metros en busca de visibilidad, la turbulencia de aquella tormenta había azotado al Bristol reventándole uno de los tirantes de acero.

El gélido vaho era más que doloroso. Roy sudaba frío como nunca, tal vez desde aquel vuelo nocturno, y la bufanda era un sudario que apestaba a miedo y alquitrán. "¿Y si allí abajo está ya, por fin, Tampico?", pensó el piloto, por no dejarse caer en la angustiosa vorágine del pánico. Para Ángel Roy aquello era una evidencia ociosa: no existía ya "punto de retorno". Había desobedecido las primeras dos leyes de la aeronáutica; aquellas que rezan: "Una vez arriba, se tiene que bajar…", y la del "Volar con prisa solamente apresura los epitafios".

—Hubiera esperado un día más en Corpus Christi —dijo de pronto, y se percató de que eran las primeras palabras que pronunciaba desde el despegue. Y tal vez las últimas.

Tampico debía estar allá abajo. Es lo que indicaba el mapa: el avión había cumplido más de cinco horas de vuelo, es decir (calculó Roy) cerca de los 700 kilómetros de ruta… pero ¡rumbo a dónde! En aquellos descensos por debajo del protector "techo" la primera sacudida había trabado el juego del compás, y la segunda había destrabado la brújula, pero entre una y otra distaron veinte minutos en los que el biplano evolucionó hacia el infierno mismo; y si Tampico estaba allí abajo sería una azarosa posibilidad. Roy era consciente de que un tercer descenso le significaría, seguramente, la imposibilidad de recuperar el "techo" de los mil 500 metros, porque en ese punto, no estaba seguro, le restaban diez, tal vez unos minutos más de combustible, y no le quedó más remedio que obedecer otra más de las normas: "Los ciegos altos viven más."

Sí, él era un piloto "ciego" a punto de quedarse al garete. Volando alto tendría, al menos, la oportunidad de planear con mayor inercia y llegar más lejos. Si iba a morir en la colisión, así al menos moriría más tarde… Quince minutos más tarde.

Ángel Roy tiró de la palanca de profundidad y enfiló en navegación ascendente. Sus oídos comenzaron a ser testigos, más que sus ojos, de aquella subida al cielo, porque después del "techo" de los dos mil metros el dolor lo ensordeció. A partir de ahí el ronroneo del motor fue más arrullo que estruendo, y la ligereza del aire ganó frialdad y silencio.

Una sensación semejante había experimentado ocho años atrás, al volver de la Gran Guerra Inexistente, luego de vagar durante meses por un París plagado de mutilados y fornicadores. "Se mudó a Filadelfia", le habían dicho apenas preguntar en la casa del nuevo mayordomo del rancho Lyncott.

"La señorita Mary se mudó a Filadelfia", insistió el nuevo encargado, pero había sido mentira o, en todo caso, una suerte de verdad a medias, porque lo cierto era que Mary no estaba ya en Corpus Christi y en la última de sus cartas dirigida aún al campamento militar en Nancy, ella le había advertido:

"Roy, te amo demasiado. Amo demasiado a la gente. No quiero destruirte ni destruirme. Viajaré para olvidarte; México es un lugar que necesita ahora gente como nosotros. Allí seré útil. Olvídame, amor mío. Seamos el uno del otro el mejor recuerdo de la vida.

Mil besos y todo mi amor: Mary Riff."

No era una broma. Roy alzó la bufanda para secarse las lágrimas que le helaban el rostro alrededor de las gafas. El humor alquitranado del trapo aquel le recordó las piruetas de tres horas antes, cuando en pleno vuelo vació los seis bidones de combustible en la boca del depósito. Miró el altímetro; estaba sobre el "techo" de los 2 700 metros, y no, aquello no era una broma: simplemente se había agotado la gasolina en el tanque, y los nueve pistones del motor Le Rohne descansaban por fin dentro de sus camisas de acero.

—¡Yajúuu! —gritó entonces Roy, porque estaba por cumplir la primera ley de la aeronáutica; y si tocaba mar sería un náufrago a punto de ahogarse, y si tierra un esqueleto fracturado. Sacó la botella de bourbon canadiense y la empujó en dos tragos contra su garganta.

Inmediatamente, con la hélice paralizada, Roy hizo esfuerzos por dominar a pulso el vuelo libre. Aquello era un descenso ciego. Se imaginó un ave muerta en busca de reposo. Después de todo, pensó, "ningún hombre es eterno".

El viento era cada vez más turbulento, silbaba contra las riostras del aeroplano. La columna de mercurio marcaba un descenso pausado aunque la bruma no permitía más que la visión de vertiginosos tonos de gris. Fue entonces cuando Ángel Roy Colombo levantó el trombón que llevaba guardado bajo el asiento y comenzó a tocar, desatinadamente, distintas melodías imbricadas sin ton ni son… Jamás sería un buen músico, estaba visto, y menos a partir de ese momento en que, envalentonado por el alcohol amarillo en sus venas, soplaba con vehemencia animal. Él era un pajaro feliz cantando los himnos del Sol y la Luz; cuando de pronto admiró, por fin, la divina textura del suelo terrenal.

Sobre la playa barrida por el viento, el Bristol Scout describía piruetas locuaces, igual que una gigantesca golondrina borracha.

II

PALMA SOLA

LOS MUERTOS NO REGRESAN

Neguib abandonó el cadáver del gato. Ya tendría oportunidad la tía Susana para medio matarlo a palos, porque aquello no podía ser el arcángel Miguel anunciando el Juicio Final. Avanzó algunos pasos, arrobado, porque la silueta alada era demasiado material y, además, había cesado el berrido metálico aquél.

—¡Un avión, Neftalí; un avión! —gritó entonces el muchacho, más para convencerse a sí mismo que para alertar a su primo, porque el aeroplano era duramente castigado por el viento y se precipitaba contra las rocas donde yacía estrellado el papalote color naranja.

El aeroplano rozó los zacatales de la playa y volvió a remontar en el aire. Ahora, contra el vendaval del "norte", el aparato se dejaba escurrir, casi inmóvil, hacia el sitio donde descansaba el caballo de los primos Abed. Neftalí quedó pasmado cuando el biplano aquél se posaba definitivamente en tierra, igual que aterrizan las gaviotas sobre los rompeolas.

Entonces, a través de la brisa, los muchachos escucharon el grito del hombre que tripulaba aquel hermoso aeroplano:

"…¡Angelo, querubín de alas quemadas!", porque Roy había cumplido, por fin, su travesía.

El piloto de la Aero Navigation Limited conservaba aún su trombón sobre las rodillas. Ajustó el manubrio de alabeo y alzó los alerones de modo que las rachas del viento no levantaran el cuerpo del aparato. Al descubrir a los dos muchachos que se aproximaban por la playa, Ángel Roy recordó que él era un hombre desaparecido, doblemente muerto después de aquella navegación de pesadilla a través del Golfo de México.

—¿Dónde estoy? —los saludó en su español maternal.

—Aquí es Palma Sola, señor —anunció Neftalí—. Palma Sola, Veracruz.

—¿Veracruz? —exclamó Ángel Roy al quitarse las gafas protectoras—. ¿No estoy en Tampico?

—Eso queda a catorce horas en lomo de mula —Neguib señalaba hacia el norte, más allá de donde la playa comenzaba a ser un telón plomizo.

—¿De dónde viene usted, señor? ¿Se le descompuso la máquina?

Roy miró a Neftalí y se desabrochó las cintas de la chamarra; arqueó la espalda entumida y contestó sin responder:

—¿Estoy muy lejos de Veracruz, el puerto?

—A cuatro horas en carreta, para allá abajo —señaló Neguib.

—O dos en automóvil —comentó Neftalí mientras acariciaba el cuerpo de lona barnizada que cubría el fuselaje del aeroplano:

—¿Viene de Monterrey? —adivinó.

—Sí —mintió Roy—. Perdí el rumbo.

—En Veracruz hay un aeródromo del gobierno. Los aviones que había allí también llegaron de Monterrey—. Neftalí miró a Roy con algo más que envidia—. Ahora ya no hay ninguno. Todos se los llevó Obregón.

Ángel Roy sujetaba el plano cartográfico tratando de adivinar el itinerario de su vuelo. Quedó sorprendido: el "norte" lo había extraviado, pero igualmente era la causa de su pellejo sano. El arrastre de aquel viento le había obsequiado más de 200 kilómetros de ruta. De otro modo...

—¿Quién es Obregón? —preguntó.

—¿El general Obregón? —repitió sorprendido Neguib—. Pues quién va a ser... El general Obregón.

—Es el presidente de este país —dijo una tercera voz, detrás de los muchachos. Era un hombre delgadísimo, sonriente y descalzo, la corbata nadando como pez agitado en la corriente del ventarrón—. Permítame presentarme, señor aeronauta. Soy René Gálvez, servidor de usted y de la poesía.

Ayudándose con el caballo, los primos Abed habían auxiliado a Roy en el arrastre del Bristol Scout. Cerca de ahí, parapetado tras una cabaña de pescadores, el biplano reposaba libre de las violentas rachas del "norte".

Roy se hospedó en la casa de los fenicios y esperó tres días hasta que volvió a brillar el sol. Asediado por las preguntas de los muchachos, había prometido que "algún día" los enseñaría a volar. Así que apenas cesó el embate del mal tiempo. Roy adquirió gasolina, lubricantes y un bote de esmalte amarillo, que entregó a los muchachos para que pintaran el timón y el anillo del fuselaje donde destacaban el número 2 y el emblema de la Aero Navigation Limited.

"Va a parecer un canario", comentó Neguib, y como a Roy no le pareció mala idea, así bautizaron al avión, quebrando una botella de cerveza en el eje de la propela.

Una semana después Roy llegó al lugar para estimar los preparativos de su próximo vuelo. Un crepúsculo color ámbar parecía confundirse con el origen del universo.

Nada lo debería detener; el hombre es mortal y los sueños sin acciones se van al limbo, pensaba, cuando nuevamente la voz de René Gálvez llegó a sus oídos:

—¿De regreso al norte?

Roy miró deslumbrado al flaco poeta. ¿Cómo había llegado hasta ahí?

—Al norte no —respondió Roy. "Los muertos no regresan", pensó al decir—: Estoy buscando a una mujer.

El poeta Gálvez hizo a un lado la caja de madera que cargaba, y se acuclilló cerca del piloto:

—Todos estamos buscando a una mujer. Siempre.

La corbata suelta del poeta volvió a danzar con la brisa del mar. Tenía razón ese hombre de rostro mustio.

—Y usted, ¿a quién busca? —preguntó Ángel Roy al abandonar el bote de grasa bajo el motor del aparato.

El poeta volteó hacia la cola del biplano, como tratando de mirar el oleaje que restallaba más allá de la playa. Suspiró en silencio:

—Soy un hombre descuidado, en extremo olvidadizo —confesó—. Sé mi nombre porque eso dicen mis credenciales. Soy poeta porque mi nombre está impreso en un libro —el tipo acarició la caja donde había tomado asiento; se rascó el entreceño con fruición—. Una tarde me descubrí paseando en el andén de Orizaba, como si acabara yo de bajar del reino de los justos. Hasta ahí llega mi memoria. Dicen que yo repetía: "Rápido, antes de que nos alcancen." ¿Quién me perseguía? ¿A mí y a quiénes más?… No lo puedo precisar. ¿Había perdido el tren que venía de México, o el que salió de Veracruz?; tampoco lo sé a ciencia cierta. Lo único real era yo, mi amnesia y esta caja sin remitente.

—¿Qué guarda en la caja? —Roy temió interrumpirlo.

—¿Que qué guardo? —el flaco hizo a un lado su angosta corbata y abrió la tapa de aquello—. Son pañuelos —dijo al mostrarlos—. Supongo que soy vendedor de pañuelos… y poeta.

El tipo se puso de pie, volvió a mirar hacia la remota vastedad oceánica, y con el golpe de sol en la nuca empezó a recitar:

> Como un país demolido,
> está el mar.
> El mar ha naufragado
> después de muchos siglos de inútil navegar.
> Los puertos están anclados para siempre.
> Baja un alto silencio sobre la Humanidad.
> El mar ha naufragado
> después de tantos siglos de loco navegar.

—¿Ya ve? —continuó al depositarse nuevamente sobre su caja— ¿Quién me dicta eso, de dónde lo invento, o dónde lo he leído?… No lo sé. Debo ser poeta… y todo sería menos terrible si no fuera por lo que me ocurrió el mes pasado, señor aeronauta. Iba yo muy quitado de la pena ofreciendo mi mercancía por la avenida principal de Veracruz, cuando de pronto un sujeto que viajaba en tranvía me gritó desde la ventanilla al paso: "¡Ey, poeta; qué tal la señora?" No lo pude alcanzar; iba demasiado aprisa… Comienzo a odiar los trenes.

Gálvez se limpió una lágrima con la punta de la corbata:

—Y aquí me tiene, a sus órdenes, señor aeronauta —e insistió mirándose las manos huesudas—. Es terrible esto. Saber que hay gente que es de uno, que lo necesitan a uno en algún sitio, que uno es alguien en alguna casa… ¿Cuántos hijos tengo? ¿Cómo se llaman? ¿Quién es mi mujer? Sólo Dios sabe —musitó el hombre, y se animó a continuar:

—Yo, la verdad, de buena gana aviento la poesía que no sé quién me dicta al oído, a cambio de mi identidad. ¿De qué sirven los poemas?… ¡De qué sirve nada cuando uno es nadie y, al mismo tiempo, cualquiera!

Roy miró compasivamente al canijiento Gálvez. Él era, de algún modo, una réplica menos esperpéntica de su caso:

—Buscamos mujeres —dijo.

El otro sonrió, se recompuso el cuello de la camisa, planchó la corbata con una palmada:

—Claro. Estamos buscando a una mujer… Usted en aeroplano, yo revisando mis poemas para descubrir alguna pista, dejándome ver… esperando que alguien me reconozca en algún lugar y me diga: "Te está esperando Carolina para que lleves a los niños al colegio." Que ya no me nombren, señor aeronauta, pero que me digan quién soy yo… Porque, a lo mejor, quién sabe, soy el que atentó contra el Manco y por eso íbamos huyendo en el tren de Orizaba.

—¿El Manco? —repitió Ángel Roy.

El poeta Gálvez se puso de pie, sacudió la bastilla de sus pantalones, hizo una mueca y se restregó el rostro como quien sale de un teatro a mediodía. Entonces miró a Roy a los ojos:

—Usted no conoce este país, señor aeronauta. Hemos tenido una revolución, tres lemas, quinientos generales y un millón de muertos… Uno o dos más no se notarán —le aconsejó con tono de compadrazgo—. Ya se dará cuenta, porque la feria de sangre aún no termina. Ayer se llamó Díaz, luego Madero y hoy Obregón. Mañana, quién sabe. La mitad del país celebra el triunfo de Obregón y su ejército, la otra mitad lo quiere difunto; y la revolución sigue girando como carrusel de pirotecnia. Quién sabe a dónde vaya a parar todo esto… ¿Usted, señor aeronauta, está con Obregón?

Ángel Roy no supo qué responder. En todo caso, él estaba consigo mismo, era tejano, y en aquellas circunstancias resultaba un entrometido. Había que hacer lo que había que hacer, y ya saldría lo demás. Por lo pronto era necesario continuar con los preparativos antes de que la noche se apoderase de la costa.

—Véndame tres pañuelos finos… para dama —le contestó.

NOTICIAS EN EL MINARETE

Veintidós fueron las cartas que le envió a Mary Riff. Ángel Roy mataba así el tiempo en el cuartel de Baton Rouge, no porque el aburrimiento acechara las calurosas tardes de aquel verano, sino porque al escribirle, Mary dejaba de ser un recuerdo y era posible imaginar el encuentro a la orilla de un lago soleado, como ocurre en las novelas. Mary se disculpaba, advertía que ella era incapaz "técnicamente" de responder a ese alud de misivas: estaba muy ocupada con sus "demonios en miniatura" de la escuela en Port Aransas, y el infaltable quehacer doméstico en el rancho Lyncott apenas le dejaba tiempo libre. "No soy buena escritora de cartas", aseguraba ella, y Roy insistía con su tráfago epistolar. "Cómo es posible que después de veintidós cartas alguien se esfume así nomás", pensó Ángel Roy al descubrir el aeródromo allá abajo.

Empujó el cable del acelerador y sobrevoló en círculo, a doscientos metros de altura, la pista del campo. No había señales de vida. Roy tenía tiempo de sobra y setenta litros de combustible en el depósito. Observó con detenimiento la cadencia de las palmeras por donde se arrastraba la sombra del aeroplano y se dispuso a efectuar un aterrizaje con motor a media marcha.

Una vez que hubo recorrido la pista, avanzó hasta el minarete de observación que había a un lado del aeródromo. Pensó: "Veracruz, al fin", y cortó el circuito eléctrico.

Hacia el sur, a varios kilómetros de ahí, la ciudad y una mujer lo debían estar esperando. El silencio caluroso volvió a apoderarse del páramo, un silencio que era rumor de cigarras y el tránsito húmedo de la brisa marina.

Roy se desprendió del casco, las gafas y la bufanda. Comenzó a sudar abochornado. Subió por la escalerilla del minarete y desde allí logró ver que tres gallinas pardas picaban el suelo junto a la alambrada de la pista. En el piso de la caseta de observación Roy descubrió un periódico reciente. Era un ejemplar de *El Dictamen* fechado el 28 de noviembre de 1921. El titular del diario rezaba: "Acrecentará el control político el presidente Obregón". Entonces Roy adivinó en la distancia un gusano de polvo que avanzaba a su encuentro.

Un minuto después tres individuos descendían del auto. Uno de ellos era un fotógrafo que sin esperar palabra disparó un primer fogonazo de magnesio cuando Roy apoyaba un pie en el estribo del avión.

—Soy el capitán López, director del Campo Aeronáutico Militar de Oriente —se presentó el oficial saludándolo con la mano en la visera de la gorra militar—. ¿Origen y misión? —preguntó enseguida.

Ángel Roy dejó de sacudirse las botas, miró su biplano amarillo, y cuando quiso explicar: "Vengo de Tejas, estoy buscando a Mary…", en realidad dijo:

—Ésta es una misión especial del general Obregón… Le suplico, oficial, que no haga demasiadas preguntas.

—¡Misión secreta de Obregón! —exclamó el fotógrafo al disparar un segundo fogonazo, y comentó—: ya me llevé la de ocho columnas.

El capitán López no supo qué responder. Zafó el primer botón de su guerrera y comentó:

—Misión secreta… Porque el de usted es el primer aeroplano que aterriza aquí en… ora verá, siete; no. Ocho meses. Todos se los llevaron a México.

—Todos eran dos avioncitos —comentó el fotógrafo cuando buscaba un nuevo ángulo.

—Bueno, sí —se corrigió el oficial—. Pero, oiga, ¿se puede saber su nombre? Es que algo debo apuntar en la bitácora.

Cuando Ángel Colombo Roy dictó su nombre, el fotógrafo aprovechó para imprimir una tercera placa. Enseguida llegó junto al piloto y se presentó:

—Soy Guido Sánchez, reportero de *El Dictamen*… ¿Será tan amable de subir nuevamente a su aparato? Necesito una gráfica que pruebe su arribo, señor Roy. Lo que no se ve en los periódicos, no existe.

Minutos después, luego de fincar las alas del biplano al terreno, Roy montó en el automóvil con el fotógrafo y los adustos oficiales.

—¿Usted es gringo o es mexicano? —preguntó de sopetón Guido Sánchez.

—Soy tejano; madre mexicana, padre irlandés e hijo de la chingada.

La carcajada del conductor alivió la tensión del grupo. Fue cuando el capitán López aprovechó para advertir:

—Se hospedará en el Diligencias, el mejor hotel del puerto… y los gastos, naturalmente, correrán por cuenta de nuestra comandancia.

—Por acá nos gusta mucho la música de ustedes —Guido miraba el trombón de Roy—. El bipbop y el charlestón, todo ese jaleo…

—¿Y toda esa gente? —preguntó de pronto Roy, cuando un contingente de ciudadanos marchaba, rojos pañuelos al cuello, en sentido contrario.

—Van a la ciudad comunista —explicó el chofer al aminorar la velocidad.

—Ya verá: ya verá lo revuelto que está todo por acá —añadió el fotógrafo, como hablando para sí, y la fiera mirada del oficial desembocó en una diplomática advertencia:

—Usted, piloto Roy, cumpla con su misión… de la que no preguntaremos nada; pero trate de entender a nuestra gente. La revolución no ha dejado de arder y su causa social no tendrá cumplimiento hasta que los desheredados sacien la sed de justicia…

Sorprendido por la contundencia de sus palabras, el capitán López encendió un puro luego de ofrecerle el par al inesperado aeronauta.

A partir de ese momento, Guido Sánchez se apoderó de la palabra y fue enumerando los dones amorosos de las jarochas.

Roy, sin embargo, llevaba una idea muy distinta en la cabeza…

MALDITA LA PALABRA

La sábana permanecía adherida a su cuerpo como una segunda piel nocturna. Ángel Roy despertó sobresaltado y la pesadilla cesó; es decir, aquello era real: ése no era su cuarto en la Bourbon Street de Nueva Orleáns: ahora seguramente enlutado con negros listones y su retrato iluminado por la luz amarilla de una veladora de aceite.

—Estás muerto, Ángel —dijo al sentarse en la cama.

La transpiración y la madrugada le produjeron un escalofrío entumecedor. "¿No habré llegado demasiado lejos?", se preguntó al abrazar sus rodillas y mirar el marco del balcón. "Demasiado lejos es ir más allá de la ventana… aunque todo en nuestras vidas son las ventanas: las cosas ocurren al otro lado de ellas: los crímenes, la lluvia, el paso de las muchachas." Roy se cubrió con una camiseta, avanzó hasta el balcón y empujó la hoja de cristales simétricos. Reconoció los mástiles quietos de los barcos junto al muelle y más allá de la oscura dársena, el amanecer se anunciaba en la frontera dúctil del rosicler. Roy pensó en Mary.

—Ningún lugar es demasiado lejos —dijo al descansar un antebrazo en el parapeto de la terraza.

Se había hospedado en el tercer piso del hotel y bostezando tras el sueño húmedo se imaginó a sí mismo algunas horas más tarde. Volaría con Mary hasta la ciudad de Puebla, desde ahí derivarían al norte, repostando combustible cada 400 kilómetros y un día después llegarían a la frontera. "California es tierra de oportunidades", se dijo.

Algo llamó entonces la atención del piloto. Al otro lado de la plaza, alguien como él asomaba en un balcón: sólo que el tipo aquel rápidamente se inclinaba sobre el barandal y escurría descendiendo por la fachada… aunque el último tramo fue un despeñamiento que lo puso de cara al piso. Roy soltó la carcajada, y aunque creyó reconocer al tipo, se sorprendió celebrando la vida en un país que le era propio y extraño al mismo tiempo.

Dos horas después Ángel Roy ordenaba un café con leche en el restaurante del hotel. Había desayunado huevos fritos con pimienta luego de zamparse un hemisferio de melón chino. La mañana perdía demasiado pronto su frescura. Trató de reconstruir el diálogo con Jesús Martín en el aeródromo de Nueva Orleáns, semanas atrás.

"La señorita Merirrí nos enseñaba inglés en una academia

junto a la Escuela Naval. Todas las noches, de siete a nueve, porque en las mañanas dizque andaba de reportera".

—¿Reportera?

—Pues dice que escribe notas para los periódicos. Que les envía artículos y fotografías.

Roy había tratado de moderar su emoción, adivinando ya el destino de sus horas:

—¿Recuerdas dónde vive?

Jesús Martín había sonreído con socarronería:

—Pues qué le diré, jefe Roy. Unos días creo que se quedaba en el hotel Colón, otros quién sabe dónde… Ya ve cómo son las gringas de descocadas.

Dejó el restaurante y después de averiguar el rumbo, se encaminó hacia la Escuela Naval. Hubiera querido vestir su uniforme militar, la única condecoración que obtuvo por "desempeño diligente" en el campamento de Nancy, tras el armisticio, luego de no matar más que el tiempo y una que otra borrega alemana, pero la simulación del accidente le había impedido cargar más que una muda de ropa.

La Academia Mayó estaba situada en los altos de un edificio invadido por el salitre y la nostalgia. Roy trepó al segundo nivel saltando los escalones de dos en dos. Lo recibió una secretaria de anteojos y abanico en perpetuo aleteo:

—La señorita Riff… —solicitó Roy sin preámbulos.

La mujer apenas si levantó la vista. Con letra menuda y plumilla de tinta negra copiaba una lista de alumnos.

—¿Viene de Creaciones Irízar? Ya les dijimos que…

—Vengo de Tejas, señora. Me voy a casar con ella.

El manguillo dejó de agitarse sobre los renglones del cuaderno. La mujer levantó la vista.

—No está.

—Claro; me imagino. ¿A qué hora llega?… Me dijeron que sus clases son por las noches.

—Eran. Ya no trabaja con nosotros.

Roy sintió que el planeta detenía su derivación por el universo:

—No trabaja con ustedes —repitió.

—Se fue. Se fue del puerto, me parece.

48

La mujer seguía con el aleteo del abanico; la cara empalidecida con polvo de arroz.

—¿Se va a casar con la profesora Mary? —aventuró.

—Me voy a casar con ella —repitió Roy, como hablando con su par de botas.

—Los de Creaciones Irízar también vinieron a preguntar por ella… el mes pasado —dijo la secretaria luego de un silencio más que incómodo—. Creo que tenían un trabajo pendiente con ella.

—¿Sabe adónde viajó? —preguntó Roy con una pizca de esperanza, pero la expresión de la mujer fue más que elocuente.

Durante el resto del día Ángel Roy fue un fantasma que deambulaba sudando por las calles del puerto. Recaló en una cantina donde bebió whisky y olvido.

Despertó en la madrugada, sin dinero y ante la severa mirada del capitán López, quien preguntaba:

—¿Ésta es la misión especial que le encomendó el Señor Presidente?

Roy no pudo contestar nada, giró el cuerpo y vomitó los residuos de aquel veneno escocés.

—Estamos en la comandancia militar —aclaró el capitán López—. El comandante de la plaza quisiera hablar con usted.

—¿Y por qué no habla conmigo?

El oficial reprimió la bofetada. Al contenerse no pudo evitar el tono colérico en sus palabras:

—Tuvo que ir a una reunión urgente con Herón Proal y el presidente municipal… A usted lo encontramos tirado en la calle.

Roy miró su ropa, el pantalón embarrado con algo que parecía salsa de tomate; descubrió los nudillos de sus manos pelados y sanguinolentos. Preguntó:

—¿Me puedo retirar?… Estoy bastante fatigado.

El capitán López asintió balanceando la cabeza, pero cuando Roy trasponía la puerta, advirtió nuevamente:

—No abuse de nuestra confianza, piloto Roy.

Sábado y domingo estuvo cerrada la Casa Irízar, en cuya fachada rezaba un letrero en azul y rosa: "Creaciones de Moda Exclusivas. Confección de Vestidos para Las Grandes Ocasiones."

En el hotel Colón, por lo demás, al inquirir por Mary, Roy advirtió que el encargado de la recepción no pudo —o no quiso— disimular una burlona sonrisa al responder: "Sí, a veces llegaba a dormir aquí; pero no siempre. Ya tiene como un mes que no la vemos."

Fue hasta el lunes cuando Roy logró acceder a la casa de modas. Ahí le informaron que la señorita Riff había ordenado el corte de un vestido de novia, y desde varias semanas atrás que la esperaban para probárselo.

—Dejó pagada la mitad del importe —advirtió la administradora del negocio—. Se veía muy formal, pero no ha regresado con el contrarrecibo.

—¿Les dejó alguna dirección? ¿Un lugar dónde localizarla?

—Sí. Dijo que trabajaba en la Academia Mayó… pero ya no da clases ahí.

—Lo sé —Roy trató de no externar su cuita.

—Quién sabe —soltó la mujer—, quedó muy formal que luego lo recogería… Supongo que usted no será el novio —quiso averiguar ella, pero el visitante dio media vuelta y salió del establecimiento sin decir maldita la palabra.

ABAJO, LAS MASAS

Durante dos semanas, mañana tras mañana, Ángel Roy había visitado el local de Creaciones Irízar. En los últimos encuentros un simple intercambio de cejas alzadas era suficiente para actualizar la pesquisa en torno al paradero de Mary Riff.

Sin optimismo no se consigue nada… "nada más que sustos y sorpresas", pensaba Roy en su cama del hotel Diligencias, jugueteando con las varas proyectables del trombón, a punto de recomenzar los berridos que luego eran melodías arrojadas desde el balcón.

"Tu problema es que no eres negro", le había advertido el viejo Berry Tilmore al aceptarlo como accesorio de la banda que tocaba en el hotel La Fayette de Nueva Orleáns, las noches de los fines de semana.

"Debías entrar a un grupo de dixieland, amigo Roy. Ésa es la música de ustedes los blancos." Pero Ángel Roy no era blanco, es decir, era un *bolillo* bilingüe, texano con "j" y nunca sería aceptado como integrante de otra banda *ragtime* que no fuera la del viejo Tilmore, quien añadió: "Te dejo tocar con nosotros porque admiro tu profesión... además tú sabes, ¡oh Jesús!, que algún día terminarás tocando la Marcha de los Santos cuando a tu pájaro le falte alpiste en los cielos".

No tener demasiado talento no es ningún problema para nadie; pensaba Roy tendido en la cama, el torso desnudo y media botella de Cutty Sark esperando en la tabla de la silla. "La mayoría de las personas carece de talento para cualquier cosa, porque el talento deforma y lo importante es sobrevivir sin destacar. Los genios son raros".

James Roy, su padre, era también un hombre sin talento.

Beber y jugar al pókar no requieren demasiado oficio, y así fue como una tarde memorable de 1909 el viejo Roy volvió a casa cargando el trombón. "Esto es para ti, muchacho", le dijo al primogénito, y como aquél fue su único regalo, quedó troquelada en su memoria como la gran sorpresa de la adolescencia. Claro, no había que indagar el origen del instrumento, como tampoco habría después dólar alguno para contratar un profesor de música. Tocar el trombón de oído, tratando de cazar notas al aire, igual que moscas...

Roy interrumpió el discurrir de su música. Alguien llamaba a la puerta. Al voltear tumbó con el instrumento la botella de escocés. Sería la tercera vez que le llamasen la atención "por ese ruido insoportable que usted hace", y así alzó la botella antes de acudir a la puerta.

Tres eran los tipos ahí afuera. Al enfrentarlos Roy temió un asalto. Entraron al cuarto mientras el chaparro explicaba:

—Usaremos su balcón, caballero.

—Usted perdonará —se disculpó el segundo de ellos—, pero las masas no pueden esperar.

"¿Las masas?", se repitió Ángel Colombo, la botella de Cutty Sark todavía en su mano.

Cuando los invasores del cuarto 303 salieron al balcón, abajo en la plaza estalló una exclamación tumultaria. Roy asomó tras los hombros de los tipos y descubrió a una muchedumbre que rodeaba la esquina del hotel, invadía el parque municipal y ondeaba pancartas.

—Preséntenos usted, doctor Baqueiro —dijo el chaparro, que llevaba una gorra negra de marino, gafas ahumadas y barba de cinco días.

—¡Hermanos jarochos! ¡Desheredados! —gritó, para llamar la atención, el que nombraron como Baqueiro— ¡Estamos obligados a defendernos contra la fiera saña de los propietarios!… y por eso nuestra liga de resistencia es ya un constante dolor de cabeza para los explotadores del pueblo… Porque una cosa es enarbolar banderas oportunistas, y otra las de los militantes sociales, no bolcheviques, porque los bolcheviques nos asedian, igual que los oportunistas enemigos de Obregón, que quieren hacer del movimiento una fuerza divisionista contra la masa nuestra, porque no somos esbirros del capital ni del oportunismo obregonista que atosiga a la patria como buitre hambriento de sangre. ¡Porque nosotros, los desheredados, los amos del capital del músculo, no permitiremos!…

Abajo, entre la muchedumbre, cedió el júbilo y comenzó a dejarse oír un reclamo que muchos coreaban.

—¡Porque los señores del poder y el capital nos explotan y nos humillan con la carencia habitacional!… —continuaba el doctor Baqueiro, aunque abajo el rumor era ya un coro que exigía con denuestos:

"¡Herón, Herón!" "¡Que hable Proal y que se calle ese perico!" "¡Que se baje!" "¡Herón!…".

El orador interrumpió su improvisado discurso. Aplaudió en gesto derrotado y reculó un paso. Fue cuando el chaparro llegó hasta el parapeto del balcón, se quitó la gorra de cuero negro y la alzó para saludar a los miles ahí reunidos.

A coro, la gente abajo exclamó fervorosa:

"¡Proal!; ¡Proal; Proal; Proal!…".

El chaparro, parándose en las puntas de los pies, levantó ambas manos, y crispando fieros puños, gritó con potente y decidida voz:

—¡¡INQUILINOS!! ¡Inquilinos habitantes de las pocilgas!; ¡oíd las razones que impelen los trabajos de nuestro sindicato rojo; de nuestro Sindicato Revolucionario de Inquilinos! ¡Oídme y juzgad! ¡Oídme con atención! —gritó con exagerado histrionismo, porque la gente guardaba silencio, arrobada, con expectante devoción.

—¡Ustedes y yo merecemos el cielo… aunque hoy somos viles marranos! ¡Somos viles cerdos habitantes de las pocilgas que aquellos señores caseros llaman "cuartos familiares"! ¡Pocilgas por las que tenemos que pagar cuatro, ocho y hasta once pesos mensuales! ¡Y yo les pregunto, hermanos de La Huaca, del patio del Perfume, del patio de la Providencia… yo les pregunto, ¿¿debemos permitir la continuación de ese abuso una semana más?!… ¡Qué digo una semana; un día; un minuto más!

La multitud respondió, inequívoca y simultáneamente:

"¡¡NOOOO!! ¡Nooo! ¡Noooo!"

Herón Proal volvió a levantar las manos crispadas, como réplica de un Mefistófeles de opereta, y exigió ante el nuevo silencio de la muchedumbre:

—¡Viene a verme ayer una miserable anciana vecina del patio de Ojos Claros; viene a llorar en mi hombro porque tiene doce años viviendo en un cuartucho invadido por los piojos y las cucarachas! … ¡Viene a llorar sobre el pecho de este humilde sastre que no tiene madre, que no tiene padre, que no tiene patria, ni más Dios que ustedes; hermanos del hambre y la esperanza!…

La multitud, abajo, volvió a corear enfebrecida:

"¡Herón; Herón! ¡Hermano, Proal! ¡Hermano, Proal!… hasta que las manos del chaparro dirigente volvieron a jalar miles de hilos, como un marionetista magistral:

—¡Viene, viene esta abuelita nuestra a decirme que tiene veinticuatro horas para desalojar su casa!… ¡Ja, ja, ja!; ¿dije su casa? Viene esta pobre ancianita del patio de Ojos Claros para decirme que un día después será una perra más deambulando por las calles horrorosas de nuestra ciudad. Y yo; ¡y yo, hermanos del sueño y del futuro!, me digo: ¿Permitiremos que esta situación pueda repetirse en otros patios, con otras familias de hermanos inquilinos? ¿Permitiremos que echen a la calle a esta anciana, que simboliza a la madre de todos nosotros, huérfanos de justicia y libertad? ¡¿Lo permitiremos?!

La respuesta de la muchedumbre no se dejó esperar:

"¡¡NOOOOO!! ¡Nooo!", y resonó por los edificios de la plaza, como un eco prehistórico.

—¡Hermanas inquilinas; hermanos proletarios! —continuó el dirigente parándose nuevamente en las puntas de los zapatos—. ¡El caso de esta abuelita nuestra del patio de Ojos Claros es un crimen inicuo! ¡Un crimen desalmado que quiere castigar el pecado nuestro de todos los días!… que es no pagar la renta. Pero… ¿Pero qué significa no pagar la renta? Ustedes lo deben saber, porque lo ven todos los días: más del noventa por ciento de los jarochos tenemos, sufrimos la necesidad de rentar un cuarto, porque no somos dueños más que de nuestra ropa miserable, nuestra fuerza muscular y nuestros sueños; y ellos… ¡Ellos, los caseros, los alacranes rentistas, los cerdos del capital!; solamente son dos mil sujetos que ordeñan los salarios de la masa, su tranquilidad y patrimonio. ¡Existen patios que darían vergüenza a los marranos mismos! ¡Ustedes lo saben! ¡Patios como El Paraíso, o La Conchita; donde habitan sesenta familias y solamente hay dos baños para las necesidades del cuerpo! ¡Patios donde los "cuartos familiares" son cubos claustrofóbicos de tres por cuatro metros donde se come, se duerme y se ama sin pudor alguno ni privacía! ¡Y yo me pregunto, pues: ¡¿Qué somos?! ¡¿Qué somos, pues?!

Herón Proal crispó las manos, dejó que la pregunta volara desde el tercer piso del hotel Diligencias. Esperó varios segundos, y a punto de responder, alguien abajo se animó a contestar:

"¡Somos cornudos hijos de la promiscuidad!"

La carcajada popular permitió que Proal volteara para exigir a los del cuarto 303:

—Tráiganme un cajón, que ya me duelen los tobillos.

Ángel Roy le ofreció entonces la silla donde ya se había evaporado la mancha de Cutty Sark. El dirigente inquilinario aprovechó su nueva estatura para recordar:

—¡Somos la humanidad de mañana! ¡Sí, hermanos… eso somos! ¡Porque aunque hoy paguemos muchos pesos por sobrevivir como animales de corral, no debemos olvidar que el futuro nos pertenece, hermanos asalariados! ¡Porque si hasta hoy hemos sido viles perros muertos de hambre, no olvidemos que podemos gruñir, saltar y morder! ¡Hermanos perros! ¡Hermanos perros muertos de hambre!; ¿verdad que también sabemos morder?

Alguien ladró abajo.

—¡Sí! ¡Hermanos perros de las pocilgas! ¡También sabemos aullar y matar en jauría de lobos! ¡Y degollar cristianos! ¡Y castrar burgueses!, y ya es tiempo que nos sacudamos el yugo infernal de esos tigres burgueses… que deben ser dinamitados. ¡Acabando con la burguesía y sus coronelitos y generalitos!, ustedes, la masa de la humanidad del futuro, no sólo hará de la tierra el cielo inexistente; como quisimos hacer en nuestra Ciudad Comunista: la ciudad de los baños de regadera, la ciudad de los comedores con jardines, la ciudad de la luz eléctrica y los retretes individuales… Yo les digo que haremos de nuestros hermanos nuestros dioses, de nuestros hijos nuestros ángeles, de nuestros sueños nuestra ciudad, sin patrón, Dios ni Estado…

"¿Y la ciudad?" "¿Qué pasó con la ciudad comunista?", gritaron dos mujeres en la plaza.

Proal, con los brazos en jarras, la negra gorra ladeada, infló su pecho al responder:

—¿La ciudad comunista? ¿Qué pasó con nuestro proyecto en los médanos del norte?… ¡Yo les respondo: la Ciudad Comunista somos nosotros! ¡Ya no paguemos rentas! ¡Ya no engordemos cerdos burgueses! ¡Vivamos gratis y en libertad!

Un creciente murmullo volvió a apoderarse de los miles que allí abajo aguantaban bajo el sol de la tarde. Sin quitar las manos de la cintura, el líder hirsuto levantó desafiante la quijada, para insistir luego:

—¡El presidente municipal Juan Velasco nos ha negado el permiso para edificar nuestra ciudad libertaria! ¡Dice que tiene que consultar con el gobernador Tejeda; y éste deberá consultar después con el presidente Obregón; y éste luego con Dios!… Y nosotros, ¡no tenemos su divina paciencia! ¡Ahí están las casas! —Proal liberó por fin su mano derecha, señalaba las fachadas, las cornisas, los techos salitrosos de la ciudad—, ¡Vivamos en ellas como los ángeles viven en el cielo! ¡Y si como dijo nuestro mártir agrario, que la tierra es de quien la trabaja; las casas, pues, serán de quienes las habiten!… ¡Conquistemos la ciudad, mujeres hijas del amor y la justicia! ¡Conquistemos la ciudad, hombres muertos por el trabajo y el insomnio! ¡La ciudad es nuestra! ¡La ciudad es de sus miserables perros muertos de hambre! ¡La ciudad es de los desheredados!, porque, ¡escuchadme, soldados del sindicato rojo de inquilinos!… ¡Así como perdí este ojo en mi guerra personal con el trabajo! —y acto seguido, alzándose las gafas ahumadas, Herón Proal se sacó el ojo izquierdo de vidrio, y lo paseó ante la mirada estupefacta y milenaria de la muchedumbre—… ¡estoy dispuesto a perder el otro, y mi corazón, y mi vida miserable de perro proletario, por la causa de los inquilinos de la ciudad!

Aquello fue como una bomba. El grito frenético de la gente saltó unánime y confuso. Ángel Roy se dejó caer en la cama para reponerse del susto. Abajo, el coro era cada vez mayor, impetuoso, adoratorio:

"¡¡Proal!! ¡¡Proal!! ¡¡Proal!! ¡¡Proal!!…".

Esta vez el dirigente inquilinario esperó inconmovible y parco durante varios minutos, la mano extendida jugando con el ojo de vidrio, como el niño que repasa al tacto su canica favorita. Esperó hasta que un silencio multitudinario y obediente se apoderó de la plaza. Entonces Herón Proal anunció, al guardar nuevamente aquella esfera en la cuenca ocular:

—¡Sí; la Ciudad Comunista, ahora! ¡Sí; la huelga inquilinaria, desde luego! ¡Sí; la conquista del cielo, ya!

El grito de "¡Huelga, huelga!" fue coreado por las diez mil gargantas allí presentes; y para rematar después, Proal comenzó a preguntar en velocísima encuesta:

—Patio Paraíso… Inquilinos del patio del Paraíso, ¿están ustedes por la huelga del pago de rentas?

Un centenar de mujeres y hombres saltaron con las manos levantadas, coreando jubilosos: "¡Síii!"

—Patio de El Perfume…

Y así, los habitantes de La Huaca, Yemen, Ojos Claros, La Josefina, El Aserradero, La Hortaliza, Nomeolvides, El Jazmín… fueron apoyando la propuesta del líder Proal.

Media hora después aquello había concluido. Al recuperar la silla del cuarto, Ángel Roy fue detenido por la enronquecida voz del dirigente inquilinario:

—¿Usted es el piloto?

Roy lo miró a los ojos. Suspiró un bostezo de whisky y pesadez:

—Sé tripular biplanos, señor.

Tras acomodarse las gafas ahumadas y redondas, Herón Proal dio una palmada al doctor Baqueiro para que se adelantara con su acompañante.

—¿Ya encontró a su amiga? —espetó entonces el chaparro mirando a Roy por encima de las gafas.

—¿Mi amiga?

Proal le guiñó el ojo derecho, sonrió con socarronería.

—Olvídelo… Después, ya le avisaremos, nuestro Sindicato Revolucionario de Inquilinos va a requerir de sus servicios para algún trabajillo.

—¿Mis servicios? —el whisky en la sangre le adormecía la memoria.

—Los suyos y los de su avión… Ya le avisaremos.

Al cerrar la puerta, Roy volvió a quedar solo, solo con su trombón y su botella vacía de Cutty Sark. El sol entraba ya por el balcón. Calcinaba la pared contraria.

"País de locos", pensó el piloto de la Aero Navigation, cuando alguien tocó en la puerta.

"Y ahora, quién", masculló Roy al reincorporarse en la cama.

Era el chaparro de negro, Herón Proal, quien alzándose las gafas volvía a despedirse guiñando el ojo verdadero:

—Ha sido usted muy amable, piloto Roy.

FOTOGRAFÍAS EN EL AERÓDROMO

La bicicleta de Ángel Colombo era seguida por un Studebaker de color marfil. Ángel Roy había adquirido el vehículo debido a que el transporte municipal del puerto eran dos líneas tranviarias, y no precisamente eficaces. Por lo demás, ya se había acostumbrado a la vigilancia abierta que de él hacía el capitán López a partir de la nota publicada en *El Dictamen:*

AVIADOR ESPÍA, ENVIADO POR OBREGÓN

El piloto Ángel Roy aterrizó ayer a bordo de muy moderno aeroplano. Revela que "su misión secreta" fue ordenada por el mismísimo Presidente de la República. Oriundo de Texas, el aeronauta es un experimentado combatiente de la Gran Guerra europea...

Las fotografías de Guido Sánchez ocupaban dos tercios de la tercera plana y aunque el reportaje no mentía... no mentía más allá del cuento inventado por Roy, las exageradas suposiciones del redactor no beneficiaban más que al morbo político: "...nuestro enigmático visitante, quien no ha querido declarar ni pío en torno a su misteriosa comisión, se ha hospedado en el suntuoso Hotel Diligencias, sitio, por lo demás, harto conocido como centro de reunión de los sediciosos dirigentes del Sindicato Inquilinario, y de algunos oficiales enemistados con el general Obregón. ¿Habrá llegado el imprevisto aeronauta a negociar los rescoldos que encendió la impía derrota del hoy occiso general Molina?"

Roy no entendía demasiado nada. Lo único cierto era que Mary Riff aún no se había presentado a recoger el vestido de novia, y las pistas sobre su destino eran cada vez más vagas.

El Dictamen de la fecha publicaba una serie nueva de fotografías del Bristol Scout en el Campo Aeronáutico Militar, ¡donde Neguib y Neftalí posaban sonrientes frente al aparato!

—Maldición —gruñó Roy tras detener la bicicleta.

El Studebaker del capitán López frenó también, veinte metros atrás. Roy dejó su vehículo y avanzó hacia el automóvil, trepó al estribo y anunció malhumorado:

—Se me ponchó una llanta.

Un ejemplar del periódico estaba en el asiento junto al capitán López. Roy quitó la publicación para hacerse de un lugar, y entonces reconoció el titular con el que había desayunado esa mañana: "AVANZA LA INVESTIGACIÓN SECRETA DEL PILOTO ENVIADO POR OBREGÓN".

—¿Cómo lo trata el puerto? —preguntó López al intentar poner en movimiento el automóvil. Su nerviosismo era evidente, pues debió descender un par de veces a operar el cran de la marcha.

Neguib y Neftalí Abed habían decidido transformar sus vidas. "Queremos aprender del mundo", dijo Neguib al saludar el serio semblante de Roy. "Huimos de nuestra casa. Haremos lo que usted indique, iremos adonde usted ordene… La aviación es el futuro de las naciones"; se había disculpado Neftalí, con la sonrisa toda gentileza.

Los primos habían limpiado con trapo húmedo el fuselaje y las alas del biplano. Igualmente habían revisado el ajuste de las poleas y aceitado los pedales del timón. Además los muchachos seguirían durmiendo al pie del minarete, "si el capitán López no tiene objeción alguna", dijeron. Y no la hubo, pues los muchachos recibirían de Roy solamente un peso semanal, "mientras duraba el aprendizaje".

—Ya hasta nos encariñamos con el canario —dijo Neguib.

—Estamos a su servicio, amigo —sonrió Neftalí Abed—. ¿Qué de malo hay en querer aprender a volar sobre los llanos de la patria?

Y no, pues; no había nada de malo, reconoció el piloto; al fin y al cabo que todo aquello concluiría pronto, cuando Mary se uniera a su vida…

—Estoy listo, amigo piloto —terció una voz a espaldas de Roy.

Era el fotógrafo Guido Sánchez, su pesada cámara de placas entre las manos.

—Fui a retratar los destrozos que hicieron Proal y su gente —se disculpó, para luego anunciar— ...antes de que volemos usted y yo por encima del puerto.

—¿Volemos? —preguntó Ángel Roy, asombrado por esa desfachatez.

Guido Sánchez retrocedió algunos pasos. Disparó el obturador contra la figura de un arrogante piloto.

El fotógrafo se limpió el sudor del rostro con un pañuelo, y tras reacomodarse el sombrero de carrete, refirió:

—Vengo de la "ciudad comunista" que iban a levantar en los médanos del norte. Todas las tardes celebran allí sus jornadas fraternales, que no son sino viles romerías... No han trazado una sola calle, tampoco existen dos ladrillos encimados. Cuando el gobernador Tejeda se decida a barrer con esos milicianos prevaricadores, otro gallo cantará... pero como le quiere meter una zancadilla política a Obregón, un día les da la razón a los diablos anarquistas y otro a los divinos cazatenientes. En los hechos no hace nada, y los inquilinos se apoderan cada día de más patios y edificios.

—Conocí el otro día a Proal y su camarilla. Estuvieron en el balcón de mi cuarto.

—Ya lo sé. Tenemos las fotografías... ¿Le propuso algo?

Ahora Roy fue el que sonrió con malicia. Le anunció:

—Volaremos una hora... Le hace falta desentumirse al canario. Suba en el compartimiento posterior y acomódese como pueda.

El capitán López observaba todo aquello desde el asiento del Studebaker, a la sombra del minarete. Reconoció los preparativos del despegue y no sintió más que rabia. ¿De qué hablarían allá arriba el piloto y el periodista?...

Cuando Neguib accionaba la hélice para la rotación de arranque, sólo alcanzó a escuchar al piloto que comentaba "... el miedo no sirve de nada. Trate de pensar en otra cosa; ¿qué le gustaría cenar esta noche?"

La ignición fue invertida: el biplano escupía un chorro de aire en lugar de aspirarlo. Ángel Roy interrumpió el circuito eléctrico para detener eso, y fue cuando Neftalí trepó al estribo de la carlinga para preguntar:

—¿Todo en orden?

—Sí —respondió Roy, y aprovechó para suspirar:

—Ojalá que no ocurra otra vez durante el vuelo, porque seremos jamón de los tiburones.

Guido Sánchez abrió enormes los ojos. Se juró que ése sería el último vuelo de su vida.

Un minuto después Neftalí Abed le comentaba a su primo Neguib:

—Ya vi, y no es tan difícil —mientras manipulaba un manubrio fantasmal, encaminándose ambos hacia el auto color marfil para cobrar su par de pesos.

NOCHE DE FUEGO

Aquello había derivado en rutinaria visitación. Por eso, cuando Roy traspuso el zaguán bajo el letrero en azul y rosa, imaginó que fácilmente podría repetir ese tránsito cotidiano hasta el último de sus días: del hotel Diligencias al café, del café a la casa de modas, de la casa de modas al patio donde guardaba la bicicleta, del patio al aeródromo con los muchachos Abed, del aeródromo a la ducha, y luego al café de La Parroquia, de ahí a cualquier cervecería, y después al cuarto 303, donde nuevamente se transportaría con el trombón y el whisky hasta aquel verano de 1917 en que besó, por última vez, los labios aframbuesados de Mary Riff.

"Y pensar que cualquier día me topo con ella", se dijo al reiniciar la consabida indagación. Esta vez la encargada de Creaciones Irízar le hizo un gesto afirmativo. Sí, que se acercara al mostrador un momentito.

—¿Vino ya por el vestido? —preguntó sobresaltado Ángel Roy.

—Por el vestido, no —explicó la mujer de la peineta andaluza—. Vino un mocoso a pagar el adeudo.

—¿Un mocoso? —Roy hubiera querido no conducirse como alelado.

—Un niño, señor. Hizo el segundo pago y se fue con el recibo… Dijo que luego pasarán a recoger el vestido.

—Recoger el vestido.

—Señor, señor; ¿se siente usted bien?

La edición de *El Dictamen* dedicaba dos planas enteras a
la reproducción de "las primeras imágenes aéreas del Puerto de
Veracruz, nunca antes registradas".

Roy observó las fotografías logradas por Guido desde el Bristol Scout, admiró la magia fotogénica de aquel despliegue de
sombras y perspectiva en el que resaltaba el mítico encuentro
del agua y la roca: en la fortaleza insular de San Juan de Ulúa, en
las playas de cocoteros y barcas de Villa del Mar, en los muelles
donde reposaban cuatro vapores de grúas abiertas, como fábricas
navegantes donde se reconstruye, día tras día, el rostro siempre
voluble del mar.

Acomodado en la barra de una cantina, Roy pidió otra cerveza. Con ella dejó morir el lánguido crepúsculo, ausente de brisa. "¿Y si Mary decidió volver a Port Aransas y lo del vestido de
novia es una charada?", pensó entonces. Un niño había pagado
el adeudo. "Un niño como cualquier niño". Cortó la torturante
disquisición al concentrarse en el juego de fichas que cerca de la
barra sostenían tres sujetos. Recordaba la caja de madera perfumada donde su madre guardaba otras 28 fichas similares, como
tabiques de marfil. Con ellas había erigido inestables edificios derribados luego por un soplo de nueve años de edad, cuando la
vida se esconde en los hoyos secretos de los hormigueros.

—¿Puedo jugar con ustedes? —se invitó al llegar junto a la
mesa.

—¿Trae dinero? —preguntó uno que era mulato.

—Traigo —afirmó el piloto del Bristol, y luego de sentarse—. ¿Cómo se juega esto?

Los tipos no respondieron de momento, aunque el mulato
dejó de revolver las fichas tumbadas. Lo previno al destinarle una
mirada conmiserativa:

—Se tira a los números de los extremos, si no hay modo se
dice "paso"… Son siete fichas con cada serie, del uno al seis.

—A peseta el "zapato" —advirtió otro de los jugadores.

—Qué pasó, Nicanor —rezongó el mulato—. ¿No ves que éste es gringo?

Igual que los demás. Ángel Roy levantó sus fichas. Observó que cinco de ellas tenían un casillero en blanco.

—¿Vale pintar los huecos? —preguntó Roy al terminar su caña de cerveza.

Los demás soltaron la carcajada.

—Órale, Eustaquio, pásale la plumilla aquí al gringo.

El mulato ignoró el comentario, y lanzando la doble de seis, advirtió:

—Aquí no queremos mucho a los gringos.

En su turno, Roy soltó la seis blanca. Aprovechó para comentar.

—Vine a buscar una muchacha: Mary Riff... Además no soy gringo: soy tejano.

—¿Cuál es la diferencia? —preguntó Eustaquio, sentado frente a él.

Ángel Roy llamó al mesero para invitar otra ronda de cervezas. Le estaban dando una oportunidad y era seguro que esa noche no conciliaría el sueño jugueteando con su trombón en la cama del hotel. Conversa, reconciliarse con la palabra.

—Tejas la fundamos los tejanos. Fue tierra de nadie hasta que llegamos los colonos de Linares. Entonces el peligro era la invasión, no de los gringos, sino de los franceses por Louisiana, y de los comanches por la llanura del desierto...

Media hora después Ángel Roy y el mulato Eustaquio habían endilgado un "zapato" a Nicanor y su pareja. Aquella era la historia que relataba Carmen Colombo, su madre, hasta que el viejo James Roy se fue a vivir con aquella mujerzuela pelirroja.

—Suerte de principiante —celebró Nicanor cuando hacía la "sopa" con las fichas volcadas.

—Principiante y tejano, nuestro amigo se quedará solo con ustedes —advirtió el mulato al mirar hacia la plaza, porque muchos falsos paseantes, la gran mayoría mujeres, comenzaban a concentrarse alrededor del kiosco del jardín. Eustaquio se retiró entonces del grupo, no sin advertir:

—La causa me llama... y que me anoten las cervezas.

En la distancia Roy pudo reconocer al dirigente Herón Proal, quien ya se encaramaba con su estado mayor en el barandal del kiosco. Una primera serie de cohetones atronó en el cielo, bañando las frondas de los almendros con aquellos restos de tizne, porque ya la segunda, la tercera y la cuarta andanada explosiva anunciaban a los cuatro vientos el inicio del mitin.

—Bueno, tendremos nuestra zarzuela de piojos y bolchevikis —masculló Nicanor al arrellanarse en el sillón de la terraza.

—Y en la primera butacada —comentó el otro jugador, sin animarse a tocar las fichas del dominó, y alzando el periódico releyó con voz engolada: "Proal invita a sus huestes a permanecer en este puerto apestado de burguesía… En fogoso discurso, el líder de los inquilinos veracruzanos recordó que ya no es necesario huir hacia la Ciudad Comunista, sino apoderarse de nuestra urbe y transformarla en la metrópolis de la vagancia y la vida regalada…".

Nicanor encendió un cigarro habano, disparó una espesa bocanada de humo:

—Qué más dice el artículo —dijo deleitándose con el aroma avainillado—. Lee para que nuestro amigo tejano se entere.

El otro obedeció:

—"… el Sindicato Revolucionario de Inquilinos comandado por Proal y sus secuaces, ha logrado la obediencia del 90 por ciento del inquilinato regional; lo que tiene de cabeza las finanzas de muchas familias españolas dueñas de 'patios' y edificios. Esto, a su vez, ha obligado a una 'huelga del pago de impuestos' contra el presidente municipal Juan Velasco, quien ya no gobierna en realidad nada y se ha convertido en testaferro de los huelguistas 'que quieren vivir gratis'. Es un lamentable asunto, pero Velasco ha perdido la brújula política, pues ni el gobernador Tejeda ni el presidente Obregón quieren saber nada de él ni de su experimento social…".

—Espera, mira, ya va a comenzar el mitin —lo detuvo Nicanor, porque una banda comenzaba a tocar, precipitadamente, una melodía que sonó más a pasodoble dominguero.

Herón Proal, esta vez todo de blanco, ya se peinaba las barbas ralas, para soltarse apenas extender los brazos:

"¡HERMANOS INQUILINOS! ¡Revolucionarios de los sueños y del hambre! ¡Vencedores del futuro!… ¡¿Cómo marcha nuestra huelga?!"

La multitud respondió al unísono, pero sin espontaneidad:

"¡Muy bien! ¡Muy bien! ¡Muy bien!…".

Tras alzar las manos, Proal volvió a preguntar:

"¡¿Y cómo marcha el sucio negocio de los señores caseros, que no son otra cosa más que perros burgueses?!"

"¡Muy mal! ¡Muy mal! ¡Muy mal!…".

"¡Claro, claro que muy mal! ¡Porque la hora de los desheredados es nuestra hora!… ¡Porque la hora de la justicia económica toca ya a nuestras puertas!… ¡Porque ustedes, mujeres y hombres sin techo ni patria…".

Alguien gritó, protestando:

"¡Mi patria es México!"

"…Mujeres y hombres de este puerto de la luz y la justicia: quiero decirles que si un estibador se friega el lomo para ganarse un poco de pan y casi nada de techo, la sociedad se acuerda de él, lo compadece… Pero, ¿pero, quién se acuerda de nuestras hermanas, *las horizontales*? ¿Quién se acuerda de estas pobres mujeres que igualmente se soban, aunque no el alma, y reconfortan al proletario en su tristeza vital y comparten con él las miserias sexuales?…".

Algunas mujeres gritaron en la plaza:

"¡Nadie, nadie!… ¡Nadie menos tú, Herón!"

Proal se desabotonó el saco para ganar movilidad, ajustó sus gafas ahumadas y acomodó los brazos en jarras:

"Queridísimas compañeras de la zona de fuego", comenzó a perorar. "¡Ha sonado la hora de la reivindicación social, y ha sonado para ustedes el minuto de la liberación! ¡Ustedes, que son las grandes ciudadanas de la vida!, han acudido a mí, un humilde sastre que tengo mi domicilio en la accesoria de Landero y Coss donde confecciono artículos para caballero a precios excesivamente baratos… ¡Han acudido a mí, hermanas horizontales, para quejarse porque los perros caseros les exigen rentas de veinte y hasta treinta pesos mensuales, argumentando la irrisoria patraña de que ustedes no habitan, sino cohabitan con múltiples huéspedes que supuestamente les dejan muchísimos pesos de ganancia!… ¿Qué, no les da vergüenza ser miserablemente explotadas por la insulsa burguesía? ¿No temen que las parta el rayo de Venus por cumplir tan excesivos alquileres? ¿No repelen la idea de pasar un minuto más en las asquerosas pocilgas que ustedes llaman cuartos de estar, cuando que ustedes merecerían una alcoba palaciega, toda cortinajes de terciopelo y tapetes de Persia?… ¿Me equivoco, mujeres dueñas de nuestros suspiros y tristezas?"

"No te equivocas, Herón… ¡Pero tú siempre lo quieres fiado!", gritó una muchacha anónima, y la multitud rompió en carcajadas. Proal trató de no sonreír, y continuó con garganta fogosa:

"¡Eso! ¡Eso es precisamente lo que ustedes, mujeres de nuestro desconsuelo sentimental, deben hacer con esa sierpe del capitalismo llamada caseros! ¡Paguen la renta con servicio del cuerpo! ¡Denles calor de verijas, pero no pesos de plata, tan útiles para comer y vestir! ¡Pagad en especie y a precio de ricos!…

"¡No quieren, Herón! ¡Nomás les gusta el dinero!", gritó otra.

Proal guardó silencio. Dejó que el rumor despertado entre aquellas mujeres de todas las edades se disipara. Levantó un brazo, la mano como raíz tiesa:

"¡Pues entonces, queridas hermanas!…".

Volvieron las risas.

"Sí, ¡las llamo queridas hermanas!, aunque nuestro compañero, el doctor Baqueiro diga que él no tiene hermanas… Y las llamo así aquí porque estas pobres y despreciadas mujeres no son solamente nuestras compañeras, sino también nuestras hermanas, porque analizando las cosas resulta que ustedes son de carne y hueso igual que el mejor de los varones: Mijail Bakunin; y lo mismo son carne de explotación de los burgueses y perros cazatenientes… ¡Por ello, compañeras horizontales de la zona de fuego! ¡Ha llegado la hora de su liberación!… ¡Y si los perros burgueses siguen atreviéndose a expulsarlas de sus cuartos; como ya ocurrió con las hermanas Alejandra y América Islas, del patio del Perfume… ¡Si no quieren aceptar el pago en especie porque su impotencia de clase degenerada les impide así el cobro de la renta… ¡Pues, vamos a quemarles sus pocilgas! ¡A quemar las colchonetas! ¡A quemar las camas! ¡A quemarles sus muebles llenos de piojos y polilla!

"¡Sí, sí! ¡Mueran los burgueses! ¡Mueran los explotadores del pueblo!... ¡¿Y si nos meten a la cárcel?!"

Herón Proal trepó al barandal, abrazó uno de los postes del kiosco y sacándose nuevamente el ojo de vidrio, desafió a la multitud:

"¡¡Les regalo mi ojo sano!! ¡Qué me importa no ver nada nunca más! ¡No quiero ojos si a ustedes, mujeres del puerto, un piojoso burgués les vuelve a tocar un pelo! ¡¡Vamos a quemarles esas pocilgas!! ¡Obliguémoslos a que doten sus cuartos con los muebles que la dignidad femenina de ustedes requiere! ¡Vamos a echarles bombas! ¡Que estalle la revolución social! ¡Que tiemble el mundo y se desplomen los cielos! ¡Que vomiten lava todos los volcanes, que hiervan los mares antes que deje de privar nuestra justicia social en la patria jarocha!... ¡Antes que alguien les toque el pelo por quemar esas pocilgas infectas donde es casi imposible el desempeño del cuerpo!... compañeras horizontales: ¡¡A quemar!! ¡A quemar las camas, señoras!

¡A... ayy!"

Herón Proal cayó del barandal, pero la gente estaba encendida. Una columna de mujeres avanzaba ya por la avenida Independencia rumbo al barrio de La Huaca; otra se dirigía a los patios más próximos: Paraíso, Nomeolvides, La Providencia, Yemen...

—El puerto es de Proal —dijo Nicanor mientras guardaba alineadas las fichas de dominó.

Cuando Ángel Roy miró la primera hoguera ardiendo a media calle, no lejos de ahí, pidió la undécima cerveza... Dijo para sí, con melancolía y beodez:

—Mary; Mary... ¿Dónde demonios estás? —porque la confusión aquella invitaba a sumarse a la muchedumbre y blandir uno de los estandartes rojos, dorados y negros; y gritar denuestos contra la burguesía, el general Obregón, la miseria y Dios.

Los cohetones volvían a atronar, ahora por diferentes rumbos del puerto, cuando Roy sonrió al reconocer a una figura que se aproximaba a su mesa desde media plaza... Era el fotógrafo Guido Sánchez, que llevaba a dos muchachas abrazadas y risueñas:

—Piloto Roy, venga a dar una vuelta con nosotros. Ésta es la noche del fuego —lo invitó.

Ángel Colombo adivinó los pechos de las alegres muchachas; un par serían como limones, el otro como toronjas. Pagó la cuenta pendiente, se despidió de los compañeros de mesa. No habría mejor remedio para su nostalgia que darle su lugar al deseo.

Avanzó hacia aquellos festejantes de carnaval y anarquía, y se les unió con natural obediencia. Ya se encargarían las horas de resolver lo demás, pensó al sentir el antebrazo de la muchacha de los limones ciñéndole un costado.

—¿No eres un perro burgués, verdad? —adivinó preguntando ella.

—No, pero tú tampoco eres profesora en Port Aransas.

—No te entiendo.

—No hace falta —aceptó finalmente Ángel Roy, porque la vida no exige razones y además, la noche apenas comenzaba.

MONÓLOGO AL AMANECER

Muchachas locas aquéllas. Luego de prender fuego a sus colchones en el patio de La Josefina, los habían desafiado a beber cerveza por litros.

Ángel Roy quiso recordar los detalles de todo aquello, pero lo único tangible era la diarrea que lo mantenía postrado… La diarrea y la jaqueca. Algunas imágenes desbordaban el martilleo inmisericorde en las sienes: el fuego de veinte camas ardiendo en la madrugada y a mitad del patio. Aquello era lo más próximo a un aquelarre, porque las mujeres tragaban buches de aguardiente y saltaban sobre la hoguera y a horcajadas. A cada salto, obedecían al profeta Herón Proal, porque el sindicato rojo eran cuarenta hogueras llameando como satánicos mecheros por todos los rincones del puerto… hasta que a una pobre mujer se le incendió la falda y echó a correr pataleando como loca en la oscuridad de los callejones. Fue después cuando alguien rió burlonamente: "Se le chamuscó el coño, igual que mojarra frita".

¿Era una pesadilla o un recuerdo?

El fotógrafo había bebido siete botellines consecutivos de cerveza. Roy no recordaba cuántos, pero entre uno y otro, aquellas mujeres les dosificaban cucharadas de un polvo irritante, "chisalmarón", porque así aumentaban la sed: aquello no era más que una mezcla molida de camarón seco, chile piquín y sal; y como en los cuartos de las muchachas no quedó mueble sano, fornicaron de pie, los hombres de espaldas contra la pared y sosteniéndolas por la cintura, porque ellas les habían impedido orinar, "aguántense como los tiburones, que nunca mean", y así aquel par de coitos a la luz de la hoguera de camas fue un ajetreo excesivo y doloroso, las muchachas retorciéndose como serpientes mojadas que trepan por una rama de tizones y esmeraldas, y Roy y Guido escuchando aquellos gemidos crepitantes de una noche que nadie olvidó.

¿Qué había ocurrido después? Es decir, ¿qué había ocurrido en realidad?

Lo único cierto era el chorro ardiente que le escocía. Postrado como *El pensador* de Rodin, pero derrotado sobre aquel mueble de loza, esperó el amanecer.

¿Qué era lo que había conversado con el periodista Guido Sánchez? No lo recordaba del todo, solamente que el fotógrafo había celebrado feliz la onomatopéyica voz que describía aquella noctámbula correría:

"¡Fuck, fuck, fuck!"

Volar es soñar, amigo. ¿Qué sería de mí si aquella tarde en que llegaron las golondrinas a Tejas, no hubiera estado yo tumbado en el llano? ¿Ha mirado usted el vuelo de esos pájaros, tan hechos para conquistar los cielos y nuestras almas? Dicen que vienen desde Panamá y Venezuela; no queda más que envidiarlos. Le digo, estaba yo tumbado en aquel llano de Corpus Christi… Era domingo, me acuerdo. Domingo de abril, cuando de pronto se nubló el cielo alrededor de mí, porque no eran doscientas aquellas golondrinas, eran miles, y qué digo miles, ¡eran un millón de pájaros llegando del mar, del sur, como yendo a saludar al pobre diablo de chamaco que era el hijo de James Roy! Sí, amigo, aquella mañana fue cuando decidí hacerme piloto aviador.

¿Usted cree?, porque esto de la aeronáutica fue durante años puro cuento. Como aquello de los hermanos bicicleteros de Ohio, en 1903, que resultó un juego de niños. ¿Volar veinte, cuarenta segundos?, eso no es nada... ¿Le aburre mi conversación, amigo? Ya le digo: volar es soñar. Usted aborda su aparato y es como abrir las sábanas de la cama... ¿qué le decía?

Ah, sí: la aeronáutica fue un juguete de adultos durante esos primeros años. La verdadera aviación comenzó con Louis Bleriot, en julio de 1909, cuando cruzó el Canal de la Mancha con un monoplano que pesaba lo que esa mesa donde están sus aparatos... No se duerma, amigo fotógrafo.

Le digo; con aquellas golondrinas revoloteando sobre el llano donde esperaba a mi novia, fue que decidí hacerme navegante de los cielos. Tuve que esperar dos años para enrolarme como cadete en Baton Rouge, y convertirme en teniente del aire. *"¡A.C. Roy, Air Lieutenant V...* ¿Lo desperté, amigo fotógrafo?... Discúlpeme, voy a orinar otra vez.

Le decía, amigo Sánchez. Volar es entrar a un sueño, es no tener sujeciones y contemplar en cada nube reventada el rostro de la muerte. ¿Sabe cuántos compañeros míos de Baton Rouge han muerto tripulando sus aeroplanos? Siete, que yo sepa. Bonito número, ¿verdad?... Usted va sentado con el "palo de escoba" entre las manos, a mil revoluciones por minuto y mil metros de altitud, lo que los franceses llaman el vuelo de "mil por mil".

Usted lleva ese magnífico techo de vuelo, cuando mira una nube que ha roto la atmósfera y asciende como nabo, y después otra, y otra: usted sabe que la turbulencia térmica le está sembrando escollos en el camino, y un minuto después lo lanzarán a usted hacia abajo... Sí, amigo; volar es navegar. Pero no se duerma, Guido Sánchez. Le digo, aquella mañana en Corpus Christi, recostado sobre la llanura, esperaba a mi novia. Llegaron las golondrinas del mar y supe que yo había nacido para volar. Fue lo que le dije a ella cuando llegó, minutos después. "Volaré como los pájaros". Ella voltea hacia el cielo y no ve nada; es decir, nada que no sea el éter azul del Golfo. "Voy a ser piloto aviador", le digo, y ella me besa con incredulidad, porque una semana atrás iba a ser pescador, y antes vaquero...

Ahora el amor me tortura. Trato de no pensar en ella. La busco hace tres años, y sé que por aquí la encontraré. Ella se llama, ¡ay, nombrarla todos los días!... Mary Riff. Usted, amigo... despierte. Está amaneciendo.

UNA DERROTA MUY PARTICULAR

Más que reproche, sus palabras fueron una súplica:

—Déjeme darme primero un baño.

—Por favor... —se burló el capitán López.

Ángel Roy había tardado varios minutos en acudir a la puerta. Al despertar, la diarrea seguía ahí. Se descubrió sentado en el retrete, un hormigueo anestesiante apoderado de sus piernas, y él, encima de eso, era una basura que intentaba adivinar la hora. Sin embargo alguien volvió a tocar exigiendo:

—¡Piloto Roy! ¡Piloto Roy, abra por favor!

Tambaleándose, ayudado por las paredes, pudo llegar hasta el umbral de la habitación.

—¿Quién es? —preguntó.

—El capitán Manuel López. Ábrame, por favor.

Qué fastidio, y las piernas aún maceradas. Se disculpó:

—Estoy enfermo; venga mañana.

—¡Abra o abro! Traigo órdenes del presidente municipal.

Roy miró el rastro de miseria orgánica que era y arrastraba.

—Déjeme poner los calzones —dijo por fin.

—Muy bien. Aquí espero —recapacitó el capitán López al otro lado de la puerta.

Después del baño, no quedó más remedio que acompañar a López bajo el inclemente sol de mediodía. Cruzaron la plaza de armas y cuando llegaron al palacio municipal, encalado y majestuoso como una isla de porcelana, Roy sintió la primera señal de alarma. No, ése no era su día.

El presidente municipal Juan Velasco los recibió en su despacho, al amparo de una fotografía del general Obregón cuando éste conservaba aún su brazo derecho.

—Muy buenas tardes, piloto Roy —lo saludó, simulando distraerse de la lectura de un documento.

Fue cuando Ángel Colombo Roy percibió la segunda señal de alarma. Le extendió la mano, y al hacerlo observó que el texto estaba volteado de cabeza.

—Tome asiento, tome asiento por favor —dijo cuando era ya innecesario.

—Venimos tan pronto como pudimos —explicó el capitán López, para recordar su presencia allí. Se apoderó de la silla junto a Roy.

—Estimado piloto Roy —Juan Velasco enlazó las manos con los dedos estirados—. Lo hemos mandado llamar, para saber cómo va su… estancia en nuestra ciudad.

"Muy bien, hasta anoche", pensó Roy al informar:

—No me puedo quejar —aunque un cólico le hizo torcer la boca.

—Y su aeroplano, también está al centavo —acotó el capitán López junto a él, como si fuera necesario precisarlo.

—Vimos las interesantes fotografías que sacaron en *El Dictamen* —añadió Velasco—. Muy impresionantes, panorámicas…

—Es la perspectiva —se disculpó Roy con un amplio movimiento de antebrazo.

—La panorámica… —repitió Juan Velasco, y aprovechó para continuar—: ¿Y cómo ve la panorámica de la huelga de Proal, amigo Roy?

—¿La huelga?… —apretó la mandíbula, se reacomodó en la silla. Comenzó a sudar frío.

—Quiero suponer que su misión especial con el presidente Obregón marcha bien… a pesar de los excedidos proalistas.

—…o gracias a ellos —añadió el capitán López, pero Velasco ignoró su comentario.

Ángel Roy se dio un tiempo. No resistiría más de quince minutos así, atormentado por la rebeldía de su tracto gastrointestinal. Dijo:

—Mis informaciones llegarán a Obregón a su debido tiempo. Sólo a él —por ahí iba el asunto.

—¿Llegarán…? ¿De modo que no le ha informado aún del caótico… de la situación social que guarda el puerto?, quiero decir.

"Señor, me urge ir al retrete; discúlpeme usted", pensó con ansiedad, pero el capitán López ya se explayaba:

—Si me permite; le debemos una explicación. Nosotros también tenemos nuestros informantes secretos. Ellos nos mantienen al tanto de sus actividades en el estudio del fotógrafo Sánchez, de sus extrañas visitas a la Casa Irízar y de la indagación que ha emprendido en torno al destino de la señorita Mary Riff; así como de sus contactos con Herón Proal. Claro, todo esto para cuidar de su personal seguridad en el puerto… que cada día se pone más peligroso.

Juan Velasco no añadió nada, prolongó ostensiblemente la severidad del silencio mientras se aflojaba el nudo de la corbata.

—¿Qué ganan con espiarme? —gruñó Roy al enderezarse en la silla.

—¿Espiarlo? —el alcalde irguió la cabeza con sorprendido y falso gesto— Nadie lo está espiando a usted… No nos interesa demasiado saber que usted partió de Corpus Christi el 23 de noviembre de 1921, que tuvo un accidente nocturno cuando entrenaba en la academia militar de Louisiana, ni que el cónsul de Estados Unidos aquí dice ignorar todo sobre usted… Nada de eso nos interesa, ni tampoco que la tal señorita Riff abandonó abruptamente la ciudad dos semanas antes de que usted llegase… ¿Le interesa, personalmente?

Roy no podía seguir soportando eso. Venía la cuarta señal de alarma, y para amortiguar aquello se puso en pie.

—¿Me están pidiendo que revele mi informe confidencial solicitado por el Presidente Obregón?

—Espere, espere… No se agite, piloto Roy. Así son las revoluciones. Son un verdadero… movimiento social.

—Reacomodo —lo ayudó, sin eficacia, López.

—Lo que quisiéramos es tener más contactos con usted… que nos venga a consultar cuando lo crea necesario, que sus ayudantes en el Campo Aeronáutico Militar no sigan teniendo problemas para echar a andar el motor del avión; que, en resumidas cuentas, usted nos tenga más confianza.

Algo tronó.

—…porque, piloto Roy; a pesar de la huelga inquilinaria que tanto revuelo ha provocado en los medios de prensa; a usted lo seguiremos protegiendo muy de cerca, y más ahora que…

Juan Velasco también olisqueó aquello. Abrió sorprendido los ojos y advirtió con tono fraternal:

—Bueno, lo que quiero decir… es que todos somos humanos.

—Así es, señor presidente municipal —añadió, extrañamente conmiserativo, el capitán López.

—¿Me puedo retirar? —preguntó, físicamente derrotado, el piloto Roy porque ése, definitivamente, no era su día.

SEGUNDO VUELO NOCTURNO

Una semana había transcurrido desde aquella noche de aquelarre y muchachas de pechos cítricos. En muchísimos balcones y zaguanes el viento mecía las banderas del Sindicato Revolucionario de Inquilinos y, por lo demás, numerosas patrullas de soldados a caballo vigilaban las avenidas y los edificios principales del puerto. Un español de apellido Cangas había amanecido muerto con un disparo en el vientre. El hecho no llamaría demasiado la atención a no ser porque el muchacho era el heredero de once patios de renta y había sido hallado en la calle de Landero y Coss… justo delante de la sastrería de Herón Proal.

—Paso —dijo Ángel Colombo con su última ficha.

En su turno, el mulato Eustaquio musitó:

—No entrarán los burros… —porque era cierto, Roy conservaba "ahorcada" la mula de cuatros y ya miraba hacia la caja registradora, donde regularmente cambiaba dólares por pesos.

Al concluir el juego, Eustaquio pidió una botella de White Horse. Dijo que deseaba celebrar algo muy personal.

—Usted también debe beber conmigo, piloto. Debe beber.

Así lo conocían ya en el hotel Diligencias y en las cantinas de los portales: "el piloto", porque muchos habían celebrado la nota publicada por *El Dictamen*.

—¿Debo beber? —preguntó Roy cuando se disponía a revolver las fichas volcadas.

—Es whisky escocés, y yo lo estoy invitando, piloto. Además, esta noche paseará usted con una amiga.

El mulato escanció generosamente los vasos. Dejó que Ángel Roy les disparara el chorro de sifón, porque el agua carbónica era una novedad y aquello, además, se etiquetaba con un nombre de insensata frivolidad: *highball*.

—Salud —propuso el mulato, y desafiando a Roy con la mirada, largó de un trago el whisky burbujeante.

Roy no tuvo más remedio que secundarlo en el lance. Mary Riff no había recogido aún el vestido de novia encargado en la casa de modas.

Así llegaba la noche a la terraza de la cantina.

—Pasearé con su amiga… —repitió Roy, minutos después, porque aquel juego de cajas chinas le divertía—. ¿Quién es ella?

—Ya lo sabrá. Su nombre es Sufragio.

—No la conozco… que yo recuerde.

—No; pero ella a usted sí, piloto.

—¿Me conoce?

—Personalmente no… Hizo migas con la gringa, y le habló de usted.

Ángel Roy volvió a servirse medio caballo blanco. Suspiró al empuñar la válvula del sifón. Dijo con el chorro:

—Pasearé, pues, con Sufragio.

—Esta noche —anunció Eustaquio—. En su avión.

Roy dejó la mesa, avanzó por la terraza y llegó al límite de la plaza de armas. Volteó hacia el cielo y después regresó para anunciar:

—Está bien, pero fabriquemos primero otra serie de *highballs*.

Llegaron al aeródromo cerca de la media noche. La muchacha viajaba con los ojos vendados porque, dijo, quería hacer de esa experiencia "una fantasía interior". Roy no repuso nada, aunque secuestró la botella de whisky ordenada por el mulato, sabedor de que ése sería el segundo vuelo nocturno de su vida.

—¿Quiere viajar vendada, señorita? —insistió Roy cuando bajaron del auto de alquiler.

—Volaré como una paloma ciega —dijo ella, y preguntó—, ¿hay algún problema?

La muchacha llevaba una sola y gruesa trenza que le bajaba hasta el inicio de la nuca. Iba ataviada con falda encarnada, blusa negra y listones dorados en el escote; porque ése era el uniforme de las milicianas del sindicato rojo.

—No, no hay problema —reconoció el ex piloto de la Aero Navigation Limited—. Tenemos luna llena y yo un litro de White Horse en la sangre… De otro modo no lo haría.

—¿Es peligroso? —preguntó ella al revisar con las manos el nudo que apretaba la venda.

Roy no respondió. Dejó que los primos Abed llenaran el tanque de combustible y fijaran las calzas en las ruedas. Luego, cuando ayudaba a Sufragio a pisar los estribos del fuselaje, admitió:

—Peligroso es vivir enamorado.

Accionó el interruptor del circuito eléctrico. Giró el cuerpo y ajustaba el cinturón de la muchacha cuando ella se quejó con coquetería:

—No sea usted tentón.

¿Se repetiría la experiencia de aquel otro vuelo nocturno en Baton Rouge? A la luz del quinqué sostenido por Neftalí revisó el nivel del aceite, comprobó la levedad del compás magnético.

Alzó la cabeza para que Neguib propinara el primer golpe rotatorio a la hélice. ¡Qué estaba haciendo!

—Tú conoces a Mary… me dijo el mulato. Mary Riff —indagó sin cuestionar Ángel Roy al ajustarse los anteojos protectores.

—Vivió en mi cuarto durante algunos días. Cantaba todas las noches para no pensar en ti, porque… no sé dónde leyó que habías muerto.

Entonces el remolino de la propela se impuso entre los dos. Roy buscó la mano de su tripulante y la besó en esa borrasca, antes de que el Bristol iniciara el ascenso.

El aeroplano despegó con ligereza. Mientras la luna siguiera entera allá arriba, no habría demasiado problema, pensó Roy cuando un ruido lo distrajo. Se había propuesto hacer un par de rondas sobre el puerto, desde la playa norte hasta Villa del Mar, en un "techo" de cien metros, porque a mayor altura la hipoxia resta visibilidad a las retinas. Aun así decidió ascender hasta los quinientos porque estaba alcoholizado y con una rara felicidad. "Cantaba todas las noches para no pensar en ti". El ruido seguía por ahí, distrayéndolo, y cuanto más se adentraba en el pérfido misterio de la noche, más lo preocupaba aquel ruido como de vapor siseante. "…leyó que habías muerto."

La navegación aérea no era magia; no debía serlo. Un aparato más pesado que el aire "logra sustentarse por la diferencia de presión atmosférica resultante del arrastre de un plano semi combado"… pero esa lección no lo salvaría. El ruido era cada vez mayor, y sí, seguramente se había reventado la manguera del combustible y no tardaría en prender el incendio. Aquel biplano sería un meteoro centelleante precipitándose al lecho marino… ¿Qué era aquello?

Volteó para saludar a su pasajero, informarle que de un momento a otro aquello estallaría, convencerla de que se quitara esa venda ridícula y por última vez mirara el mundo… pero no.

—¿Qué tienes? —preguntó Roy al descubrir que la muchacha producía aquellos gemiditos entrecortados. Roy suspiró aliviado y tiró de la palanca de profundidad. Cuando el Bristol respondió con el quiebre ascendente, los gemidos de la muchacha se transformaron en una sorpresiva carcajada. La muchacha era presa de algo que flotaba entre el pánico y el vértigo.

—¿Te pasa algo? ¿No quieres mirar allá abajo la fortaleza de San Juan de Ulúa? —gritó Roy al voltear, aunque el rugido del motor y el viento a 130 kilómetros por hora le impedían ser escuchado.

La carcajada de Sufragio crecía, se interrumpía para permitirse un respiro, recuperaba su ronco frenesí contagioso. Cuando Roy le suplicaba que viera allá abajo la flotilla de pescadores iluminada por mecheros de kerosén, Sufragio se encorvaba con el vientre adolorido y golpeaba con la cabeza los bordes de la carlinga. Se había entregado al vuelo nocturno.

Minutos después, luego de su primer aterrizaje exitoso a la luz de la luna, Roy contempló cómo su pasajera abandonaba las carcajadas:

—Eres un ángel —dijo ella con el ronco gemido inicial, y Roy no supo si aceptarlo como cumplido.

Cuando las siluetas de Neguib y Neftalí ya acudían para sujetar el aeroplano bajo el minarete, la muchacha anunció:

—Estoy mojada —y acarició la melena revuelta del piloto. Tenía humedecida la venda de los ojos, y cuando Roy quiso desatarla, ella lo frenó para precisar:

—Tonto; estoy mojada acá…

El tejano sonrió en la penumbra. Preguntó a punto del whisky directo a pico de botella:

—¿Dónde está Mary?

La muchacha soltó con torpeza el cinturón en sus muslos, recargó extenuada la nuca sobre el respaldo:

—Se fue en un mosquito.

—Cómo.

Sufragio, divertida y vendada, volvió a buscarle la melena. Acarició a Roy y suspiró:

—Se fue en un mosquito, al sur… Hace tres semanas.

Roy gritó entonces:

—¡Angelo, querubín de alas quemadas…! —y volvió a empuñar la botella de escocés que había viajado entre sus rodillas.

—Ven conmigo —dijo entonces Sufragio, inmóvil y extasiada en el sillín posterior del aeroplano.

LOS NIÑOS DEL CIELO

"Déjame la venda", le suplicó ella luego que llegaron a su cuarto en La Huaca. Las carcajadas de Sufragio, pensó Roy, aún resonarían en el oscurecido cielo veracruzano; ella que refirió: "Se fue en un barco mosquito, hace tres semanas".

El cuarto de la muchacha vendada no había padecido el frenesí piromaniaco de los milicianos inquilinarios. Era un modestísimo aposento, las paredes de tabla y sin adornos, los gruesos cortinajes impidiendo la ventilación. Muy avanzada estaba la madrugada cuando llegaron ahí. Roy buscó alguna vela, pero no halló más luz que la de sus propios cerillos.

—Desnúdate, Ángel volador —dijo ella al recostarse en la cama—. Déjame oler tu piel.

Roy depositó violentamente la botella de whisky en la única mesa del cuarto. El golpe selló el encuentro. Aquélla será una aventura más, pensó al repetirse "Mary se fue en un mosquito al sur", porque la vida de un hombre, a fin de cuentas, no es más que la suma y resta de aventuras y desventuras, y después maldito el polvo desmemoriado, restan solamente los achaques lastimeros y algunos lacónicos epitafios lamidos por la lluvia.

—Aquí ella cantaba para no pensar en mi muerte… pero, ¿qué cantaba? —quiso adivinar Roy en la penumbra.

—Cuelga tus pantalones en la cabecera —indicó Sufragio al señalar los tubos de latón—. Nadie te va a robar nada.

—Se fue al sur… —insistía Roy cuando tropezó no supo con qué.

La muchacha sonrió en silencio. Pidió con su voz enronquecida:

—Busca debajo de la cama. Ángel volador, allí debe estar un quinqué.

Al encenderlo, Roy observó que Sufragio se había desprendido del atuendo huelguístico y conservaba, como esclava de estampa bíblica, el corpiño y la venda en los ojos.

—Al sur es toda la cuenca —explicó ella—. Los mosquitos se van caboteando. Amarran en Alvarado, Puerto México, Frontera, Ciudad del Carmen, Champotón, Campeche…

Ángel Roy miró el cuerpo de la muchacha que era mordido por el parpadeo de la flama. No intentó siquiera tocar los tobillos que ya se deslizaban sigilosos en la oscurecida sábana.

—¿Pasa algo? —preguntó ella.

Roy buscó la onza de White Horse:

—Estoy triste —respondió. En la penumbra anaranjada creyó reconocer una sombra. El recuerdo de Mary Riff era allí una ausencia inoportuna.

—Déjame olerte, Ángel volador —suplicó la muchacha, incorporándose en el lecho.

—No dejo de pensar en ella —se disculpó Roy—. ¿Qué es lo que cantaba?

Sufragio no contestó. Comenzó a escurrir su rostro por el cuello, la espalda, los muslos del piloto de la Aero Navigation Limited. Susurraba en momentos "olor de gringo", y luego "muérete conmigo". Así Ángel Colombo Roy sufrió la punzada de la estirpe, que ya descendía bajo su esternón, erizándole los vellos del tórax. No quedaba más remedio que entregarse al deseo.

Minutos después, cuando besaba por fin las corvas de aquella muchacha de carcajadas y piel dispuesta, Roy se detuvo:

—Pero… —protestó con los brazos en jarras— ni siquiera me has mirado.

Sufragio dejó de acariciarlo. Contestó divertida, sin permitir que Roy le desatara la venda:

—Ya te conozco. Eres un gringo rubio con un tatuaje de corazón apuñalado en medio del pecho —adivinó ella al disponer el cuerpo para el amor.

Roy luchaba por no tener ahí abajo el rostro de Mary cuando aquel beso aframbuesado. La muchacha comenzó a ronronear y Ángel Colombo se fue abandonando a las tinieblas con aquella extraña mujer que musitaba "muérete conmigo, muérete conmigo…". Al ruidoso ajetreo de la cama se sumó, a espaldas de Roy, un leve crujido.

Sufragio saltó, abrazó rasguñando el torso desnudo de Roy, lo empujó hacia un lado de la cama y gritó:

—¡No! ¡A él no! ¡Por favor! ¡A él no!…

Roy no se sobreponía del susto, cuando en la mortecina oscuridad adivinó el brillo metálico de un puñal.

—¡Deténmelo! —exigió la silueta que lo empuñaba.

—¡Nooo, mulato! ¡A él no! ¡Es distinto! ¡Él es distinto! —imploraba Sufragio en el piso, abrazando a Roy, protegiéndolo con su cuerpo.

El puñal avanzó en la penumbra. La voz del hombre reclamó:

—Es gringo… ¡Te digo que es gringo!

Entonces, gracias a la débil luz de la aurora, Roy identificó a Eustaquio.

—¡Vete, mulato! ¡Vete, por Dios! ¡Este ángel no es yanqui! —lloraba la muchacha, y Roy musitó con un hilo de voz:

—Soy tejano, hijo de Carmen Colombo…

—Te digo que es gringo —insistió, dubitativo, Eustaquio.

La muchacha soltó el tórax de Roy. Se irguió tambaleante y enfrentó, sin más amparo que su desnudez, al amenazador cuchillo.

—¡Mírame a los ojos! —exigió ella al quitarse la venda—. Mira los ojos que alguna vez te amaron…

Eustaquio bajó la vista y el arma. No miró a Sufragio, retrocedió en silencio. Dijo antes de salir por la puerta entornada:

—Has de tener razón… No es gringo, si tú lo dices.

Ángel Roy logró sentarse en la orilla de la cama, buscaba sus calzoncillos cuando, al mirar el rostro de Sufragio, perdió el respiro. La mujer no tenía ojos.

—¿Ya se fue? —preguntó ella.

Por un instante Roy perdió el habla. Recordó las vertiginosas carcajadas de la muchacha, su tacto como de reptil mojado. Respondió por fin.

—Sí. Ya se fue.

Sufragio tentaleó hasta topar con la cabecera de latón. Levantó una almohada para cubrirse el cuerpo. Se acomodó junto a Roy.

—No te asustes, ángel volador… —lo previno—: soy una ciega de ocho años.

Roy alzó con la punta del pie su camisa. La madrugada refrescaba a punto del alba. Tuvo que confesar:

—No entiendo.

La muchacha buscó la sábana con la mano libre. Trataba de cubrirse cuando sintió las manos de Roy que la arropaban.

—Ciega de ocho años… porque, ¿ya estamos en 1923?

—Sí —informó Roy. Se imaginó despertando en su tibio apartamento de Bourbon Street.

—Bueno; soy una ciega de ocho años, porque los ojos me salvaron la vida entonces.

A pesar de la penumbra, Roy logró abotonarse la camisa. Ella comenzó a relatar, porque el silencio dolía:

—Me sacaron los ojos con una cuchara afilada. Fue lo último que vi, o que medio recuerdo porque me había emborrachado con el viejo Fletcher toda la tarde. Fueron unos chamacos… Los niños del cielo.

—¿Los niños del cielo? —Roy comenzó a sentirse mareado. Había que abrir una ventana.

—Eran los… o son los niños que viven en el basurero del mercado, a un lado de los muelles. Nadie los reconoce como propios. Niños bandidos… Aquello fue en noviembre de 1914, cuando ya se iban los invasores. El almirante Fletcher no era una mala persona. Me atendía como reina y, la verdad, yo estaba hecha un mango. Tenía diecisiete años, y él me agarró casi nueva. Lo visitaba por las tardes, cuando me mandaba llamar. Su camarote en el acorazado Tacoma era muy elegante. Me pagaba buenos dólares que ordenaba sacar a su secretario en el ayuntamiento, Fito Ruiz Cortines. Pero eso era en las tardes, porque a partir de las siete mantenían toque de queda… y es que una o dos veces por semana un marino ya no regresaba al campamento. Nunca más volvían a saber de ellos. Dicen que fueron como diez mil los yanquis desembarcados en el puerto… y para mí, la verdad, aquello hubiera sido el gran negocio de no ser por Eustaquio. Él fue el de la idea. Será que el día de la ocupación el primero en caer muerto fue su padre, don Aurelio Montfort. Era un borrachín que paseaba frente al edificio aduanal ese 21 de abril. Eustaquio fue el que nos organizó: él era uno de los "rayados" que soltaron del presidio de San Juan de Ulúa… Debía vidas, como cualquiera. La mayoría de las muchachas, luego de hablar con el mulato, se negaban a contratar con yanquis; pero yo era entonces muy puta, muy hermosa, muy joven y muy pendeja… la verdad. Fue poco a poco que Eustaquio me convenció. Él decía: "Ellos mataron a mi padre, mataron a quinientos, paisanos… y la sangre jarocha te exige vengar tanto crimen". La primera vez casi me muero del susto; la segunda fue más fácil. Yo me quedaba como estatua cuando ellos me trepaban… Para nada abría los ojos mientras él los picaba…

—¿Los picaba? —Roy miró sus manos enlazadas entre las rodillas. Se rehusaba a mirar el rostro de la muchacha.

—…como te iba a picar a ti hace rato. Yo nomás sentía el empujón y el quejido del gringo en turno, en esta misma cama, porque era un solo cuchillazo con la hoja ladeada el que les partía el corazón y su sangre escurriendo entre mis pechos. Se los llevaba luego luego, envueltos en la sábana, para enterrarlos en la playa de Mocambo. Por eso yo buscaba sola. Me paraba como banderola suelta por los portales y los muelles… Ellos nos mataron muchos paisanos; pero en esta cama la sangre jarocha tuvo su venganza… hasta que un muerto habló. Dicen que al gringo aquel no le entró bien la cuchillada, tendría volteado el corazón, porque se desenterró en la playa y logró que un carro lo levantara. Esa noche no había funcionado el puñal de Eustaquio, porque el maldito marino llega con Frank Fletcher y le medio cuenta todo, porque allí mismo, en su elegante camarote de madera en el Tacoma, cayó muerto el resucitado. Aquello fue el 23 de noviembre, o sea en la víspera en que desalojaron el puerto. El viejo Fletcher, yo creo, estaba muy enamorado de mí, o no sé. El caso fue que en vez de mandarme fusilar, esa tarde llegó solamente con escolta de un marino. También lo acompañaban los niños del cielo. Yo no sabía nada del muerto vivo. Estuvimos bebiendo toda la tarde, zarparían a media noche y mientras los niños esos jugaban rayuela afuera de la casa, fornicamos borrachísimos. El viejo Fletcher se despidió llorando, recargado en el marco de esa puerta. Dijo en español, con una voz como de espanto: "Muchacha, me llevo tus ojos". Entonces dio un chiflido…

Sufragio subió las piernas a la cama. Se recostó y pidió a Roy que la abrazara. Comenzó a llorar lágrimas que humedecían sus párpados inútiles…

—Entonces entraron los niños del cielo… Eran como ocho, o diez. No me acuerdo bien. Me tumbaron entre todos; me inmovilizaron. Fue solamente uno el que me forzaba los párpados para meter la cuchara afilada…

Roy alzó el trapo de satín y vendó nuevamente a Sufragio. La abrazó en silencio y permanecieron así, igual que ángeles derrotados, durante varios minutos.

—Uno a cada uno… —insistió ella de pronto, y quiso explicar—. Fue lo que dijo uno de los niños antes de salir de este

cuarto: "Te cambio tu peso de Madero por el mío del Chacal"…
Fletcher, el almirante que me cambió la vida por dos ojos, les
había dado un peso a cada uno.

—¿Y Eustaquio?

—¡Ya se fue!, ¿no?

Roy sonrió. Se levantó de la cama y arqueó la espalda.

—Sí… ¿Dónde estaba entonces?

—Había ido por una caja de dinamita a las minas de Pachu-
ca, porque pensaba hundir una de las cañoneras fondeadas en la
dársena. Fue cuando trajo a Herón Proal.

Ángel Roy empujó la cortina, se asomó al nuevo día. Escuchó a Sufragio que comentaba, desnuda y a punto del sueño:

—Qué rico sol.

NOCHES ERRÁTICAS

Aquello era un laberinto en las tinieblas. Buscar a Mary por la
cuenca austral del Golfo de México se antojaba como una expedición sin brújula. Era casi como volver a empezar… Y, además,
en la Casa Irízar no había mayores noticias sobre su paradero,
luego que "un niño como cualquier niño" había pagado el adeudo
del vestido de novia, sin llevárselo.

Noches erráticas en la cama del hotel. Noches de arrullo con
el whisky y el trombón hilvanando esbozos de melodías. Noches
bajo el manto plomizo del "norte" que azotaba la costa.

El canario, pensó Roy, no podría volar con ese tiempo. El
aeródromo era una pista de fango luego de esa lluvia permanente.
Además, aquellos granujas libaneses, Neguib y Neftalí, resultaban
muy eficientes en el mantenimiento del aparato. Por ello, cuando
Neftalí Abed le suplicó que les diera un par de lecciones de vuelo, no le quedó más remedio que aceptar. Fue cuando, sentado
en la carlinga del Bristol, Roy los previno: "Dos son las fuerzas
que debe dominar un piloto: la gravedad y los vientos. Lo demás
es como guiar una carreta".

—Mañana regreso —dijo Roy al salir de la casa de modas.

Era una mañana brumosa y aisladas lloviznas humedecían aún las calles del puerto. Montaba en su bicicleta, cuando una voz lo detuvo:

—Vivimos regresando pero el tiempo nos cambia las cerraduras. De modo que, mi amigo, regresar es imposible.

Ángel Roy volteó a mirar a su repentino interlocutor. Al reconocer la delgada corbata como quebradas manecillas de reloj, lo saludó:

—Qué hace por acá, poeta Gálvez.

—Vender pañuelos, piloto. Qué otra cosa puede hacer un hombre sin memoria.

—Lo invito a tomar un café. Quiero conversar con usted —"o con quien sea", pensó Roy al empuñar el manubrio de su bicicleta.

—Mejor invíteme a desayunar, joven piloto. Y el café se lo toma usted.

René Gálvez debió reconocer que su memoria no progresaba. No pudo precisar la hora ni el día de su última ingestión, y por ello ahora se desquitaba:

—Tres huevos fritos, tres panes dulces, tres vasos de leche tibia y un express doble —pidió al mesero, y luego, al descansar los codos en la mesa, preguntó:

—¿Y su aeroplano? ¿Sigue usted compitiendo con las gaviotas en la conquista de los alisios?

—Sigo compitiendo. Sigo buscando a una mujer. Mi avión es mi caballo —Roy entendía que ése era el lenguaje de René Gálvez.

El poeta, sin perder el ritmo de la masticación, dijo una vez que extinguió aquel regular almuerzo:

—Amigo piloto; ahora se me ocurre que yo no sea yo… Quiero decir, que yo no sea "René Gálvez", como dice mi credencial, porque en territorio carrancista como éste, la mitad de las identificaciones son falsas. Entonces puedo ser cualquier persona… Y ésa es la verdad: somos cualquier persona. Tenemos necesidades y rutinas, pasiones como el que menos y los días contados como el que más. Usted busca a una señora, y otro busca a otra mujer, y un tercero busca a una tercera dama; que es la misma porque, en el fondo, aquel fulano es usted... No sé si me entienda, amigo. Quiero decirle que la individualidad es dañina... Yo, por ejemplo, ya me habitué a mi anónimo navegar: Soy nadie y soy alguien; soy todos y soy ése que alguien llamó, algún día, "René Gálvez"... y se me ocurre que yo no sea yo por algo que me persigue noche tras noche... Sí, tiene usted razón: los sueños son los que nos dan identidad... Se puede traicionar a una mujer, se pueden traicionar los principios imbuidos en la niñez, se puede incluso traicionar a la patria... pero no se puede traicionar a los sueños... ¿No lo había pensado usted? Hay un sueño que me persigue; sí, una pesadilla. Pero una pesadilla sin angustia; una pesadilla dulce de la que quisiera no despertar... La visión es muy clara: camino por la playa, voy de la mano de un niño. El niño me arrastra por la pendiente. Avanzamos hacia el mar, dejamos que el oleaje nos humedezca los pies, las pantorrillas... El niño no me suelta, avanza cuando yo avanzo, se detiene cuando yo me detengo... ¿Quién es? ¿Mi hijo? ¿Mi hermano? ¿Yo mismo? Entonces, ¿quién soy yo mismo cuando avanzo con este hombre que usted llama, quién sabe por qué, René Gálvez?... Sí, pero eso lo dice una credencial seguramente fraudulenta... Yo soy quien dice:

"Sobre las gotas del mar danza el buque cargado de estrellas y de nombres.

Todos los nombres sobran ya...".

—¿No cree usted eso: que los nombres ya no nombran nada?... Las palabras debían ser caricias. Y luego, esta voz que me acompaña, sigue dictándome al oído:

Tomad mi corazón dulce y creyente.
El ancla es honda, el ritmo es de dolor.
Echad las perlas, vago ruido del Oriente
heridas sobre el cuello del amor.
En la aflicción universal entronca
roble mi duelo que es palmera ya.
Afinado el dolor decid los nombres.
Todos los nombres sobran ya.

Pero callad aquel remoto y transparente,
¡oh trópico salvaje y maternal!
Callad el nombre que lavó la fuente
en que volcó sus cielos toda la tempestad.

—…¿Cómo lo ve? ¿Quién es ese niño que me despierta en la noche cuando nos adentramos en el mar?… La visión es muy clara; pero no mi memoria. Quizás la pesadilla somos nosotros, y ese niño de la playa es el que ahora está soñando aquí en la mesa… El niño me dice: "Carlos, me da miedo el agua"; pero yo no soy ningún Carlos, que yo sepa… A lo mejor no debiera recordar mi pasado, todo lo que hubiera ocurrido hasta el momento en que me descubrí en los andenes de la estación de Orizaba. Ser alguien o ser nadie… Ah, quién como usted, navegando en ese aeroplano cargado también de estrellas…

El poeta levantó la taza y largó al esófago el vaporoso café express.

—Que tenga buen día, amigo aeronauta… —se despidió, aguantando entre sus frágiles costillas el eructo—. Ya nos veremos después, y gracias por el desayuno.

Ángel Colombo permaneció sentado en la terraza de la cafetería. Observó a ese enclenque alejándose con su caja de madera bajo el brazo. Le tuvo, simultáneamente, envidia y lástima. El sueño suyo, el sueño de Ángel Roy, parecía deslavarse día tras día, y lo miró dando tumbos por el arroyo fangoso que escurría como hijo mismo de la llovizna. Quiso imaginar, a pesar del mal tiempo y como si nunca hubiese ocurrido aquel beso de frambuesas en los extensos médanos de Corpus Christi, la vida.

Entonces un reluciente automóvil descubierto pasó junto a la terraza. El auto era de color encarnado y lo tripulaba el dirigente Herón Proal. Dos militantes inquilinarios, las pistoleras balanceándose en la cintura, arrojaban al aire octavillas que, no más tocar el suelo, se empapaban.

Roy pidió la cuenta. Volteó a mirar su bicicleta embarrada, que parecía esperarlo recargada en una de las columnas del portal. Recordó que la vida, como los arroyos de lluvia al escampar, seguía su tránsito real, hermoso e implacable.

TÍTERES BORRACHOS

Desde las doce la sed gregaria exigía cervezas en los bares del puerto.

—¿Sale o salgo, amigo? —preguntó Ángel Roy al mirar las siete fichas de dominó, porque ya había aprendido.

—Salga usted, amigo —propuso Guido Sánchez, mirándolo a los ojos, porque el suyo era un juego de ensalada con cuatro "mulas" descomponiendo toda esperanza. Y si había que perder, perderían, sí, pero con dignidad.

—Va de campeón —anunció Roy al soltar la cuatro tres.

Aterrado, el fotógrafo abrió enormes los ojos, no porque sus "mulas" eran casi todas menos la de tres y la de cuatro, sino porque aquel sería el tercer "zapato" de la tarde.

—Se le acabó la suerte al principiante —comentó Nicanor al cuadrar ruidosamente la doble de tres.

—Paso… —musitó Guido, mirándose las uñas ante las fichas verticales.

Minutos después el fotógrafo tuvo que confesar:

—Ya me cansé de perder.

—Entonces, ¿no completamos el segundo par? —bromeó Nicanor.

—No… Mejor el piloto nos invita una ronda de coñac, para matar la salación.

—Excelente propuesta; pero primero paguen sus tres "zapatitos", honorables jugadores…

Ángel Roy alzó la mano y llamó al mesero. Ordenó una botella de Courvoisier y cuatro docenas de ostiones crudos. Si la comandancia militar cubría sus viáticos, muy bien podría Stephen Schwartz convidarles una velada festiva al otro lado del Golfo.

—Brindemos por las mujeres deshonestas —propuso el fotógrafo Guido.

—Y por el mar… al fin que no existen —añadió Roy luego de cubrir su deuda de juego.

Nicanor sirvió su copa en silencio. No había noche en que no ganara un salario en dos horas de manotear y lanzar fichas como venablos matemáticos. Jugar con él como pareja era todo un privilegio.

—El mar no existe —repitió pensativo Nicanor—. Y Nochistlán tampoco.

Guido alzó la copa, no para brindar con sus compañeros de juego, sino para corresponder a una inquietante mirada no lejos de allí.

—Mujeres deshonestas… ¡Claro que no existen! —reclamó—. Ninguna; y menos mi madre.

—Habrá que preguntar a tu señor padre —se burló Roy.

Guido sonrió. Volvió a brindar con la dama a tres mesas de ahí. Musitó:

—Son peligrosas… las miradas —olfateó la copa tratando de reconocer un aliento atrapado bajo otro sol—. Miras con simpatía a una dama y luego tienes que hablarle, vas hablando con ella y tienes que tocarla; has tocado su mano y tienes que besarla; has besado su boca y tienes que acariciar su cuerpo; y no hay más remedio, tienes que desnudarla y cumplir acto de varón… Luego, cuando la has poseído ya, ¡demonios!, tienes que abandonarla… Es la ley de la vida. Y, qué pronto se pasa de la simpatía al deseo, ¿verdad amigo Roy?

El ex piloto de la Aero Navigation pensó que ése era un cacareo de borracho. El amor, es cierto, comienza con una mirada… pero hay tanto mirar no correspondido, pensó.

—Nochistlán ya no existe… —insistió Nicanor, alzando la copa de coñac.

—¿Que es eso?

—¿Nochistlán? —repitió Nicanor—. Mi cuna. Yo soy el director de su Comisión Regional de Color del Mar.

—El director de qué —Ángel Roy volvió a escanciar su copa. Aquella conversación de locos achispados le divertía.

—Es una larga historia —comenzó a relatar Nicanor, bailoteando fichas con la yema de un meñique—. Al norte de Mapimí, entre Coahuila y Chihuahua, muy cerca de Tlahualilo, está Nochistlán… o estuvo. Yo salí en 1911, cuando apenas prendía la revuelta… Siempre hubo dos facciones en Nochistlán; y es que la gente pelea por las ideas como los perros por la carroña. No quiero decir que yo no tenga ideas; pero son tan inútiles para la vida cotidiana... por lo menos en Nochistlán. Todo comenzó una tarde en que el periódico anunció la boda de una señorita muy principal, y describió sus ojos como "color verde mar". Al día siguiente se publicó una nota aclaratoria que precisaba "los ojos de la señorita Viviana Morales (que así se llamaba) son azules, como el mar"...

Nicanor volteó hacia la plaza, hubiera querido mirar las hojas brillantes de los tules, pero todo se confundía bajo las sombras parduzcas del ocaso. Dejó escurrir un suspiro. Se animó a continuar:

—Nochistlán es puro llano. Aislados huizaches visten el páramo. Los ríos nacen y mueren allí mismo, vivimos como hastiados de tanta llanura desbordada. No hay más que polvo, tres sauces en la plaza y una manada de berrendos que baja de la sierra en algunas madrugadas para abrevar en los corrales. Una que otra vez alguien halla un tesoro, y es que ahí, de cuando en cuando, la lluvia lava fisuras en el terreno y brinda sorpresas de oro. Pero llueve dos, tres veces en febrero, y luego nunca más... La mina ya está abandonada, pero las sorpresas ocurren, como les digo, de cuando en cuando. Esa gente se va, nunca sabemos adónde. Así es Nochistlán. Y por eso comenzó la discusión del color del mar. Una facción decretó que era verde, la otra que azul. Cada una citaba poetas, pagaba conferencistas para sustentar sus razones. Nadie se ponía de acuerdo, y de las discusiones pasaron a los golpes, y luego a los machetes y las pistolas. El correo de Nochistlán publicaba todos los días noticias del tipo: "Ayer, tres muertos verdes". La gente insistía, el mar es azul, por eso existe el azul marino; y los otros no, el mar es verde, como dicen las canciones.

Nicanor volvió a escanciar su copa. Miró la pera de cristal con algo próximo a la nostalgia.

—Y luego, qué pasó —lo animó Roy.

—¿Luego?... Lo que ocurría era que, la verdad, nadie conocía el mar. La gente, como siempre ocurre, habla por hablar; por no pensar en la llanura de huizaches y serpientes... ese sol ausente de clemencia. Hubo un acuerdo; se convino en designar una expedición que fuera al mar a investigar. Así fue como se integró la Comisión Regional del Color del Mar, y me eligieron a mí como su director.

—¿A usted... y por qué a usted? —lo interrumpió Guido.

—A mí porque yo nunca tomé partido por nadie. Yo vivía muy feliz pelando pollos en la cantina.

—¿Pollos? —preguntó Roy.

—Jugadores sin experiencia, como usted, amigo aviador, que ha dilapidado sus dólares para engordar a estos tahúres. La expedición éramos dos. Salimos a caballo cuando apenas comenzaba la matazón. Llegamos a Tamiahua dos meses después, en mayo de 1911; pero allí murió mi compañero... de modo que ahora la Comisión soy yo.

—¿Y qué pasó después?

Nicanor alzó la vista, miró al tejano y sonrió con socarronería. Se desabotonó la camisola y extrajo una botellita con tapón de lacre.

—Aquí está la prueba —sentenció al agitar los dos tercios de agua.

—¿Y en Nochistlán?, qué dijeron.

—¿Nochistlán? —repitió Nicanor al guardarse aquella líquida reliquia—... No he regresado.

Un silencio cómplice enlazó las miradas de los jugadores. Después de todo, minutos atrás Nochistlán no existía.

—Es usted un cínico —bostezó el fotógrafo al arquear la espalda contra la silla.

—Quién sabe —se corrigió Nicanor—. Leí que mi general Villa destruyó Nochistlán a fuego y plomo, cuando iba de retirada, tras su derrota en el Bajío.

—Es una historia fascinante —Roy miraba embelesado su vaso de coñac.

—¿Nos echamos otra mano? —preguntó Nicanor con resignación.

Sus manos mezclaban ya las veintiocho fichas de lomos negros.

Los faros encendidos del automóvil seguían tortuosamente a la bicicleta de Ángel Roy. Bajo el manto nocturno, aquello semejaba una comedia de teatro guiñol. Roy, Guido y Sufragio, borrachos de una segunda botella de coñac, parecían huir por las dunas de la playa de aquel monstruo de fábula infantil.

—¿Viene el diablo? —preguntó la proxeneta ciega.

Aferrado al manubrio, Guido Sánchez conducía con multiplicada dificultad por la presencia de la muchacha en el travesaño de la bicicleta. El aviador, parado sobre el eje trasero, manipulaba su trombón mientras Sufragio lo celebraba a carcajadas nomás sentir aquel becerro agonizante enredándose en su cabellera.

—¡El diablo se atascó! —tuvo que gritar Guido al percatarse de la repentina ausencia del par de ojos lumínicos. La muchacha celebró aquello al escurrir una mano entre los muslos que pedaleaban con esfuerzo mayúsculo:

—¡Uy, uy, uy!… Nos vamos quedando solitos —susurró ella.

"¡A volar!" Ése había sido el grito luego de la cuarta derrota en el dominó. "¡A volar, amigo Roy!", había celebrado Guido Sánchez ignorando el mitin del sindicato inquilinario que se iniciaba en la plaza.

Ángel Colombo abandonaría muy pronto ese puerto de agitación proletaria y militarismo de guantes de seda. Mary Riff había huido hacia el sur… ¿Había huido? ¡Claro que no! Roy era un muerto en el alma de aquella muchacha de ojos aturquesados.

—Ya no puedo más —se quejó el fotógrafo al superar una duna.

La bicicleta avanzaba dibujando un surco doble y sinuoso, como si dos ofidios resbalando por la playa. Aquel trío jubiloso despedía la noche y saludaba al mundo en el instante en que iniciaba la recuperación de sus nombres. Guido se abalanzaba sobre el manubrio para no perder el equilibrio mientras Roy soplaba la boquilla del trombón, acompañando a Sufragio, quien canturreaba toda risa y buches de coñac: "… ya no puede caminar; porque no tiene porque le falta…", y Roy completaba: "¡Palangana para mear!"

La última carcajada coincidió con el estallido del amanecer. La bicicleta dio una pirueta y los tres festivos trasnochadores rodaron sobre la fría arena.

—¡Nos *cayimos*! —gritó Sufragio, la venda escurrida en su cuello.

—¡Ay, ay! —se quejó Guido, sobándose el vértice púbico, mientras Roy limpiaba su trombón con un pañuelo.

—Señores, eso fue un aterrizaje nocturno —dijo el piloto, y ya se desabotonaba la braqueta para arrojar la primera micción del día.

Fue entonces cuando Sufragio, tras sacudirse la arena de las piernas, comentó al anudarse la venda que ocultaba sus ojos inexistentes:

—¿Ya vieron?

Guido miró sorprendido a la muchacha, dejó de sobarse los testículos. Roy también quedó sin habla pues en el horizonte, expulsado del lecho marino, el sol completaba su radiante círculo.

Sin salir aún de la sorpresa, Guido Sánchez gruñó:

—Oye tú, ¿de veras estás ciega?

La muchacha soltó su carcajada de urraca, y dejándose caer en la arena explicó.

—De veras... pero sólo cuando estoy despierta. Les digo que si ya vieron eso —orientó el rostro hacia el norte, más allá de la bicicleta tumbada—. Ese ruido. Es tu avión, ¿no Ángel volador?

Tenía razón. Aquel rumor era la máquina de un aeroplano que aceleraba y desaceleraba.

"¡Mi avión!", clamó Roy en silencio apenas reconoció aquel paleteo trastabillante. Emprendió la carrera.

La adrenalina y el coñac le golpeaban el plexo solar. Siguió corriendo hacia el aeródromo, imaginando ya el inminente despegue del Bristol Scout sobre su cabeza.

Cuando trepó en la última duna pudo observar que su canario avanzaba a media velocidad, y al llegar al extremo efectuaba una torpe rabeada (con el motor acelerando) para desandar el trayecto. Por fin logró recuperar la respiración.

Al saltar Roy la alambrada, Neguib, sorprendido, lo saludó en la distancia:

—Qué hay, patrón.

Ángel Colombo no contestó nada. Tuvo que esperar a que el otro muchacho completara un "ocho" en la pista.

—¿Cómo va? —gritó Roy, conteniéndose, al descubrir que Neftalí tripulaba el aparato con las gafas puestas.

—Bien… aunque algo le suena al motor —respondió el muchacho tras apagar la marcha.

Ángel Colombo lanzó repetidos vistazos a los primos Abed. Y eso que solamente dos habían sido las lecciones.

—La máquina está fuera de tiempo —explicó al acariciar la brillante superficie de la propela—. Habrá que desarmarla para eliminar ese cascabeleo.

Un minuto después, cuando los muchachos calzaban las ruedas del biplano, Roy los previno:

—No es conveniente acelerar los motores en tierra… La biela se desbalancea, el carburador aspira demasiado polvo y se dañan las camisas de los cilindros… —los primos Abed miraban con ojos regañados al piloto.

—Neftalí —advirtió entonces Roy—: Desde este minuto queda prohibido encender el motor en mi ausencia.

El muchacho, sin embargo, volteó hacia las dunas donde colindaba la pista del aeródromo. Anunció como si nada:

—Allá lo buscan.

Era cierto. Sufragio y Guido avanzaban tomados de la mano, tropezando y a contraluz del amanecer. Eran dos criaturas que, recién escapadas del limbo, marchaban canturreando el sonsonete de *La Cucaracha* mientras arrastraban, igual que títeres borrachos, aquellos aparatos de tubos averiados.

UN ARLEQUÍN EXHAUSTO

Era ese parpadeo sin tiempo, cuando las mujeres, todas, se sueñan amadas por ángeles de nombres prohibidos. Sufragio dormía en paz.

Al retomar de la playa se habían encontrado con el capitán López, y tras desatascar su auto había consentido en transportar al trío hasta el estudio del fotógrafo.

—¿Todo en orden? —se despidió el oficial apenas descargar la bicicleta en el zaguán de aquel añoso edificio.

—¿Qué es eso? —preguntó Guido al propinar una breve nalgada a Sufragio.

—Qué es qué —rezongó la muchacha vendada.

—Eso: el orden —repuso Guido sin mirar a López.

(Sufragio dormía en paz bajo el antifaz color púrpura. Semejaba un arlequín exhausto.)

Fue entonces cuando Guido Sánchez lanzó aquella suerte:

"Está visto que uno jamás podrá fornicar a todas las mujeres... pero vale la pena morir en el intento".

—Soy un hombre muerto —dijo.

Ángel Roy miraba algunas de las fotografías colgadas en los muros del estudio.

—Yo también —recordó, y entonces descubrió la caja de los antifaces.

—No la frieguen, camaradas —reclamó Sufragio, tumbada en un sofá—: los muertos no me sirven para maldito el meneo.

Roy siguió revisando aquellas fotografías, la mayoría púdicos desnudos.

—¿Y estas damas? —preguntó.

(Sufragio dormía en paz bajo el antifaz color púrpura. Semejaba un arlequín exhausto. Una mosca en la sonrisa a medio abrir le provocó un mínimo estremecimiento.)

—Esas damas son mujeres sin nombre, porque... usted lo debe saber: los caballeros no tenemos memoria.

—No tenemos. Es cierto...

Fue cuando Sufragio reclamó, recostada como estaba:

—Llévenme al baño, o me orino en este sofá.

Guido la condujo fuera de la estancia, cuando ella preguntó:

—¿Ya se encueraron?

Ángel Colombo escogió tres antifaces. Uno púrpura y como de alas de mariposa para ella; uno clásico de bandido, negro, para él, y un tercero, rojo y con gesto diabólico, para Guido. En eso un rumor galopante llamó su atención. Avanzó hasta la ventana y descubrió que una patrulla de siete soldados a caballo trotaba rumbo al centro de la ciudad. Uno de los soldados lo señaló con el espadín, y los demás prorrumpieron en risas indisciplinadas. Era la primera vez que miraban a un borracho enmascarado y en calzoncillos.

—¡Adiós, choto de mis embelesos! —le gritó el oficial de bigotes a la Bismark.

(Sufragio dormía en paz bajo el antifaz color púrpura. Semejaba un arlequín exhausto. Una mosca en la sonrisa a medio abrir le provocó un mínimo estremecimiento. Alzó una mano y se restregó el rostro, luego la dejó escurrir en la sábana revuelta.)

Las carcajadas pajarunas de la muchacha anunciaban su regreso. Roy estaba desvelado y con humor de leche cortada; pero cuando vio aquello no tuvo más remedio que aliarse al festejo:

Guido avanzaba desnudo, imitando a un chimpancé y sosteniendo con el pito parado una silla por el respaldo. Atrás de él, agarrada a sus hombros, Sufragio también desnuda comenzó a exigir:

—¡Ángel! ¡Ángel volador!, no dejes de mirarme —pero Roy se limitó a cubrirles el rostro con aquellos dos antifaces.

El fotógrafo dejó la silla y alzando a la muchacha en vilo se desplazó hasta el único sofá de la estancia. Allí la fornicó a mansalva.

—La pasión es anónima —musitó Roy mientras regresaba al banquillo donde descansaba su trombón. Sirvió medio vaso de aguardiente de caña, no había encontrado nada mejor, y allí sentado los miró acabar.

Fue cuando Guido, arrancándole el antifaz a la muchacha, le reclamó a gritos:

—¡Qué ves! ¡Qué ves! ¡Dime qué ves, puta ciega! —pero Sufragio no respondió nada, ensordecida por el deseo.

Ángel Colombo Roy pensó entonces en Mary Riff. Se sintió triste, más que triste; derrotado, más que derrotado; miserable.

—Ven ahora tú, angelito de alas chamuscadas —llamó Sufragio apenas Guido resbaló de su cuerpo—. Hoy no te picará el mulato.

"Qué remedio", pensó Roy mientras iba al encuentro.

—En esta tierra las damas no tienen llenadera —musitó Guido Sánchez, el antifaz ladeado, como falso Lucifer.

Ángel Roy no contestó nada. Sentía el impulso del llanto, pero también una extraña nostalgia, el vértigo salvaje de la posesión genital.

—Vete al cielo —le dijo a la muchacha, después de terminar con aquello.

Sufragio ronroneaba ahíta, a punto del sueño, y fue cuando Roy le acomodó la cabeza bajo un almohadón, la cubrió con una sábana y embozó nuevamente sus ojos ausentes con el antifaz de mariposa.

—Amigo Roy, venga a engañar al hambre —llamó el fotógrafo desde la cocina mostrando una bandeja de boquerones fritos. El piloto arrimó la silla y también se alzó el antifaz. Volvió a desviar la mirada hacia los retratos femeninos colgados en el muro.

—Damas —dijo por fin, con un dejo de tristeza.

—Todo es un engaño, ¿verdad amigo?

—¿Todo?

—Su misión especial… El sexo… El demagogo Herón Proal —Guido peroraba cazando disparates—. Somos como changos, amigo. Changos con derechos civiles.

—¿Sabe la historia de esta mujer; sabe cómo perdió Sufragio la vista? —preguntó Roy para no caer en los bostezos.

El fotógrafo asintió en silencio. Empuñó la botella de aguardiente y al no encontrar vaso para él, apuró un trago directo.

—¿Usted también es un hombre muerto? —preguntó afirmando, al soltarla.

Roy no tuvo más remedio que referirle el modo en que se hizo del Bristol Scout; el cargamento que arrojó al mar para fingirse náufrago sideral.

—Pregunte en Nueva Orleáns. Le dirán que desaparecí en el cumplimiento del deber. Que habló con un muerto.

Guido fue hasta el sofá donde la muchacha sin ojos parecía dormir. La miró en silencio. Comenzó a balancear la cabeza con pesarosa resignación.

—Mujeres —dijo antes de depositarse junto a ella.

—Mujeres —repitió Roy desde la mesa.

—¿Ve las fotos? Es un buen anzuelo; los "retratos artísticos" que les propongo. Siempre me piden que sean secretos y por las mañanas. Me dicen: "Quiero que me retrate apasionada, sofisticada, hermosa, contemplativa, divina, inmortal…". Es decir, les digo yo, "desnuda y mirando hacia la ventana". Una mujer se encuera para reconocerse poderosa… Muy pocas se resisten luego a la retorcedera en el sofá.

Guido se acarició entonces la cabeza, bajo la cabellera.

—¿Ve esto? —preguntó.

Aquella cicatriz parecía la de un carnero descornado.

—¿Su esposa? —bromeó Roy.

Guido sonrió en silencio. Flexionó una rodilla y la abrazó con ternura:

—Más respeto, señor aviador. Soy soltero—. Volvió a tocarse la cicatriz en la sien—. Yo también soy un hombre muerto, le decía… Fue un balazo… —insistió—. El balazo que me mató hace cuatro años.

—¿Un balazo? —Roy miró su vaso, un disco de ámbar al fondo.

—La bala corrió en sedal. Me resbaló por el cráneo y salió acá atrás —ahora se tocaba la nuca—. Aquel tipo me supuso muerto; y es que uno es muy caliente. Aquella dama; Rosaura…

—No diga nombres, caballero —bromeó Roy.

—Me acuerdo, mientras ella dormía dibujé sobre su espalda un racimo de uvas. Era lo que comíamos desnudos en este sofá. La fotografiaba danzando enfundada en túnicas de seda, igual que una ninfa nopalera. Aquella tarde… Tuve que salir a *El Dictamen*, y le dije, como siempre, que se duchara antes de abandonar el estudio. Pero no me hizo caso…

El fotógrafo alzó la cabeza, alterado por el vuelo de una mosca, y la recargó luego sobre el lomo del sofá:

—…en la madrugada llegó el marido de Rosaura. Pateó la puerta hasta tumbarla, y nomás verme preguntó: "¿Tú eres el del lapicito de tinta?" Después vino el disparo que me dejó inconsciente durante dos días. Desperté en el hospital, en la misma cama donde murió el teniente Azueta. Me había salvado mi cráneo de piedra… Y yo, recordándome en esa tarde cuando jugueteábamos como gatos bajo la mesa, arrastrándonos desnudos y mordiéndonos las axilas… repitiendo nuestros nombres hasta caer rendidos. Ella me suplicaba: "Amor, amor, vete a tu casa", porque su marido se había embarcado a Campeche, y yo, abrazándole las caderas, no dejaba de besarla y recordar: "Ésta es mi casa... Rosaura". Entonces me dice la enfermera: "Hoy en la mañana fue el sepelio. Dos balazos a ella en el pecho, y él se dio uno mordiendo la pistola".

Guido suspiró, acarició la mano dispuesta de Sufragio. ¿Dormía? ¿Cómo se sabe cuándo duerme una mujer sin ojos?

—Entonces lo del cuerno fue más o menos cierto.

—¿Por qué no se bañó esa vez?... Al menos le hubiera advertido que le había pintado la espalda. Aquí mismo, bajo el sofá, comíamos uvas hasta el hartazgo...

(Sufragio dormía en paz bajo el antifaz color púrpura. Semejaba un arlequín exhausto. Una mosca en la boca a medio abrir le provocó un mínimo estremecimiento. Alzó una mano y se restregó el rostro, luego la dejó escurrir en la sábana revuelta. Comenzó a roncar.)

PIGMEOS Y TITANES

"Sabemos que no ha enviado ningún mensaje al general Obregón, y que el Señor Presidente no se ha vuelto a comunicar con usted... Al menos por vía telegráfica". Ángel Roy escuchaba al presidente municipal que lo tenía citado ahí, esa tarde brumosa, en su oficina. "El hecho de que usted viva entregado a la disipación, el juego y las mujeres de la zona de fuego, nos tendría sin mayor cuidado, de no ser porque nosotros sufragamos su estancia en el puerto... La semana próxima visitaré con el gobernador Tejeda al presidente Obregón, luego que reparen el puente de ferrocarril que volaron en Maltrata los muchachitos perfumados de eso que llaman la cristiada... El Señor Presidente está muy preocupado por la huelga que se ha inventado nuestro profeta Herón Proal. Y usted, piloto Roy, mucho cuidado con esos revoltosos buenos para nada, que cualquier día comenzarán a quemar burgueses, como ellos dicen... Si nosotros se los permitimos".

—¿Me puedo retirar?

—Retirar, adónde.

—Debo descansar… Algún día llegaré a California.

—Yo te conozco. La conozco, además, a ella.

—Me dejó una pista, cuando escribió "México necesita gente como…".

—Otro hombre la posee en las noches.

—¡Cállate!… ¿Para qué te desnudas?

—Te conozco, Ángel volador. Anda, bésame los pechos… Te gustan, ¿verdad? Ahora bésame los ojos. Acércate, mi amor. Ya no tendrás que buscarme más…

—Pero si tú no…

"Tantan".

—¡No, por Dios! ¡No te quites la venda!

—¡Abre, piloto Roy!

Ángel Colombo se irguió sobresaltado. Esa piel que recordaba el gusto de las frambuesas se disipó.

—¡Abre, piloto! ¡Las masas desheredadas te necesitan!

Malhumorado, con aliento de centeno rancio, Ángel Colombo acudió a la puerta.

—¡Hay que alertar al pueblo! —reclamó Herón Proal nomás puso los pies en el cuarto— ¡La burguesía está preparando un baño de sangre!

—Muy buenos días, señores —entonó Roy luego de reconocer a Eustaquio, el mulato, que formaba parte de aquel piquete de mugrosos milicianos.

—Muy buenos días, camarada —respondió Proal por los demás— … te estoy esperando.

—¿Me está esperando usted? ¿Y para qué soy bueno?

—Te estoy esperando a ti, camarada piloto; no a "usted", porque "usted" no existe.

—Todos somos hermanos y el capital nuestro enemigo —recitó un muchacho que llevaba al cinto una pistola que le daba casi a la rodilla.

—Te estamos esperando porque el inquilinato jarocho debe ser alertado. Necesitamos tu aeroplano en esta jornada crucial.

—¿El avión? —Roy quiso saber la hora, pero reconoció la penumbra del amanecer en la cortina del cuarto.

—Urge que reparta nuestra propaganda; ocho mil volantes —indicó el mulato Eustaquio.

—Difusión aérea —precisó el mozalbete.

Ángel Roy se depositó en la cama. Enlazó las manos con fastidio. Las miraba cuando advirtió:

—Muy bien… pero ustedes salen de la habitación y me esperan allá abajo mientras me doy un baño. Dormido no puedo pilotear.

El texto de las octavillas era contundente:

"¡¡COMPAÑEROS!!

Ni un solo instante debemos desmayar en nuestra lucha: El derrumbe burgués conservador, no tarda en ser echado al abismo por las masas de los anárquicos proletarios, que ya no toleramos en lo futuro el inicuo yugo capitalista, que en lo presente nos tiene hastiados de dolor y de hambre.

Pero, compañeros, ya el horizonte, con su luz esplendorosa, nos indica que los pigmeos no tardaremos en tomar titanes, y así es camaradas, que para que nuestra emancipación sea más próxima, hay que estar alertas y preparados, ¿cómo?… Pues mirando con superante desprecio al político, al gobernante déspota, al burgués inicuo y al hipócrita sacerdote.

Desconfía de los políticos como de las solteronas melosas, porque ambos son embusteros. Desprecia a los adoradores impíos de la sierpe capitalista.

Ya es tiempo de empuñar las armas, ensillar el caballo y desafiar a los bárbaros opresores de la humanidad.

La huelga de los sincasa es una victoria tremenda. El movimiento se ha extendido a Orizaba, Jalapa, y Puebla. Pero en la ciudad capital de México ayer (martes) la soldadesca insensata del general Obregón aniquiló a tres compañeros huelguistas cuya sangre demanda que no lo sea en vano.

¡Atención vecino huelguista! ¡No te dejes convencer por falsos redentores ni pseudolíderes que intentan dividir al invencible Sindicato Revolucionario de Inquilinos (Rojo), con habladurías baladíes respecto a malos manejos y dineros despilfarrados! ¡Sigamos dando el ejemplo! ¡Prevente contra los esbirros del capital y el militarismo!

ACUDE AL GRAN MEETING en el Parque Ferrer Guardia. Se recomienda a las camaradas y los camaradas que asistan preparados para lo peor.

¡¡NO FALTAR!!

El Comité Libertario."

—No dice cuándo —observó Roy tras la lectura.

Herón Proal descuidó por un momento la conducción de su Oldsmobile dorado. Enfrentó al pasajero con la mirada:

—¿No dice cuándo? Obviamente que mañana.

—¿Obviamente? —repitió el piloto Roy, pero desistió en su empeño. El auto se desplazaba a toda velocidad y la brisa le refrescaba la humedecida cabellera.

Habían prometido pagarle cien pesos de plata luego de esparcir por los cielos, desde Boca del Río hasta la Playa Norte, aquellos noventa kilogramos de papel. "Después, no antes de cumplir el trabajo, porque el músico pagado siempre desafina…", advirtió Proal cuando supo que él no cabría a bordo.

—O subes tú o suben los paquetes —había informado Roy.

En la distancia pudo reconocer el minarete del campo aeronáutico. Escuchó a Proal que advertía a sus milicianos:

—Si tratan de pararnos al llegar, disparamos al aire… Si ellos disparan al aire, nosotros al bulto; y tú, piloto, arrancas el aeroplano como paloma asustada.

Sin embargo el aeródromo estaba más que vacío. El automóvil de los huelguistas pudo deslizarse sin contratiempos hasta el pie de la torrecilla de observación, y cuando se detuvo todos escucharon a Roy, que preguntaba con voz angustiada:

—¡Y el canario! —porque el biplano había desaparecido.

—No trates de engañarnos, piloto. ¿Dónde escondieron el avión?

Los milicianos rodearon el auto. Volteaban hacia los extremos del aeródromo; oteaban la llanura como si aquel aparato pudiera estar oculto tras una mata de zacate. El Bristol Scout, supuso Ángel Roy, debía estar en alguna parte, pero no ahí.

—Bueno, camaradas —llamó Proal a sus secuaces—, si no podemos hacer propaganda aérea, lo haremos a pie, en tranvías, a caballo y desde los andamios… ¡Hay que alertar a los compañeros!

Herón Proal miró a Roy con su ojo sano, le hizo un gesto invitativo, pero el piloto decidió quedarse ahí, la quijada alta y las manos en los bolsillos.

Al salir del aeródromo, el auto de los huelguistas se cruzó con el del capitán López. Minutos después el vehículo emparejó la marcha del piloto Roy, quien soltó lo que pensaba:

—Cabrones muchachos.

—¿Serían ellos? —preguntó sin saludar, igualmente sorprendido, el oficial.

—¡Quién si no! —reclamó furioso Roy—. País de ladrones.

—El único aeronauta en el Golfo… es usted.

Ángel Colombo guardó silencio. Miraba una gaviota como detenida contra la brisa matinal.

—Si quiere lo llevo al puerto para que levante un acta… o telegrafíe a México.

No lejos de ahí un hombre encorvado cruzaba la pista del aeródromo, regresaba de la playa.

—Mejor lléveme con él —indicó Roy al trepar en el estribo del automóvil.

El capitán López obedeció sin chistar. Aceleró de tal manera que casi embisten al viejo con todo y su racimo de pescados.

—Oiga, buen hombre. ¿No vio volar el aeroplano que teníamos guardado aquí en la pista?

—¿Volar? —repitió el pescador cuando levantaba de la arena su captura— Sí… parecía una mosca manoteada. Ya mero le mocha el copete a las palmeras ésas del médano.

—¿Iba para el sur? ¿Cuándo lo vio? ¿Quién lo tripulaba? Dígame, señor.

—Oiga. Uno es pescador y no sabe de esas modernidades.

—El viejo cargaba nuevamente los pescados en la espalda. Respondió mordiendo el cigarro de hoja que llevaba entre los labios:

—Pues sí, iba todo para el sur; como… pues como hace dos horas. Pero ya le digo: parecía pajarraco escopeteado.

Roy miró la mano del pescador, ese movimiento de tortuosa agonía. Necesitó, como nunca, un trago de bourbon.

CABALGATA ENTRE NUBES

Neftalí miró a su primo. Neguib se persignaba en el compartimiento trasero.

—¿Tienes miedo? —le preguntó.

Neguib acababa de subir al biplano luego de tirar de una de las aspas. Quiso abrir los ojos, atender las palabras de su primo, pero el remolino de la propela le impedía apenas presentar las ranuras de los párpados.

—¡Que si tienes miedo! —gritó Neftalí Abed cuando el Bristol comenzaba a desplazarse sobre la pista.

—¿Miedo? —repitió Neguib, y no tuvo más remedio que reconocer— …nomás por dentro.

Alto hay que llegar. Era la frase de su padre Omar Abed, el turco, antes de instalar La estrella de Ezgartha, aquel comercio de telas y géneros. Gracias al negocio don Omar había muerto enriquecido y llorado como "el libanés", después de haber sido "el árabe" durante los años del mediopelaje en Tampico. "Alto hay que llegar", ¡eso era!; rebelarse contra el destino de paños y mercería, conquistar la vida a como diera lugar y sobre quien pesara.

El Bristol había recorrido ya la mitad de la pista y avanzaba a media velocidad.

—¡Acelera, primo! ¡Nos vamos a estrellar contra las dunas! —gritó Neguib.

Neftalí obedeció. En las prácticas anteriores el avión se había desplazado como juguete de feria, pero ahora había que despegar. No más tirar del cable, los nueve pistones del motor rugieron con renovado estruendo. Neftalí empuñó el manubrio de alabeo y estuvo a punto de matar la marcha. En ese punto, lo intuyó, no quedaba más remedio. Arrepentirse equivaldría a morir degollado. Tenía que intentar el despegue.

—¡Dale para arriba! ¡Ya, Neftalí… para arriba! —gritó Neguib ahí detrás, persignándose con ambas manos.

(El encuentro con el coronel Casanova pareció fortuito al principio. Había llegado en un auto de alquiler y aseguró que debía inspeccionar el aeródromo. "La comandancia militar de Campeche desea construir su propio campo aéreo… Ustedes saben, la aviación es el futuro de la guerra".)

Neftalí percibió una variación en el nivel del aparato. El fuselaje del Bristol se desplazaba paralelo al piso… por fin había despegado el trineo de la cola.

—¡Ya, dale para arriba! ¡Nos vamos a matar!

El muchacho no quiso escuchar a su primo. En las dunas eran reconocibles ya los postes de la alambrada. Sintió el rostro helado.

("Con un avión como éste, nuestros… empeños políticos se obtendrían más fácilmente. Llegaremos muy lejos; ya verán, chamacos", había advertido aquel coronel Casanova.)

—¡¡Dale, dale ya Neftalí. ¡Para arriba!!

Dos semanas después cumpliría los veintidós años. Neftalí cerró los ojos y tiró hasta el tope de la palanca de profundidad. El timón imprimió entonces un súbito despegue, pero el ascenso fue tan brusco que el biplano describió un *loop* y las ruedas rozaron los zacates en el extremo de la pista.

—¡Dios mío! ¡Dios mío! —gritó Neguib al liberar los esfínteres— ¡Vamos a morirnos!

("¿Quién es el piloto del aparato?", había preguntado el coronel Casanova. "El señor Ángel Colombo", respondió Neguib con su permanente sonrisa; "…y yo", añadió Neftalí con las gafas cubriéndole el fleco, "soy el… piloto auxiliar".)

—¡Cálmate, carajo! —rezongó Neftalí cuando pudo estabilizar el vuelo a quince metros del piso. Quería cumplir veintidós años y llegar a Campeche.

Miró por la borda hacia abajo. El mar era su brújula. Había planeado una ruta sencilla, volar sobre la línea del litoral hasta encontrar la ciudad amurallada. El depósito de combustible iba a tope y la vida se conquista con audacia, pensó Neftalí al intentar un ligero ascenso. Una turbulencia, sin embargo, les hizo perder altura.

—¡Arriba primo, que nos ahogamos! —volvió a gritar Neguib interrumpiendo el Dios te salve.

("¿Usted? Es un piloto demasiado joven, ¿no?" Neftalí se mordió entonces el padrastro de un pulgar al responder: "Quizás. Pero ya volé tres veces alrededor de los volcanes", porque sabía que franqueando el Valle de México existían algunas montañas colosales, que jamás había visto. Fue cuando el coronel Casanova lo convenció: "El general Obregón no podrá perpetuarse en el poder, como son sus intenciones… Existimos militares conscientes de la situación de la patria que, en algún momento, corregiremos las cosas… y si usted nos facilita los servicios de su aeroplano…". Ahí salieron aquellos billetes.

Maniobró correctamente. Se dejó llevar por la sima de baja presión y aprovechó el desbalance para enfrentar la brisa con la proa, igual que un ave marina ganando altura sin aletear. Muy pronto ganó el "techo" de los cuatrocientos metros.

—¡Ay, me duelen las orejas! —se quejaba Neguib, cuando su primo Neftalí se sintió, por fin, dueño de ese potro cabalgando entre nubes.

Abajo estaba el territorio de la patria, arriba un cielo transparente y adelante la línea de la costa curvándose hacia la Sonda de Campeche, donde el coronel Samotracio Casanova le abriría las puertas del futuro.

—Mira abajo, primo —lo llamó Neguib con el brazo extendido—. Nuestra sombra se está metiendo en esa laguna.

EL GATO Y LA DAMA

El insomnio lo había reducido a talco mojado. Roy miró su trombón en la ensombrecida cubierta del ropero. Pensó que había llegado demasiado lejos. Aquello no resistía más. "Soy un hombre muerto que busca a una mujer ausente; me han robado un aeroplano que no existe y tengo que rendir un informe secreto que jamás nadie ordenó".

Ángel Colombo siguió rasurándose en silencio. Miró su rostro en el azogue carcomido del espejo; un rostro propio y ajeno al mismo tiempo.

—Tengo, bueno; tengo mi trombón y mi bicicleta —se consoló al cerrar la navaja para enseguida enjuagarse con el caldo jabonoso del aguamanil.

—Buenos días, señor piloto —lo saludó, una hora después, la encargada de la casa de modas— … le tengo noticias.

—Me tiene noticias —repitió Roy con automatismo.

—¡Me tiene noticias? —gritó segundos después, como si fuera otro Ángel Colombo Roy, ex combatiente de la Gran Guerra y trombonista en el cuarteto de Berry Tilmore.

—El vestido de novia de la señorita Riff. Se lo llevaron ayer en la tarde.

—¿Se lo llevaron? Quién, adónde…

—Vino un señor muy simpático, y guapo. Me entregó el contrarrecibo.

—Un señor muy simpático. ¿No vino ella? ¿La señorita Riff?

—No —la encargada gozaba con aquel suministro a cuentagotas—. Ella no.

—Bueno; y quién es ese señor. ¿Dónde lo encuentro? ¿Adónde fue? ¿Qué le dijo?

—Qué dijo él, o qué le dije yo.

—¡Quien sea!

—Él no dijo nada. Yo le platiqué de usted… Creo que trabaja en el periódico. Traía una cámara fotográfica; no sé, pero… Señor. ¡Señor! ¿Ya se va?

Apoyó el pie izquierdo contra el marco de la puerta y clavó la palanqueta. El crujido acompañó a las primeras astillas salpicando el piso del rellano. La cerradura, sin embargo, no cedió. Golpeó cuatro veces el picaporte, generando sendos chisporroteos. Volvió a clavar la barreta, a palanquear con ambas manos y pujar hasta que la chapa cayó rota. El chirrido de las bisagras fue como una invitación para ingresar en el aposento.

Ángel Colombo empuñó la barra de hierro dispuesto a romper más puertas, una quijada, tres costillas. El estudio de Guido Sánchez estaba, sin embargo, vacío.

No supo la razón, pero lo primero que revisó fue la cama del fotógrafo, luego aquel sofá sucio. Alzó almohadas y sábanas, tiró los cajones del ropero. No, ahí no estaba el vestido de novia. Fue a la cocineta y se sirvió medio vaso de algo que supuso aguardiente. Volvió a la estancia, pateó el sofá, se dejó caer y el licor mojó sus manos.

"Un señor muy simpático", se repitió Ángel Colombo. "Y guapo". Se volvió hacia el muro... Dio un salto y el vaso rodó por la duela pringosa. Arrancó una cortina y la radiación solar entró desde el balcón, purificando con sus columnas fulgurantes aquel aposento de mugre y pelusas. Revisó los retratos del muro, escudriñó los rostros de aquellas mujeres semidesnudas; sonrisas de falsa picardía, miradas de frágil ensoñación. No; ninguna era ella, concluyó Roy minutos después.

Alzó el vaso y volvió a mediar aquel licor ambarino. Largó un buche sin indagar el buqué. "Me entregó el contrarrecibo".

La fotografía es magia, pensó Ángel Roy de nuevo en el sofá. Magia y memoria, memoria y edad, edad y sombras, sombras y nostalgia. Sí, dijo:

—La vida es nostalgia.

Sonrió al descubrir bajo el sofá tres antifaces arrumbados. Uno de diablo, otro de mariposa... Miró la mesa de trabajo. Extraños aparatos como caparazón de escarabajo, tinajas con líquidos pestilentes, tiras de papel recortado. Junto a la ampliadora había dos cajas etiquetadas "Papel fotográfico virgen / NO ABRIR". Ángel Colombo violó la advertencia. En la primera caja había cuatro retratos femeninos. Eran las fotografías de Mary Riff.

Le comenzaron a temblar las manos. Volvió a sentarse, urgentemente, en el sofá. Acarició el primer retrato, besó el segundo. Era ella. Ella, sin lugar a dudas. La tercera fotografía era conmovedora: Mary sostenía un gato blanco y le besaba, de perfil, una oreja. Después miró la cuarta fotografía, y todas resbalaron de sus manos.

—Mary —pronunció, con voz quebrada, el piloto Roy. Limpió una lágrima que le sorprendió la comisura de los labios. Ignoró la cuarta fotografía y se quedó con la del perfil y el gato blanco. Besó la imagen. Suspiró en silencio. "Bendito el cielo", estuvo a punto de murmurar, cuando una sombra lo distrajo. Alguien había entrado al estudio.

—¿No encontraste la llave, amigo Roy? —preguntaba, tan campante, Guido Sánchez.

Sin mirarlo, Ángel Colombo mostró el cuarto retrato. No existían las palabras para nombrar el nudo que era su garganta. Permaneció con la mano extendida.

—¿Te gusta?, puedes quedarte con ella si quieres… No había necesidad de tirar la puerta.

Roy dejó caer aquella imagen. Se llevó las manos al rostro. Suspiró en silencio hasta que por fin pudo preguntar:

—¿Dónde está?

—Dónde está qué —repuso Guido con aparente confusión—. Estás borracho y has venido a destruir mi casa.

—"Destruir mi casa"… —repitió Roy—. Eso.

Con evidente esfuerzo volvió a levantar la cuarta fotografía. Exigió sin mirarla:

—¡Qué es esto!

—Un desnudo, supongo —Guido acomodó su cajón fotográfico en la mesa del estudio. Comenzó a referir con cierta complicidad—: En la edición de mañana…

—¡Dónde está, carajo!

Guido alcanzó una silla y se depositó en ella con el respaldo como antepecho. Descansó ahí los brazos.

—Me sorprendí, el otro día, con tu relato —finalmente se daba por vencido—. Yo de veras creía lo de tu cuento: Obregón y el informe secreto.

Roy alzó la mirada y un relámpago anaranjado escapó de sus ojos.

—…la pasión es una sorpresa perpetua —continuó Guido—. La madrugada aquella, cuando compartimos a la muchacha ciega, me di cuenta que tú eras él.

—Yo era él —repitió Roy. La fotografía de Mary besando el gato blanco resultó un bálsamo temporal.

—Ella te mencionaba todo el tiempo. Insistía en que no podría amar a nadie después de ti.

Ángel Colombo depositó el retrato junto a los otros tres. Se levantó del sofá y avanzó cuatro pasos. Lanzó un puñetazo contra la cara de Guido, quien rodó con todo y silla.

—¡Por lo que más quieras, demonios! ¡Dime dónde está! ¡Dónde está Mary!

La había nombrado. Regresó al sofá y levantó el vaso de aguardiente derramado. El fotógrafo permanecía tumbado junto a la puerta del balcón, se acariciaba la quijada cuando murmuró:

—La amas, ¿verdad?

Roy prefirió no escuchar aquello.

—Te lo advertí el otro día —explicó Guido—: "los caballeros no tenemos memoria". Mary Riff vive en Tabasco. Me pidió que le enviara su vestido de novia. Esta mañana se lo puse en el correo mosquito.

—En Tabasco —suspiró Roy con una sonrisa. Había recuperado la pista. Su pista.

—Este es el domicilio —Guido sacó un telegrama del bolsillo, lo entregó al piloto—. Nunca explicó la razón de ese capricho. Vive en San Juan Bautista, la capital.

Ángel Roy empuñó la botella de aguardiente. Volvió de la cocina con dos vasos limpios. Escuchó una detonación remota, más allá del balcón, pero se reencontró con la mirada taciturna de Guido. El fotógrafo aceptó el trago; hizo un buche y con mueca adolorida largó un escupitajo sanguinolento. Bebió el resto de un solo golpe. Volvió a sentarse a horcajadas en la silla y, contemplando su vaso como quien descifra una reliquia, volvió a referir.

—En la edición de mañana se publica una nota que envió el corresponsal de Los Tuxtlas. Dice que un aeroplano se estrelló en Catemaco, hace dos días.

—¿Catemaco? —Roy no conocía la geografía de México, pero en esos momentos aquello era lo menos importante.

—Un avión amarillo. Lo tienen custodiado —insistió Guido cuando alzaba las cuatro fotografías.

La mano de Roy lo detuvo. Que no completara aquel sacrilegio. Se guardó el retrato del gato y la dama de perfil.

JAIBAS DEL GOLFO

El telegrama en su bolsillo era un tesoro de esmeraldas. "Garzón Bates 44, Altos". Mary Riff existía nuevamente; lo esperaba a él (¿lo esperaba?), ya no era más un retrato de perfil y ocho letras. Pero, ¿y ese vestido de novia?

Una serie de explosiones volvió a sacudir aquel cielo encapotado. La tarde se había cargado con una atmósfera turbia. Llovería en cualquier momento.

Ángel Colombo reconoció las nubecillas de los cohetes que ya se diluían sobre las azoteas del puerto. Desde semanas atrás que la ciudad carecía de dueño. En todos los patios y muchos balcones ondeaban las banderas rojas y negras del sindicato de inquilinos. El caos civil se había aposentado en el puerto y los militantes anarquistas ya corrían pitando silbatos por todas las calles.

"¡Al parque, hermanos! ¡Proal nos llama!", gritaba alguno, el machete en lo alto.

Había tiempo de sobra. Saldría en ómnibus hasta la punta Antón Lizardo —le había recomendado el fotógrafo Guido—; de ahí en adelante y por cincuenta centavos, un carro de cuatro mulas lo llevaría a Catemaco. Mary Riff habitaba en los altos del número 44 de Garzón Bates, en San Juan Villahermosa; y no, de ningún modo debía él precipitar el encuentro.

En el trayecto al hotel, Roy descubrió el automóvil del capitán López, que iba a su encuentro a toda máquina. Era lo que faltaba, que el alcalde Juan Velasco cumpliera sus amenazas… pero el Studebaker pasó a su lado sin detenerse.

Otra andanada de cohetones volvió a tronar sobre la calle de Landero y Coss. Roy se percató de la gravedad del momento cuando en la distancia, soplando un cuerno de cacería, Eustaquio lo saludó.

—¡Piloto Roy! ¡Piloto Roy! —el mulato, con un revólver clavado al cinto, se ayudaba con las manos para clamar—: ¡Ayúdeme a encontrar a Sufragio… se me ha perdido!

Eran ya más de mil seguidores los que rodeaban a su dirigente Herón Proal, trepado en una banca del parque Ferrer Guardia. En ese momento comenzaba su ruda perorata:

"¡Inquilinos, camaradas, soldados de la iniquidad! ¿Qué es morir? ¿Qué es morir luego de haber cumplido con el deber proletario? ¿Qué, no acabó el sindicato rojo con los despiadados lanzamientos a la calle? ¿Qué, no ocupamos todas las casas abandonadas por los perros burgueses? ¿No tomamos sus inmuebles baldíos? ¿Qué, no reconstruimos los patios, los hicimos habitables? ¿Qué, no difundimos nuestro periódico *La Guillotina* hasta el cansancio y el último pueblo de la comarca? ¿Qué, no cumplimos?…".

Algunas mujeres respondieron, con voz angustiada:

"Sí… pero ya bajaron los soldados en los andenes de la terminal". "Queremos vivir, Proal; vivir como sea…".

Herón rugió:

"¿Qué es vivir *como sea?* ¿No somos la mejor gente del Sindicato Revolucionario? ¡Pero basta; no tengamos miedo a esos soldaditos enviados por Obregón, porque ellos también mean como nosotros, y nos deberán escuchar!…".

Dos cuadras después Ángel Roy se topó con la tropa. Frente al hotel Diligencias, un centenar de gendarmes a caballo esperaban órdenes y, bajo ellos y a pie, el capitán López golpeaba su fuete contra las botas color caoba. Para evitar el encuentro, Roy entró por la puerta lateral del hotel.

—Arriba lo están esperando —el encargado de la recepción lo previno al entregarle su llave—… la llevé desde el mediodía.

Roy empujó la puerta del cuarto. La mujer que dormía en su cama se irguió sobresaltada.

—¿Ángel volador? —preguntó ella.

—Soñador —contestó al reconocerla—. Me han robado el aeroplano.

—Huelo la sangre, Ángel volador —dijo Sufragio al sujetarse la venda de satén amarillo—. Estoy oliendo la muerte desde la mañana.

—¿Qué es lo que ocurre? —preguntó Roy al comenzar a guardar su equipaje.

—¿Con la huelga? Ya dura demasiado… La ciudad se nos fue de las manos.

—…se les fue de las manos —repitió Ángel Colombo.

—El poder es fuego, una tea encendida con la que no puedes jugar… ¿Qué estás haciendo?

Roy levantó la navaja de rasurar que había resbalado de sus manos:

—Me voy —deletreó—. Encontré a mi… Encontré a Mary.

—¿Te vas?

—Intentaré ver antes los restos de mi avión. No quiero seguir siendo un intruso.

—¿Te vas ahora?

—Me voy.

—¿Qué, tú no la hueles?… —Sufragio se levantó apoyándose en la cabecera de latón—: La sangre se está anunciando.

Un par de explosiones la obligaron a callar.

—Esos cohetes me van a volver loca —dijo la muchacha.

—Sí —respondió Roy al reconocer aquellas detonaciones. No eran de pirotecnia.

—Proal se engolosinó con la huelga. Ya nadie la quiere… El general Obregón le dio la espalda al gobernador Tejeda; Tejeda al presidente municipal Velasco; Velasco a Proal y Proal a la masa. No lo salvará ni su cuchara de oro.

—¿Cuchara de oro? —Roy se horrorizó al recordar los ojos extirpados a la muchacha… Aquellos niños de infinita crueldad.

—La usa para probar todos sus alimentos pues teme ser envenenado. Además, ha abusado de casi todas las compañeras. *Abusado,* tú entiendes.

—Te está buscando Eustaquio —anunció Roy al ajustarse los tirantes—. Me lo encontré allá abajo, en el mitin…

—¡El mulato! ¿Está con ellos?

—Sí; me pidió que…

—¡Imbécil… me prometió que no iría!

Roy miró su apretado maletín. El trombón sin lustre junto al ropero:

—¡Lo van a matar! ¡Es su sangre la que hiede! ¡Acompáñame, vamos a buscarlo!

Otra andanada de cohetones golpeó, en explosiva cascada, el tranquilo cielo de aquel verano.

El mitin se había bifurcado. Por una parte Herón Proal arengaba con las manos agarradas al cinto:

"…¡Nuestra hora ha llegado, hermanos del sudor y del salario! ¡El sable del militarismo pende ya como amenaza damocliana sobre nuestras cabezas… nuestras cabezas que nunca coronarán el olivo de la paz ni el laurel de la victoria! ¡Vamos a morir, camaradas! ¡Vamos a morir por las balas del infausto genocida que morderá nuestras entrañas proletarias, como el perro muerde los despojos de una carnicería! ¿Qué es morir para un mártir libertario?…".

Llevada de la mano por Roy, Sufragio reconoció la voz tipluda del doctor Baqueiro, cuando en el otro extremo del parque, acusaba:

—¡No señores! ¡Es falsa esa mariguanada de que "morir es soñar"! Lo que debemos hacer es negociar con el gobierno, pagar rentas sobre un porcentaje del valor catastral declarado por los caseros. ¡Es el momento de convertir el movimiento en victoria política!…

—¡Jaa! ¡Cuál victoria política! —gritó, cerca de él, Herón Proal—. ¡No hay medias tintas, camaradas! ¡Asaltemos el Palacio de Gobierno o mañana seremos cuerpos amortajados con lágrimas rojas de nuestras hermosas mujeres! ¡Hoy comenzará la ciudad comunista; la ciudad sin leyes ni burgueses! ¡Tenemos armas… bueno, no muchas, pero tenemos la razón y la justicia de nuestro lado!

"¡No, Herón!… ¡Baqueiro tiene razón! ¡Ya nos pasamos de bochinche!", gritó alguien bajo el chaparro tuerto.

—¡Hay que fundir nuestro movimiento al cauce revolucionario! ¡Úrsulo Galván y sus agraristas esperan que los llamemos! —gritaba el doctor Baqueiro.

—¡Morir es una bicoca! ¡Asaltemos ya, de una buena vez, el Palacio del Ayuntamiento!

—¡Es el momento de negociar! ¡No derrumbemos tantas jornadas de lucha!

—¡Vamos, mujeres! ¡Den el ejemplo a sus capados compañeros! ¡Agarren sus cuchillos y tumben ya a ese doctor merolico enredado con el perrerío burgués!

La multitud oscilaba, escuchaba con atención a sus líderes atronantes. Había oscurecido ya y las autoridades no encendían aún las farolas del parque…

—¡Ladrón! —gritó entonces el doctor Baqueiro—. ¡Herón Proal, eres un ladrón!… ¿Dónde están los cuarenta mil pesos de cuotas reunidos por el sindicato? ¿En tus automóviles donde te paseas como Rodolfo Gaona luego de cortar orejas? ¿En las tres casas que compraste en Jalapa? ¡Eres un loco suicida, un loco ladrón!…

Herón Proal recibió aquellas palabras como pedrada. Comenzó a temblar con rabia contenida. ("¿Qué dices a eso?", reclamaba una mujer.)

—¡No tengo por qué darle cuentas a un pobre diablo de vejete! ¡El dinero es la mierda! ¡En el sindicato rojo manejamos revolucionariamente el dinero!… —se defendía Proal trepado en el respaldo de una banca, golpeando la noche con su gorra negra, cuando el mulato Eustaquio alzó el revólver y disparó la carga contra el doctor Baqueiro.

—¿Qué pasa? —reclamaba Sufragio al escuchar las detonaciones y agarrarse prensilmente del brazo de Roy.

—¡Mataron a Baqueiro!

Varias mujeres comenzaron a tironear violentamente de los pantalones de Proal. "¿Eres un ladrón, como él dice?" "¿Nos has traicionado a los pobres, Herón?", gritaban, cuando alguien del otro grupo también disparó su arma. "¡No se maten, camaradas!", exigía Proal, y entonces un ladrillazo le golpeó el rostro y lo tumbó. "¡Ladrón miserable!" Los milicianos comenzaron a tirar cuchilladas, a ciegas casi; machetes contra palos, piedras contra balas, denuestos y gemidos… el proletariado sin cabeza y sin sosiego.

Las mujeres corrían entre los setos del parque, tropezaban; "¡mi ojo, se va a perder!", reclamaba Proal; cuando un rumoroso galope irrumpió en la tenebrosa explanada. Era la gendarmería montada que embestía contra ese remolino humano. Las bayonetas y los sables brillaron al unísono, confundiéndose con los gritos desesperados de la multitud. "¡Al sindicato!", clamaban unos. "¡Se llevan a Proal!", reclamaban otros. "¡Un médico, por piedad!", exigía una mujer que fue acallada por los relinchos confundidos del centenar de caballos. Fue cuando Eustaquio llegó hasta donde Roy protegía a Sufragio y la guiaba entre la oscuridad y los caídos.

—¡Estás vivo, hermano! —gritó ella con júbilo, pero en el abrazo un disparo hizo que la cabeza del mulato se inclinara con flacidez.

—¡Eustaquio, qué te pasó! —reclamó Sufragio al desplomarse con él, y fue cuando Roy descubrió, a diez pasos de ahí, la figura pétrea del capitán López apuntándoles con su arma.

La muchacha besaba el cuerpo inerte de Eustaquio, se untaba el rostro con la sangre aún viva que manaba de aquella herida en la garganta. El capitán López volvió a disparar y Roy sintió el golpe de viento frente a sus ojos. ¡Era a él a quien cazaba!

En la confusión pudo asirse del estribo de un caballo suelto, dio un puntapié al anca del animal, que relinchó y comenzó a galopar arrastrándolo a través de la noche.

Un súbito aguacero se desplomó entonces sobre el tumulto. Los milicianos se dispersaban, empapados, sin soltar sus rústicas armas. Algunos marchaban entre gritos hacia el local del sindicato. Roy se soltó por fin de la correa de la bestia. Le dolía una rodilla pero no estaba herido. ¿Qué clase de país, de revolución era ésa? Entonces otro disparo hizo impacto en el muro donde se guarecía de la lluvia, la arenilla del balazo le había espolvoreado el rostro, y descubrió que cerca de ahí avanzaba, como autómata, el capitán López. Comenzó a correr. En aquel tiroteo confuso sería sencillo justificar su muerte, pensó. No lejos de ahí un grupo de milicianos entonaba, con ánimo internacionalista: "¡Arriba los pobres del mundo, arriba todos a luchar!…", pero calló cuando, a una orden, la línea de tiradores abrió fuego a discreción.

Buscaba las sombras de la noche, parapetarse bajo las arcadas, alcanzar el sitio donde la calle dejara de serlo, ocultarse tras la cortina de agua que golpeaba sus hombros, pero el trote metálico de aquel par de botas era implacable. El siguiente disparo le rozó la pantorrilla izquierda: fue un leve tirón ardiente que ahora comenzaba a doler, como súbitos alfileretazos.

No había más remedio y Roy decidió jugársela. Dejó la pilastra y corrió tratando de echar el tórax hacia adelante, presentar el mínimo blanco posible. Pero correr chapaleando en la resbaladiza oscuridad era doblemente peligroso. Sabía que de un momento a otro, luego del tropiezo, rodaría en algún charco. Llegó el disparo, zumbando al rebotar en los adoquines; y Roy se irguió. Dio media vuelta, se la jugaba… Ahora corría en contra de aquel trote de uñas metálicas. El capitán López levantó el revólver, entornó los ojos y pudo apuntar contra la bestia renqueante que avanzaba a su encuentro. Disparó al bulto.

Ángel Colombo caía muerto y no se quejaba… en la imaginación del capitán, porque la cuenta de Roy había sido certera y ya embestía, como toro que descubre el sol de una plaza, el vientre de aquel sorprendido oficial.

Roy había contado cinco disparos. Le regaló el sexto al azar, porque no existe revólver de siete tiros. Así que al "clic" del martillete golpeando el cartucho quemado, Roy supo que viviría los días suficientes para reencontrarse con Mary. Y cuando el capitán López intentaba repostar la carga, observó la primera patada que le arrebató el arma, pero no la segunda que le trituró los testículos, ni la tercera que le hundió el esternón, o la cuarta que le hizo ver estrellas amarillas, o la quinta, o la sexta…

Había escapado súbitamente. El perfume de la vegetación mojada era un fantasma que deambulaba sin norte. Ángel Roy dejaba aquel puerto de mujeres enardecidas y cabecillas fanfarrones. Apretaba renqueando su maletín y miraba el resplandeciente cuenco lunar. Recordó entonces la carcajada de aquella muchacha besando la sangre del mulato agonizante. Una carcajada patética en aquella noche sin estrellas ni ley.

Ángel Colombo Roy sintió un escalofrío recorriendo su espalda. Descansó el trombón en el hombro contrario. Supo que jamás volvería a pisar aquella arena mojada que, al amparo de las sombras, se disputaban las jaibas del Golfo.

"—¡Tú tienes la culpa! ¡Tú tienes la culpa!", gritaba el más chamaco de los dos.

Ángel Colombo escuchó en silencio al regordete oficial. Volvió a preguntar:

—Entonces, ¿se escaparon?

—Así es, majo. Se me escaparon… pero tampoco los podía tener encarcelados por golpear el agua. Se salvaron y eso fue lo importante.

Roy contempló nuevamente el Bristol Scout varado en la orilla del lago. El biplano tenía rota la hélice y de las ruedas solamente quedaba el muñón de madera.

—Pues venía en picada, echando unas volteretas de rehilete. Antes no se mataron… Se les acabó la gasolina.

"Otra vez", pensó Roy mientras revisaba las riostras en el par de alas:

—¿Y usted, cómo sabe eso?

—Pues es lo que dijo el mayor de los muchachos; el que tiene piernas como de campeón de sable. Neftalí, que se llama: "Se nos acabó el combustible"; y yo qué. ¿Los encarcelo o los suelto? ¿Cómo iba a saber que el aeroplano era robado?

—Pero ya no. Habrá que intentar repararlo —Roy pulsó la espiral de un tensor reventado—. ¿Tiene su cuartel un taller de carpintería, teniente Castillo?

El gordo se pellizcó el bigote como trozo de carboncillo.

—¿Y yo cómo sé que el aeroplano es suyo, majo? ¿A poco cree que con sus ojos tan descubridores ya me convenció?

—Yo soy el piloto de esa máquina. Usted pregunte lo que quiera; yo respondo.

El oficial volvió a pellizcarse el bigotillo como si quisiera sacarse una espina del labio olmeca:

—Pues, a ver. ¿Qué hace usted por acá con ese aeroplano?

—Vengo en misión… —Roy se detuvo. Sonrió con desfachatez—: Yo también me *chingué* el avión. Lo robé para buscar a una novia.

—'Ora, ésa que se la crea otro. Escuché por ahí que van a poner un servicio de correos, ¿verdad?

—Exactamente… pero estos pillos quisieron pasarse de listos.

—¿Y usted va a ser el aviador? ¿A poco ha volado horrores, majo? —el oficial le tentaleaba el antebrazo, confianzudamente.

—Volaré; cuando lo podamos reparar… si es que tienen carpinteros competentes. De lo contrario, tendré que irme al puerto, y allá…

—Pues sí tenemos —lo interrumpió alzando sus manitas como sapos—, y si no los hacemos. Faltaba más.

—Oiga, teniente Castillo; ¿y se puede saber cómo fue que escaparon los bandidos, Neguib y…

—¿Neftalí? Pues fácil. Esa noche me quedé dormido primero que ellos; se me salieron por la ventana.

Existían dos carpinteros en Catemaco. Uno estaba borracho la mitad del tiempo, porque también dormía. El otro era un constructor de cayucos, que no se animó siquiera a tocar el biplano.

"Yo no trabajo para el diablo, señores", se disculpó dibujando bruscas santiguadas. El carpintero que llegó de Santiago Tuxtla era eficiente. Reparó en dos días el eje de las ruedas, empleando las de una bicicleta, pero tardó una semana en labrar una réplica de la propela.

Al probar la nueva hélice, de caoba recién barnizada, Roy se percató de que el motor Le Rohme cabeceaba. Las aspas estaban desbalanceadas y antes de que cortara el circuito, la propela reventó en estrépito circular.

—Pues es que nunca habíamos hecho por acá esas cosas —se disculpó el obeso Castillo, y dijo casi con gusto:

—Tendrá que quedarse por acá un buen tiempo, majo. Podemos mandar traer otra hélice de la fábrica de aviones en Balbuena.

—¿Fábrica de aviones? —repitió Roy, asombrado.

—Comenzó hace tres años, en los campos de Balbuena de la ciudad de México.

—¿Y por qué no me lo dijo cuando llegué?

—Pues porque usted no preguntó. Pero ésa sí la va a pagar usted… ¿Le molesta mi compañía? —otra vez la mano atusando ese bigotito igual que manecillas a las 3:40.

—No —y no lo hubiera dicho.

Catemaco tenía apenas un millar de pobladores. La guarnición militar era de tres soldados: el teniente Castillo y dos subalternos comisionados permanentemente para llevar el sustento: pato a la guayaba, cecina de venado o mono araña adobado, cuando no discos de zarzuela para su victrola.

Nueve fueron las noches y doscientas las cervezas que el piloto Roy consumió hasta el arribo de la propela de los Talleres Anáhuac. La hélice era ligera pero funcionó a las mil maravillas.

El Bristol Scout podría despegar en el momento que fuera… una vez que dispusiera de terreno plano, porque no había modo visible de sacarlo entero de ese lomerío boscoso.

Una vez más Ángel Roy era víctima del desasosiego. No quería pensar en el vestido de novia en manos de Mary, y su aeroplano lo tenía encadenado ahí como prisionero. Además, estaba el asedio pertinaz del teniente Castillo, quien la primera noche, en la veranda de su cuartel perfumado con mirtos y camelias, le contó:

—No me va a creer esto que me pasó, majo, porque… ¿Usted nunca ha estado en carnaval? Hace dos años hubo carnaval en el puerto, y yo fui todo esperanzado, pensando que mi corazoncito hallaría consuelo. Porque aquí uno se pudre en el desamor, no se crea. Y andaba allá entre las marimbas y los jaraneros, buscando y bebiendo… ¿Qué sería de nuestras tristezas sin el trago, verdad majo? Y allá andaba, que báilate ésta con ésta, la otra con la otra… y yo de bailotero, como pirinola por todos lados y con el tiempo contado porque no me la podía pasar todo el rato en las castañuelas. Uno, aunque pocas, tiene aquí sus obligaciones. Somos hombres de la revolución, pues, aunque medio desbalagados… Ah, y le cuento, majo, que allá andaba yo como aturdido entre tanto músico que se gana los centavos regalándonos melodías para suspirar, cuando me voy encontrando con una hembra grande de ojos de ¡ay, pa'l fin del mundo! Iba sola ella. Y yo, solo pues; como que Dios nos puso ahí para hallárnosla. Le dimos a la bailoteada y a la tomadera. Aquella con sus formas bien puestas y yo, feo pero simpático que soy, ¿verdad majo?, me dije: "Voy averiguarte, voy averiguarte patas peludas"; porque en una de ésas le coscolillé las rodillas. Y pa' luego es tarde, le dije, y nos fuimos ya de noche al cuarto. Me pidió que apagara la luz, ¿tú crees, majo?, y se metió en las sábanas, yo acá haciéndome tarugo para evitarle la pena. Y luego me dice con su voz dominadora: "—Ven para acá, mi cuinito. Te tengo una sorpresa…". Y ahí voy, pues, que de eso se trataba; ¿y qué crees que me voy encontrando ahí?

—Ya me lo imagino —Roy agitó el botellín de cerveza.

—Pues qué crees; ¡que era mujer la desgraciada! ¡Ayyy! ¡Y hay traiciones y traiciones!; ¿verdad majo?

—Las hay —contestó Roy maldiciendo la trampa en que había caído su canario.

Despertó con una sonrisa. La cerveza le mitigaba la desesperación, una desesperación que ya duraba semanas; se la convertía en letargo, ocio de paisaje… pero la canción era real ahí, bajo la veranda del cuartel:

De los encantos que el mundo encierra
uno tan sólo fue mi ilusión
y al recordarlo más me valiera
haber nacido sin corazón
porque las penas que estoy sufriendo
a mi existencia minando van…
son tristes lágrimas que van cayendo
una tras otra de donde están.
Y es que la ingrata de Colombina
que en un principio me juró amor
después de haberme correspondido
por otro hombre dejó a Pierrot…

Cantaba con su voz tipluda el teniente Castillo, los galones de guerra luciendo como lentejuelas en su planchado uniforme.

La canción se había iniciado con el alba. Roy se restregó los párpados, asomó por la ventana y observó, no sin conmoverse, al grupo musical invitado a la serenata. Dos marimbas, un clarinete, un contrabajo.

> ...y desde entonces soy como un niño
> y sin cariño vive Pierrot.
> Siempre llorando
> siempre pensando
> en lo que fuera sólo ilusión...

completaba el teniente Castillo, con lágrimas casi, cuando alzó las manos para dirigir, con gracia paquidérmica, los tradicionales acordes de *Las mañanitas*.

El teniente Castillo no pudo reprimir ya sus lágrimas. Le explicó al terminar:

—Se nos va, majo piloto. Ya no podemos sufrir su desdén...

El oficial señaló hacia el lago, donde extrañamente flotaba el Bristol Scout.

—...su avioncito lo llevará adonde usted quiera.

Ángel Roy experimentó una doble emoción. Aquello era una suerte de rústico hidroplano. Las ruedas del aparato descansaban atadas sobre un par de cayucos sujetos con varas de bambú.

Por fin podría despegar; o ahogarse en las aguas iridiscentes de ese lago como espejo antiguo.

—No creo que pueda despegar —comentó Roy al revisar aquel tinglado—. Es demasiado pesado.

—Ya lo sé —Castillo se defendió pellizcándose las guías del bigote—. No soy ningún pendejo. ¿Qué cree que no sabemos que estuvo metido en lo de la noche de Santa Filomena que tanta sangre jarocha costó? Pues no. Y ahora, con la candidatura de Adolfo de la Huerta luego de renunciarle a Obregón, las cosas no estarán fáciles para nadie. Mejor váyase, majo. Por su bien.

Entonces le mostró dos cuerdas que subían del par de ruedas a la carlinga:

—Son nudos falsos; cuando usted jale los mecates, liberará su aeroplano.

—Si no es que me ahogo.

—Pues mejor muerto, que... —el teniente Castillo se arrojó sobre Roy. Lo abrazó. Sus labios olmecas se despegaron trémulos, solícitos, al decir:

—Piloto majo; con todo mi cariño… ¡váyase mucho a chingar a su madre! —y se retiró entre lágrimas, rumbo al cuartel de Catemaco, donde los músicos lo esperaban ya interpretando con estrépito las notas de *La Zandunga*.

III

EL GRIJALVA

OCULTOS PAÑOS FEMENINOS

No fue aquél su mejor despegue. Hubo un momento crítico, al desatar los nudos falsos, cuando ninguna fuerza era dominante: ni la resistencia del agua frenando el par de cayucos, ni la fuerza de gravedad, ni la sustentación aerodinámica de las alas. Ángel Roy tiró ligeramente de la palanca de profundidad, presionó los cables de alabeo hasta combar las alas. Entonces el Bristol Scout comenzó a separarse mágicamente de aquel rústico trineo, y ciego casi por la aspersión del agua en el parabrisas, Roy tiró a fondo del "palo de escoba". Fue cuando el Bristol ascendió como pato hasta el "techo" de los mil metros. Un pato amarillo abandonando las aguas plomizas de aquel lago volcánico.

"¿Y si ya se casó?", pensó entonces Roy. Eso no importaba. No importaba que ahora su apellido fuera Rodríguez o Molina; "Mary González". No. Eso no importaba. Importaba que el perfil del retrato con el gato blanco dejara de ser una fotografía. Que Mary Riff volviera el rostro para mirarlo; eso era lo importante.

El mapa señalaba primero un río caudaloso y después una albufera; el Coatzacoalcos y la laguna Machona. Luego había que remontar un segundo río: el Grijalva.

Dispersas nubes interrumpían la vastedad del paisaje. Una llanura de verde brillante, botánica brutal donde las sombras eran otra residencia del verde… un reflejo de plata aquí, un campo roturado allá, pero la espesura de los árboles y la alfombra de pasto eran el semblante verdadero, *verdedero,* de aquel territorio. Los meandros del Grijalva, a partir del beso en la confluencia con el Usumacinta, le recordaron el lento discurrir de su propio río, el Mississippi, en la antípoda del Golfo. Fue cuando descubrió aquel poblado en la margen del caudal. Ángel Roy descendió en barrena sobre la superficie dorada y azul del río. Aquello debía ser San Juan Villahermosa, y ahí abajo, a pesar de la repentina lluvia y los años, estaba seguro, Mary Riff dormiría la siesta.

Roy sobrevoló dos veces la ciudad. Ahí abajo no era visible aeródromo alguno. Había que aterrizar, de cualquier modo, y escudriñó el territorio aquél en busca de un campo seco y plano. Resolvió, luego de tres circunvoluciones, descender sobre un campo de vacas estabuladas.

—¡Angelo, Angelo, querubín de alas quemadas!— gritó Roy una vez en tierra, entusiasmado no tanto por la facilidad del aterrizaje como por las ansias que bullían en su sangre.

El biplano avanzaba por aquella verdísima llanura cuando un grupo de chiquillos salió a su encuentro y comenzó a correr detrás del aparato azuzándolo a sombrerazos. Roy apagó la marcha del motor cerca de la casa de aquel rancho y el silencio rumoroso de la lluvia resurgió como dueño único del paraje.

Los niños auxiliaron al piloto para cubrir el biplano con lonas ahuladas; luego lo condujeron hasta la casona del rancho, donde el encargado lo recibió aplaudiendo.

—Creí que jamás vería yo un aeroplano, señor —se disculpó—. ¿De dónde viene?

Ángel Roy aceptó el vaso de agua de horchata que le tendía.

—Voy a Guatemala —mintió—. Necesitaba hacer una escala. Estamos explorando la ruta hacia la América Central.

El anfitrión no le prestó demasiada atención, absorto como estaba en mirar fuera de la veranda aquel pájaro de tela y metal.

—¿Guatemala?; pero se quedará algún tiempo por acá, supongo —el comentario resultó casi imperativo—. Se ve cansado.

Luego de vaciarlo, Roy asentó el vaso en la mesa. Observó el letrero sobre el marco de la puerta: "Escuela Racionalista Agrícola y Ganadera Donaciano Diderot".

—Quiero ir a la ciudad —dijo al juguetear con las varas de su trombón—. Tiene usted razón; estoy cansado.

—Necesitará un caballo… El camino es de lodo —anunció el encargado al montarse su sombrero de alas anchas.

Al seleccionar su cabalgadura, Roy quedó sorprendido por tres toros que rumiaban amarrados en un estrecho corral. Los animales parecían salidos de la estampa exótica de un libro de viajes.

—Son toros de Ceylán —explicó el hombre al sacudir el agua de su amplio sombrero—: Los mandó traer Tomás de la isla de Sacrificios. Les llaman cebú, "toro cebú". Nomás se enteró del barco que había encallado en las escolleras de Antón Lizardo, rápido fue con el gobernador de allá, el tal coronel Tejeda, para pedirle esas seis reses que venían del Brasil. Sobrevivieron cuatro vacas y las trajo Tomás hace dos años, cuando llegó el circo Atayde con su exhibición de animales… Traían un toro Ceylán rojo y se los quitó Tomás… esto es, se los compró. Es el padre de estos becerros que son el pie de cría de lo que será la raza cebú mexicana. Ya lo verá señor piloto, con este ganado especial del trópico se abastecerá de carne a todo el país. Se acabará el hambre de la nación… Es lo que nos dice Tomás.

Aquel domicilio, "Garzón Bates 44", correspondía al hotel Traconis. Roy pidió que lo hospedaran en la segunda planta. Al inscribirse en el libro de registro buscó la firma, el nombre, la caligrafía de Mary, pero no la pudo reconocer.

—¿Cuántas habitaciones tiene allá arriba? —preguntó al administrador del hotel.

—Tres —respondió el otro, sorprendido por la pregunta.

—Espero que los huéspedes no sean muy delicados —Roy sonrió alzando su trombón con la mano izquierda.

—No se preocupe. Están vacíos.

—¡Vacíos! —el instrumento resbaló al piso.

—Vacíos. Uno está rentado; sí, pero vacío. El otro está desocupado; así que puede tocar su corneta sin preocuparse.

Roy se recostó en la cama, encimó el antebrazo derecho sobre su rostro. "Están vacíos". Observó los giros perezosos del abanico de techo. Las circunvoluciones de aquellas cuatro aspas de madera renegrida. Volvió a levantarse y caminó hasta el terrado. Descubrió, felizmente, que un corredor exterior comunicaba las habitaciones del piso. Abrió las hojas encristaladas y al hacerlo un estruendo de pájaros ingresó al aposento. Salió, observó la fronda de un almendro en la casona de enfrente, sintió que aquel aire pegajoso y perfumado lo envolvía como cedazo. Avanzó por el corredor hasta el balcón de la izquierda.

El sol oblicuo apenas le permitía adivinar el interior del cuarto vecino. Entre el resplandor y la penumbra, Roy pudo distinguir ahí dentro un lazo anaranjado, una maleta cerrada en el buró al pie de la cama, un paquete junto a la puerta.

Al regresar a su habitación no logró asir la manija del picaporte. La mano le temblaba como condenado a muerte, y entonces observó que enfrente, al pie del almendro, un hombre sonreía al mirarlo en aquel trance de febrilidad.

Había perdido el apetito. Apenas probó aquel arroz entomatado. La carne asada cuajó su manteca sin que Roy intentara siquiera clavarle el tenedor. Entonces llamó al mesero y decidió resolver todo por otra vía:

—Un whisky con hielo —pidió.

El tipo lo miró con extrañeza, no repuso más que su gesto de no le escuché bien.

—Un whisky solo, pues… Cualquier marca. Escocés o *bourbon;* lo que tenga.

Entonces el mesero creyó prudente comentar:

—No existe. Está prohibido.

—¿Qué? —la proximidad fantasmal de Mary Riff lo exacerbaba.

—El alcohol. No existe en Tabasco. Lo prohibió Tomás Garrido para el consumo en restaurantes.

Regresó al hotel Traconis. Antes de entrar acudió con el hombre bajo el almendro. Le pidió que lustrara sus botas enlodadas. La lluvia y el fango no eran ninguna sorpresa en ese villorrio sin montañas. El tipo quitó el barro con una espátula, bañó el calzado con agua jabonosa. Mientras secaba la bota derecha, dijo como quien estornuda:

—Hermosa.

—¿Perdón?

—La gringa junto a su cuarto… Es muy hermosa.

Roy se sintió halagado pero con un resabio de imbecilidad. Era un piloto muerto buscando fantasmas en un país de locura y violencia.

—¿La conoce?

El tipo asintió en silencio.

—Se llama Mary —comentó Roy para darse ánimos. Comenzaba a sentir hambre.

—Sí —completó el otro—. Mary Riff.

Ángel Colombo subió la bota izquierda en el estribo del taburete. Entornó los ojos al averiguar:

—Y usted, ¿cómo se llama, amigo?

—Sabás.

—Yo soy Ángel Roy, piloto aviador.

—Lo sé, amigo. Usted y yo nos parecemos —el tipo alzó por fin la cara; un rostro anónimo en una ciudad hija de la lluvia.

—¿Nos parecemos? —Roy comenzó a sentir la fricción del trapo que lustraba el zapato izquierdo.

—Algún día sabrá mi historia. Todos tenemos una historia que callar. No por vergüenza, sino por sobrevivir. Preferimos una apariencia de salud, que la enfermedad de la memoria... La señorita Riff salió hace una semana.

—¿Salió? ¿Adónde? —Daría cien dólares por medio trago.

—Ella tiene amistades; no sé. No estoy seguro adónde habrá ido. Ya volverá cualquier día... Son cinco centavos, por la boleada.

Ángel Roy esperó la segunda sombra de la noche. El asedio de los mosquitos era un constante zumbido. Prendió la bombilla eléctrica, hizo a un lado el mosquitero mecido por la brisa del ventilador y buscó la botella de whisky. Ballantine's. Pero aquello no existía; lo real era ese calor sofocante y húmedo, como de perro jadeante, y Roy optó por no enloquecer, no entregarse al insomnio abstemio, no desesperar.

Bajó a la recepción donde un velador anciano dormitaba recostado en el escritorio de los registros. "¿Dónde puedo obtener un vaso de whisky?", le preguntaría, porque tocar el trombón sin al menos un trago era una afrenta que nunca le perdonaría el viejo Berry Tilmore cuando se encorvaba sobre el teclado del piano y giraba el cuello para acordar un final explosivo y colectivo: la Ragtime Band del Hotel Lafayette distrayendo a los huéspedes que mataban el tiempo con cigarrillos y bostezos:

—Necesito un trago —dijo Roy.

El viejo no alzó siquiera la cabeza. Permanecía amodorrado, igual que una momia. Ángel Colombo sintió envidia de aquel tipo. No quedaba más remedio que irse a la cama sin probar más que el agua del cántaro que descansaba…

—¡La llave! —gritó Roy, pero el velador apenas si dibujó una mueca onírica. Una momia que sueña fantasías de amor milenario.

Sigilosamente escurrió la mano en el tablero donde pendían las llaves del hotel. Tomó la que restaba junto al letrero "ALTOS".

Para no llamar la atención encendió una vela, no la luz eléctrica. La ventana iluminada podría atraer sospechas. Acercó la vela al paquete que descansaba junto a la puerta del balcón. Alcanzó a leer la etiqueta "Mary Riff / Garzón Bates 44, Altos/ San Juan Villahermosa, TAB." Sí, aquél debía ser el vestido de novia, intacto. Fue hasta la mesa de la habitación, levantó la petaca y la abrió apenas encimarla en la sobrecama. Al sentarse, oyó el rechinido de un resorte bajo el colchón, y ese ruido lo emocionó aún más: era un rechinido que seguramente había oído Mary, una, dos semanas atrás; y comenzó a escular aquella ropa. Se detuvo. Un aroma perfumado y agresivo, de paños femeninos sin lavar, ascendió hasta su olfato. Aproximó la vela, acarició aquella blusa anaranjada a la luz parpadeante de la llama, extendió una media de seda, besó un corpiño satinado. Entonces Ángel Colombo Roy comenzó a suspirar en esa penumbra sin tiempo. Se equiparó a los niños de aquella mañana, manoteando jubilosos sus blancos sombreros tras la cauda del Bristol Scout.

—Mary —murmuró Roy, una hora después, a punto del sueño.

LA HORA DE LA DINAMITA

Era de no creerse. El vestido blanco le sentaba maravillosamente. Mary, ni duda cabía, era la novia más hermosa del mundo. Aquel velo de perlas jugueteando sobre su flequillo, aquel perfume de azahares trenzados en su tiara, aquella cola de raso insinuando el meneo firme de sus caderas; todo aquello hacía de Mary la novia más linda de todo Tejas. Como el primer encuentro en la playa de Corpus Christi, cuando le regalaste el caracol de estrías abigarradas. Ignorabas entonces su nombre, y no sabías aún del sabor de frambuesas en sus labios. La referencia familiar… "el encargado del rancho Lyncott tiene una hija muy dulce", era todo. ¿Qué te dijo ella al aceptar aquel caracol de tonos violetas y amarillos? ¿Qué dijo aquella niña pecosa de muecas a punto del reproche? No lo recuerdas. Mírala marchando ahora entre floreros atestados con azucenas y gladiolos. Mira a la mujer en que se ha transformado aquella niña que hoy transita por el atrio parroquial. "Tú eres el hijo del borracho que golpea a doña Carmen Colombo". ¿Te dijo eso? Cazabas cangrejos para después cortarles sus pinzas encarnadas y aumentar tu colección de alimañas; cuando estuvo de pronto ahí: sentada en un tronco arrastrado por la marejada, la niña te miraba. Tú eras parte de aquel paraje. Las playas tienen guijarros, estrellas de mar, valvas cercenadas y un ruido infinito de olas derrumbándose. Las playas tienen niños. "¿Por qué matas a los cangrejos?" ¿Eso fue lo que dijo? Y mírala ahora, novia hermosa de sonrisa ligera. Sus pies asomando bajo ese tafetán marfilíneo llevándose un susurro de paños en roce alternado, como péndulo que musita "aquí vengo, allá voy… aquí vengo, allá voy…", igual que las olas de la rompiente deslizándose como cilindros de espuma bajo los que descubriste, rodando apenas, aquel caracol de siete colores. Y su mano que lo aceptó cuando al mirarte entornó los ojos con picardía de ocho años: "Te estoy espiando desde que llegaste a la playa", dijo la niña Mary en aquella mañana airosa de septiembre de 1906. ¿Lo dijo? ¿Lo dijo esa novia de mirada como pregunta? Esa novia que marcha del brazo de… ¡James Roy! ¡Qué hace tu padre ahí junto a ella! ¡Ey, viejo idiota! ¡No la golpees! Ella es…

Despertó con la primera explosión. Ángel Colombo Roy sudaba. La pesadilla era demasiado próxima como para mirar otra cosa que no fuera la suave rotación del abanico eléctrico en el techo. Suspiró, estiró el cuerpo desnudo bajo la sábana, de momento no pudo reconocer el aposento aquél; pero sí, allá descansaba su trombón cubriéndose con la pátina salitrosa que le mataba el brillo, cuando ¡BUM!; ahí estaba la segunda explosión que hacía vibrar los cristales de la ventana.

Le urgía un trago. Decidió conservar la llave robada en el tablero de registros.

La tercera explosión ocurrió mientras se duchaba en el cuarto de baño. La cuarta cuando abandonaba el recibidor del hotel Traconis.

—¿Qué pasa, señor? —preguntó al entregar su llave.

El encargado de la recepción miró detenidamente aquello. No, no era la llave faltante:

—Es la demolición; en media hora terminarán los tronidos.

—¿Demolición? —Roy había imaginado que otra batalla de esa revolución sin término estaba en puerta.

—Sí. Están dinamitando la catedral.

El encargado, al mirar el ceño del huésped, se vio precisado a explicar:

—Son órdenes de Tomás. Van a construir ahí los campos deportivos radicales... Las explosiones son nomás una hora, de siete a ocho, todas las mañanas.

Y sí, todas las mañanas despertaba Roy con la pesadilla de la dinamita, la ley seca, la ausencia de Mary Riff, y el calor sofocante un par de horas después del alba. Necesitaba un respiro, no caer nuevamente en la tentación de visitar secretamente el cuarto contiguo. El encargado de la Escuela Racionalista Agrícola y Ganadera había aceptado de buen grado resguardar su Bristol Scout.

—Solamente que al oscurecer se lo cuidarán los chamacos, porque yo tengo que ir a la Escuela Nocturna del Pueblo. No puedo fallar.

—¿Qué pasa, pues? —preguntó Roy.

—¿Que qué pasa, coño? ¡Pues que si no aprendo las letras en tres semanas pierdo el trabajo! ¡Me bota de Tabasco el general Garrido!... No quiere burros pobres ni pobres burros; no me quedaría más que irme otra vez a las monterías, a talar palos donde nadie me conoce... Pero qué pues, eso no es modernizarse. ¿Usted sabe lo que es la modernidad?

—No.

—¡Ah, qué cabrón piloto! ¡La modernidad es su aeroplano, coño!

Ángel Roy deambulaba por la vereda ribereña, miraba el sereno transcurrir de aquel agua mansa donde había nadado para refrescarse y no pensar. No pensar y esperar. Esperar y no desesperar. Cansar al cuerpo.

Regresaba añorando la cerveza por litros en Catemaco; descifraba la anatomía sin nombre de aquellos insectos cruzándose en su camino, el aroma y el miasma que evolucionaban revueltos desde la cercana Laguna de las Ilusiones; pero aquel sopor húmedo y pegajoso lo llenaba de fastidiosa resignación.

Así marchaba, secándose el sudor del cuello, cuando en la distancia vio a una mujer rubia que avanzaba, deambulando, a su encuentro. Ángel Roy identificó ese andar sinuoso, reconoció el origen de aquellos movimientos de torpe elegancia. Corrió a su alcance. Llegó jadeando y la saludó con fraternal complicidad:

—¿Dónde?

—¿Dónde qué? —replicó aquella rubia, también en inglés.

—¿Dónde conseguiste el trago?

El paraíso existía de nueva cuenta. La mujer se llamaba Katherine y su marido era el cónsul británico en San Juan Villahermosa. Inglaterra auspiciaba las exploraciones petrolíferas de la compañía El Águila, explicó Kate, pero Roy quedó como extasiado cuando descubrió que el garage del consulado (un consulado sin automóvil, por otra parte) era en realidad un bar clandestino.

—Mi marido, Tom Skipper, es un borracho —se quejó ella en los dos idiomas; pero Roy bendijo aquel primer vaso cuajado de hielos que navegaron en tres onzas de whisky obviamente escocés. Chivas Regal.

—Skipper es un suicida. Ya te darás cuenta cuando regrese… por eso soporta este infierno. Tabasco es la comarca más suicida de México. El suicidio sí es una puerta —añadió ella ante el tercer *highball*.

Roy contestaba generalidades. Sonreía con diplomacia. Se dejaba amansar por aquella atmósfera fresca y prohibida.

—Garrido Canabal nos quiere chingar… es un xenófobo hijo de puta —se quejó aquella mujer de mirada melancólica—. Vivimos como libélulas arrastradas por las aguas del Grijalva.

Existía el whisky, la felicidad era una posibilidad verdadera.

—A Tom le gustará conocerte. Esta mañana fue a Frontera, el puerto, para traer una caja de escocés que apartó hace tres semanas. La esconde en su baúl diplomático... —¿decía ella?, ¿lo besaba ella?, ¿era ella o Mary Riff?

—Ya no soporto este maldito infierno de sangre y hastío —gritó Kate, aunque mentía porque aquel país era una maravilla de flores y mariposas y pájaros y sonrisas y sol caliente y música de ayes y "muchacha bonita", y yo, Ángel Colombo, invito una botella de whisky a cada uno de los borrachos que me están escuchando.

CITA JUNTO AL GUACAMAYO

Tambaleándose guardó aquella ropa a la que durmió abrazado. Los primeros ruidos de la mañana; un arriero conduciendo su recua, una vendedora que pregonaba "¡potse de bobo, piguas que se pescaron... hoy!", fueron los que lo despertaron. Las detonaciones habían cesado: en el terreno de la derribada catedral era trazado un polvoriento diamante de beisbol.

Ángel Roy trató de planchar aquel camisón con el que se había arrullado; guardó los calzones de lencería y las medias de seda. Temió ser descubierto al salir de aquella habitación vecina. Mary Riff aún no regresaba.

Volvió a su cuarto con el rastro herrumbroso del whisky nocturno en el paladar. Ángel Roy no llevaba dinero y sí una jaqueca de petardos. Cuando rebuscaba en los bolsillos una sed nauseabunda le asaltó el esófago; la llave de su cuarto no estaba ahí. ¿Se la había entregado a Kate, la mujer del cónsul?

Afortunadamente era una mañana de llovizna y el calor ausente le permitiría dormitar varias horas más... pero la puerta de su habitación cedió nomás empujarla.

—Pensé que no llegaría —dijo una voz ahí dentro.

Roy tuvo un sobresalto. ¡Aquél era el capitán López!, aunque no podía ser cierto. No… Este otro militar conservaba completa la dentadura.

—Está crudo, amigo —aseguró el oficial, lanzando una mirada de complicidad a los tres soldados que lo acompañaban.

—No… —balbuceó Roy, y confesó con honestidad—: Estoy borracho todavía.

—¿Borracho? —acusó el oficial cambiando de mano los guantes blancos del uniforme— Tendrá que pagar la multa.

—Pago. Pago lo que sea, pero déjenme descansar unas horas… ¿A qué debo su… visita, señores?

—Nos está esperando el gobernador Tomás Garrido, desde hace media hora.

Mal lavado y apenas rasurado. Ángel Roy hubo de acompañar al piquete militar. Pagó una multa de cinco pesos, "para la adquisición de avíos de labranza del campesino tabasqueño", según rezaba el recibo que le entregó el oficial, quien advirtió:

—La segunda vez serán diez pesos para la adquisición de un pupitre en nuestras escuelas sin muros, y tres días de cárcel. La tercera vez veinte pesos y destierro.

—¿Destierro? —Ángel Roy comenzó a reconocer el camino por donde avanzaba el auto de la patrulla militar.

—Lo mandaremos a Guatemala en su tercer reincidencia. Aquella era la carretera rumbo a la Escuela Racionalista Agrícola y Ganadera.

—Estuvo bebiendo con el cónsul borracho, ¿verdad? —quiso averiguar el oficial.

Roy no respondió. Se sintió indispuesto, mareado, transformado en algo menos que una piltrafa. Exigió a señas que se detuvieran. Descendió abruptamente del auto para vomitar.

No se equivocaba. Aquel era el camino al rancho donde había aterrizado una semana atrás, pero dudó de todo cuando miró ese biplano color escarlata.

—Oiga, pero… —alcanzó a reclamar, cuando una voz en el porche de la escuela se jactaba:

—Quedó bonito, ¿verdad?

Era Tomás Garrido Canabal, suelta la corbata en aquel traje de lino color hueso. Ya avanzaba por la galería de la Escuela Racionalista para ir a su encuentro.

Ángel Colombo volvió a mirar su Bristol Scout, el canario así, bañado en sangre, jamás sería reconocido en la Aero Navigation Limited de Nueva Orleáns.

—Quedó bonito, ¿verdad señor Roy? —insistió el gobernador Garrido, alargando su mano de pulso eléctrico. Sin embargo algo detuvo su gesto... un remoto efluvio llegaba a su nariz.

—Ya lo multamos —se disculpó el oficial gemelo de López—. Estuvo anoche donde míster Skipper.

—Oiga, ¡pero, qué le hicieron! —Roy había llegado bajo la carlinga de su aeroplano. Acariciaba con la mano izquierda el piñón desnudo del motor.

—¿La hélice, es eso lo que le preocupa?... La guardamos para evitar que se apolille. Hay mucha plaga todavía por esta región, señor piloto, y no respeta más que al palo enchapopotado.

Roy enfrentó al gobernador. Observó su cuidado bigotillo, aquel rostro como de caoba pulida, la mirada altanera de un ocelote al acecho. No resistió aquel par de ojos felinos, pero protestó.

—Es que es mi avión, mi hélice, mi...

Garrido Canabal sonrió. Dijo sin parpadear:

—Es cierto lo que usted dice, y además nos hemos enterado de su viaje de exploración hacia Guatemala, que desafortunadamente deberá posponer, porque desde hoy usted, señor Roy, presta servicios a mi gobierno —sacó entonces un documento que llevaba guardado dentro del saco, y extendiéndolo sobre el ala baja del Bristol, lo firmó al calce con su estilográfica—. Ahora usted es el "Aeronauta Radical del Istmo". Lo felicito.

—Oiga, pero...

—Para eso lo cité aquí.

—Pero yo...

—Sus gastos corren a cuenta de nuestro gobierno... y no dude, compañero Roy. Dudar es el escaño previo a la derrota. No olvide que Tabasco es el laboratorio social de la Revolución Mexicana, y que no estar con el Partido Radical es apoyar a los "azules".

Garrido Canabal se guardó las manos en los bolsillos. Admiró ufanamente el biplano, ahora como brillante flor de guerra. Hizo una mueca de aprobación, insistió:

—Bonito, qué bonito… Ya verá: del cayuco al avión, Tabasco será por mucho tiempo el sendero ejemplar de nuestra revolución —y pulsando la presión de una rueda, comenzó a perorar—. Aquí, por ley, hemos prohibido que obreros y campesinos anden descalzos en nuestras calles; aquí ya no hay vergonzantes "hijos naturales", ni limosneros…

—Ni catedral —comentó Roy al guardarse también las manos en los bolsillos.

Los ojos del jaguar volvieron a punzarlo. La mirada del gobernador Garrido, sin embargo, fue perdiendo agresividad. Después de todo, aquél era el primer piloto radical del Golfo.

—Usted ya es de los nuestros, y hasta multa pagó…

—Soy alcohólico —se disculpó Roy al apoyar una mano en la riostra exterior.

—Tiene usted razón —el gobernador tabasqueño pasó por alto el comentario—: No tenemos catedral, porque ya no la necesitamos. Lo que requerimos es ciencia, justicia y afán de progreso… y nuestro guacamayo —miró sonriente al Bristol, acarició el reluciente fuselaje—, cumple las tres metas. Y cumplirá. Le van a decir muchas barbaridades sobre mí… sobre nuestro gobierno. Que fusilamos curas y les cortamos los tanates, que el diablo merienda vírgenes en mi casa, que odiamos a los gringos y mis muchachos del "frente rojo" los obligan a gatear por las calles y lamer gargajos. No se crea usted todo eso. Lo único cierto es que tengo muchos enemigos. De lo demás, mitad y mitad.

Tomás Garrido alzó la vista. Un rayo de sol avanzaba entre las nubes y repetía el trazo de un pincel bruñidor sobre los potreros de San Juan Villahermosa. El gobernador miró el sol directo, sin pestañear, y luego hizo un ademán para llamar a un oficial de su comitiva. El ujier llegó hasta Roy y le entregó un sobre.

—Es su primer sueldo, compañero —explicó Garrido Canabal a punto de abordar su automóvil de regreso a la ciudad, y ofreciéndole nuevamente su mano de alfarero, su mirada de tigrillo, añadió—: Usted pida lo que necesite, que ya será nuestro el turno de pedir.

Ángel Roy permaneció unos minutos junto al biplano. Revisó el contrato y sonrió balanceando la cabeza: la firma, y el texto, estaban impresos todos con tinta roja. Luego entró a la casa principal, bebió luchando contra su garganta dos vasos de agua fresca. Regresó al porche y se tumbó en una hamaca; se dispuso a dormir la siesta como bendito recién parido.

EL OJO DEL HURACÁN

Su rostro era el de un Cristo rubio. Thomas D. Skipper conservaba los rasgos angulosos del pueblo celta, pero en su mirar quedaba un remanente franciscano de bondadosa tolerancia.

—La vida no tiene un sentido único —dijo en inglés mientras avanzaba con los brazos cruzados a la espalda—. Mire usted la hiedra en ese jardín. Las hojas buscan la luz solar con visible desesperación: los botánicos llaman a esa pasión "fototropismo", pero simultáneamente la raíz de la planta avanza todos los días bajo nuestros pies ansiando el núcleo del planeta. Fototropismo, geotropismo… La vida es feracidad ilimitada. ¿Ha presenciado el estro de las mujeres en estas tierras?

Ángel Roy no respondió. Dejó de mirar aquella planta trepadora, el contraste de sombras y hojas bajo el ardor solar.

—Yo estoy de paso —dijo al recuperar la marcha.

—Una vez conocí a una muchacha que hacía maravillas con su… Fumaba con el sexo.

Skipper dibujó una sonrisa, abrió sus ojos azulísimos. También miró el caudal del río.

—Todos estamos de paso en esta asquerosa comarca. Todos los inteligentes… ¿Me explico? Nadie puede resistir aquí dos veranos, porque además el verano y el invierno son inexistentes en esta latitud. Aquí sólo hay dos estaciones, dos estaciones que pueden sucederse en un solo día; la de sol y la de lluvia. El calor llama al agua, y viceversa. El calor aturde, nos iguala con las bestias… ¿Ha sodomizado usted con burras?

—No. Nunca —Roy quiso recordar el almuerzo de esa mañana; ese pescado delicioso, asado como salmón tropical y de nombre más que mágico: esmedregal… que fue cuando Tom Skipper se plantó frente a su mesa y le refirió con su voz toda gentileza: "Mi esposa Kate me habló de usted, piloto Roy. ¿Podríamos tomar un café juntos, acompañarnos unos minutos?"

—La lluvia, por el contrario, es tan abundante en la época de "nortes", que pareciera derramarse por las pupilas hacia adentro. Nos llena de melancolía. ¿No le ha ocurrido a usted? Aquí llueven trece y hasta quince pies de agua al año. Cinco veces más lluvia que la padecida por los galeses. Después, cuando reaparece el sol, usted bendice a Dios y suspira al percibir la primera vaharada que asciende del fango… pero dos horas después ese calor nos llena el cuerpo de pereza, nos quita el apetito y contagia terribles erecciones. No hacemos más que imaginar coitos con todas las mujeres que cruzan nuestro camino…

—Pero usted tiene whisky, señor cónsul —le reprochó Roy, incómodo por el rumbo de la conversación.

—¡Pero claro, Dios bendito! ¿Se imagina la existencia en este infierno sin whisky, sin hielo, sin…? —dejó la frase inacabada. Enjugó el sudor de su rostro con un amplio pañuelo rojo. Lo miró escurriendo en su puño:

—Aquí les llaman paliacates… Este loco fanático ha prohibido los demás colores. Vea a la gente, solamente llevan anudados al cuello paliacates rojos.

—A mí me ha nombrado "Aeronauta Radical del Istmo" —Roy pensó en la mujer de Skipper; Kate, ahora ausente—. Es divertido, después de todo.

—…mucho. Usted, al menos, puede volar. Salir de esta prisión.

Ángel Roy sintió que esas palabras le producían un repentino escozor.

—¿Salir de esta prisión? —repitió.

—Sí. Yo soy un cónsul involuntario. La única vez que intenté abordar un barco, en Frontera, me arrestaron los muchachos del Bloque Revolucionario… esos facinerosos vándalos de camisas rojas. Ya los habrá visto usted, ¿verdad? Me tuvieron encerrado tres días en la Casa de las Nauyacas.

—¿La casa de qué? —Roy recordó, con algo próximo al horror, la hélice del aeroplano secuestrada por Garrido Canabal. Aquel contrato redactado con tinta roja y sin fechas.

—Tres días sin dormir eludiendo el acecho de aquellas horribles serpientes… No quiero hablar de eso. Por favor, amigo Roy, volvamos al consulado. Allá tenemos ese licor jubiloso que, dicen aquí, sabe a "meados de iguana". Nos espera Kate con una ensalada de pepinos.

Caminaban pisando sus propias sombras. Skipper volvió a enjugarse el sudor. Miró, con azoro infantil, el torpe aleteo de una enorme mariposa blanca alrededor de sus cabezas.

—Kate… —repitió mientras recordaba algo que no podría proponer como verdadero.

—Usted escribe —comentó Roy enseguida.

La mariposa, como dos manos cortadas, ya se adentraba rozando la superficie de aquel ofidio líquido que escurría desde las montañas de Huehuetenango.

—¿Yo escribo? —preguntó, se preguntó el inglés de los ojos más que azules.

—Fue lo que me contó su mujer. "Skipper no piensa más que en escribir."

—Ah, Kate. Ella sí tiene confianza en mi pobre talento. Es una mujer… muy noble. No puede tener hijos.

—Lo sé —dijo Roy, arrepintiéndose apenas abrió la boca. Añadió tropezando con las palabras—. Ella… me lo contó. Dijo que sufre mucho por ello. "Es lo que falta para que mi felicidad exista"… Hablaba de los niños, desde luego.

Tom Skipper sonrió en silencio. Miraba la vereda bordeando la ribera del Grijalva, los juncos balanceados por la sigilosa corriente. La mariposa blanca era ya un remoto parpadeo al otro lado del caudal.

—Escribir —dijo Skipper—. "Escritor". Todos conocemos las letras, amigo Roy. Son veintiséis, ¿no? Y los colores, son siete ¿verdad? Lo demás es cosa del azar y la tristeza. Sin tristeza no existiría el arte, amigo. "Tom Skipper, autor británico, vivió y murió en México, donde creó su mejor novela" —recitó—. Suena bien, ¿verdad?... Pero la realidad es que este calor y este loco fanático que nos tienen aquí presos, impiden cualquier acto de creación.

Skipper guardó silencio. Avanzaba mirándose los pies con fervor, como si al abatir aquel pastizal estuviera a punto de ascender por los aires. Asió las guías del paliacate que llevaba nuevamente al cuello.

—Para tres cosas llega al mundo un escritor, amigo aeronauta —dijo de pronto—: para beber, para mentir y para quejarse metido en salas de redacción y consulados... Y también, eventualmente, para escribir.

—¿Está escribiendo un libro sobre este país?

Tom Skipper volvió a sonreír. Alzó la vista y adivinó en la distancia la casona de madera sobre la que ondeaba la bandera de la Cruz de San Jorge. Suspiró al sentir un golpe de brisa que ascendía por el río:

—Soy un simple borracho que puede redactar frases con aceptable sintaxis. Huiré de este infierno al menor descuido... La rebelión que se avecina podría permitirlo. Quién sabe.

—¿Habrá nuevamente guerra? —Roy miró también con alegría el consulado. Pensó en la pareja celestial que forman el hielo y el escocés. Una caja de Ballantine's.

—Habrá una nueva batalla. La guerra no terminará hasta que la sed de poder no logre civilizarse. No sé si me entienda; en este país hay mucho rencor, mucha ambición política. Demasiada. Pero, dígame usted, amigo Roy: ¿existe la esperanza?

—No sé —respondió Ángel Colombo—. Realmente, no sé.

—*El ojo del huracán* —nombró el cónsul Skipper con cierta vergüenza.

—El ojo de qué —Roy sintió que una gota de sudor le escurría por un costado. "Hielo", pensó.

—Es el nombre de mi novela —insistió el británico, pero súbitamente guardó silencio y miró al frente.

En esos momentos un grupo de muchachos del Bloque Revolucionario se aproximaba por la misma vereda. Eran cuatro y bajo el sol a plomo semejaban claveles encarnados y ambulantes.

—Ahí vienen —lo previno Skipper a media voz.

Los muchachos de las camisas rojas pasaron silenciosos junto al piloto y el cónsul. Uno de ellos, sin embargo, dejó escurrir una frase: "Par de gringos putos", que los demás celebraron con súbitas carcajadas.

—Hermosos, los muchachos —dijo el Cristo rubio de Birmingham.

Ángel Roy volvió a pensar en el hielo, dos onzas de whisky, la fotografía de una muchacha de perfil besando la oreja de un gato blanco.

—Esta mañana me asomé en el cuarto vecino del hotel. Su paquete sigue ahí. Debo seguir esperando.

Tom Skipper se volvió para mirarlo con extrañeza. ¿Lo afectaba el sol?

—¿No le contó Kate? Estoy buscando a mi novia —tuvo que explicar Ángel Roy.

Skipper sonrió, volvió a cruzar los brazos tras la espalda.

—El aeronauta busca a su amada —pronunció con acento escénico—. Antes esos arrebatos se hacían a caballo.

—Se llama Mary. Mary Riff —dijo Roy.

Tom Skipper guardó silencio. Miraba la vereda, ese fango endureciéndose con los rayos solares. Estuvo a punto de tropezar.

—¿La conoce? —preguntó Roy.

—Sí.

—¿Sí? —un copo de nieve resbaló por su espalda—. Kate no me lo dijo… Pero, ¿dónde está? ¿Sabe adónde fue?

Skipper levantó el brazo para apoyarse en el barandal que conducía al consulado. Pareció distraerse con el ronroneo aturdidor de las cigarras. Era la hora en que eran excitadas por la agobiante canícula. Miró su camisa empapada en sudor. Un perro comenzó a ladrar cerca de ahí. Arriba los esperaba aquel elíxir como "meados de iguana".

—Fue con el Califa —respondió con pereza—. Le pidieron un reportaje para su revista. Es lo que dijo ella.

—¿El Califa? ¿Qué Califa? ¿Dónde está? ¡Dígame, cónsul de…!

—Amigo Roy —lo tranquilizó Tom Skipper con sus ojos de lapislázuli—. El tiempo es un invento de los relojeros. Venga, suba. La caja de Ballantine's nos aliviará de este bochorno. Kate nos está esperando con su ensalada.

CIENCIA, JUSTICIA, PROGRESO

—Estos han sido los años de la terribleza. Nunca, que yo recuerde, vivimos con tanto miedo. Claro, es verdad, anteriormente no había educación ni trato de gente de razón con el pobre jodido. Había la injusticia de siempre, "la explotación del proletario", como ahora dicen; pero también es cierto que era menos el desasosiego de la gente… Como que la vida se ha vuelto más vana, igual que un coco tirado en la playa al que nadie respeta.

Sabás largó un escupitajo sobre la bota derecha de Ángel Roy, frotó la franelilla hasta lograr un lustre donde brillaron las segundas luces de la mañana.

—La otra —ordenó el ñango, sin ofender, bajo la fronda del almendro.

Ángel Roy subió la bota izquierda al banquillo. Miró la fachada rosicler del hotel Traconis en la acera de enfrente, la terraza que enlazaba las habitaciones de los altos. Bostezó al comentar:

—Sin embargo dice que la mitad de esas historias son puro cuento —y tuvo que precisar el sujeto de la frase—. Tomás Garrido.

—¿Habló con él?

La mirada del ñango aquel pareció buscar la piedad. Hizo una mueca diagonal que dejó ver sus encías desdentadas.

—Me mandó llamar; quiere que sea el piloto aviador de su gobierno. Secuestró mi hélice… Me tiene como prisionero.

—Usted debe ser el del avión colorado —averiguó el hombre sin alzar la vista.

—El mismo —dijo Roy.

—Pues, no lo debiera decir, pero ya se chingó usted; con todo respeto.

—Quiero ir donde el Califa —Roy ignoró el comentario—, ¿usted sabe quién es, dónde vive ese sujeto?

—Sí sé. Pero yo que usted, no iba.

—Tengo que ir.

—Lo pueden castigar los muchachos de Garrido… Meterlo en la Casa de las Nauyacas—. Roy observó que Sabás prolongaba innecesariamente su labor, fisgaba por encima de sus hombros para ver si no había testigos de la charla.

—Respiramos el miedo desde hace años —se animó a repetir—. Hay días que bajan por el río cuerpos de hombres encostalados. Antes la gente abría los costales para identificar al muerto, pero después ya no porque los que abrían el saco desaparecían días más tarde, y luego eran sacados del río, encostalados más abajo, en la barra de Frontera. Por eso la gente dice que pesa una maldición sobre los encostalados… Lo de la Casa de las Nauyacas es muy sencillo. Los que no mueren mordidos por las serpientes, salen locos del encierro. No vuelven a conciliar el sueño en toda la vida. Y no se crea, antes los "azules" hacían lo mismo, pero ahora les tocó la perdedora —el ñango abandonó definitivamente el trabajo sobre el par de botas.

Alzó el rostro para referir:

—Los que no ven la suya son los pobres padrecitos. Existe una ley que los tiene más que jodidos; para oficiar como sacerdotes tienen que estar casados y demostrar con hijos su vida marital, ser oriundos de Tabasco, tener estudios de bachillerato y cuarenta años cumplidos. Además no pueden celebrar más que una misa semanal y presentar el texto del sermón, por escrito, para que sea aprobado por los delegados regionales del Partido Radical. Los que no cumplen los requisitos son encarcelados, o fusilados si resultan reincidentes. Lo que le quiero decir, amigo, es que ya no hay curas en Tabasco… La semana pasada, uno que descubrieron escondido en el monte, cerca de Tenosique, lo reventaron con un petardo de dinamita metido en el culo… ¿Y usted quiere ir donde el Califa?

—¿Dónde vive, pues, el sujeto?

Sabás miró a su cliente. Sonrió conmiserativo; comentó mientras guardaba sus avíos en esa caja manchada:

—Usted y yo nos parecemos, piloto Roy.

Ángel Colombo no respondió. Jugueteó con las monedas en su puño .

—¿La sigue buscando a la gringa? ¿Pero qué no sabe que se fue a la isla del Pejelagarto?

—¿Adónde? —Roy soltó por fin el par de monedas.

—La isla del Pejelagarto, río arriba, luego de Huimanguillo. De donde bajan los encostalados... Allá vive el Califa. Pío Chávez, que se llama.

—¿Pío qué? —Roy supo que muy pronto se reencontraría con la dama de perfil besando al gato.

—Pío Chávez... el Califa; es un protegido de Tomás Garrido en la región. Vive con sus noventa mujeres; dicen que guarda un tesoro de cuando a Cuauhtémoc lo bajó Cortés rumbo a la Hibueras... Yo que usted no iba.

La antesala ya duraba demasiado. Ángel Colombo miró al secretario del gobernador pero éste permaneció inconmovible, como si el imprevisto visitante no existiera ahí, bajo las tres fotografías enmarcadas en caoba y con sendas placas de latón rotuladas: "Ciencia", "Justicia", "Progreso". La primera representaba al gobernador Garrido inaugurando una escuela secundaria rural en Macuspana; la segunda representaba al señor gobernador frente a un mustio campesino en el momento de recibir los títulos agrarios en Jonuta. La fotografía referente al "Progreso" mostraba a Garrido Canabal trepado en un tractor Fordson junto a dos guapas muchachas, probablemente profesoras rurales de Comalcalco.

—No lo mandé llamar.

Al reconocer la silueta del gobernador tabasqueño, Ángel Roy entró al despacho con apenas un saludo en los labios.

—Necesito volar —dijo Roy—. Quiero explorar el cauce del río hasta Huimanguillo, ida y vuelta.

El gobernador Garrido tomó asiento en una de las esquinas de su escritorio. Observó al piloto desertor de la Aero Navigation Limited, quiso interpretar su rostro.

—Está usted muy ansioso. Qué, ¿no es suficiente el trago que comparte con el borracho Skipper en su consulado?

—No es eso. Lo que ocurre es que necesito volar. Quiero ir a la isla de Pío Chávez.

Tomás Garrido volvió a sonreír. Balanceó el zapato que mantenía suspendido encima de su rodilla. Se rascó la nariz.

—La isla de Pío Chávez… —repitió—. Es decir, la mítica isla del Pejelagarto. Qué, ¿tan garañón anda, piloto Roy? No sabe usted lo que está diciendo.

—¿Me va a dar mi hélice? —preguntó sin responder Ángel Colombo.

—Usted no entiende a este país, amigo —el gobernador trataba de no exasperarse—. Ni usted ni el cónsul borracho; pero lo van a comprender algún día… Ésta es la revolución que más enemigos tiene. Por dentro y por fuera. Ni el camarada Lenin sufre tanto el asedio que ha padecido Obregón. Enemigos y traidores que no entienden la vocación social de nuestro movimiento. Pero aquí les daremos el ejemplo. Ya verán, aquí en Tabasco les demostraremos que el plátano roatán, el ganado cebú de raza mexicana, la mecanización agraria y la educación racionalista, darán al traste con el conservadurismo retrógrada de los "azules", la mojigatería beateril del clero, las ambiciones de los generalitos traidores y los espías de las potencias extranjeras.

La mirada del jaguar permaneció clavada en los ojos de Roy.

—Me parece muy bien todo lo que usted dice, pero yo necesito mi hélice. ¿Me la van a devolver o no?

—No. Por el momento, no —anunció Tomás Garrido al apretar en mutuo frotamiento las manos—. Está muy atacada por la polilla… la están curando nuestros carpinteros.

—Oiga, ¿pero qué polilla es la que resiste una hora en la centrífuga de mil doscientas revoluciones por minuto?

El gobernador Garrido bajó el pie, alzó las manos en pose declamatoria y asentó:

—Ah, la ciencia… La ciencia nos salvará algún día. Usted, amigo Roy, sea un buen piloto radical. Vaya a desaburrirse con su amigo el borracho inglés, que ya nosotros lo mandaremos llamar. Las cosas no están muy bonitas ahora que Adolfo de la Huerta ha decidido separarse del gabinete para lanzar su propia candidatura… porque si fuego quieren los cabrones, fuego tendrán.

Antes de abandonar el despacho, Roy se plantó frente a un enorme mapa de Tabasco. Observó el sinuoso trayecto del río Grijalva.

—Próximamente tendremos la tercera Exposición Agrícola y Ganadera del Sureste. Va a ser una cosa muy linda. Vendrán algunos invitados importantes, y entre ellos el mismísimo general Obregón. Quiero que usted asista a la cena de pasado mañana, con mis ayudantes y organizadores. Ya verá, Tabasco será el modelo chingón de nuestra revolución roja.

NATACIÓN BAJO LAS ESTRELLAS

Como virutas remanentes de una viga extinguida a golpes de garlopa, algo de la conversación insomne con Skipper quedaba en su memoria. El cónsul le había revelado que su caso era único. Un diplomático pagado por el gobierno tabasqueño para agenciarse las simpatías de Lloyd George, primer ministro británico, quien había roto relaciones ¡con Tomás Garrido!

—Míster Bruce Rothschild era de un tipo especial —había explicado el inglés de la mirada lánguida—. Llegó en 1921 con la representación oficial de la compañía petrolera El Águila. Era una persona muy refinada… un lord sin título. Por ello, muy pronto la gente lo bautizó como "el duquesito". Pues bien, míster Rothschild estuvo contratando muchos terrenos para la exploración petrolera en la zona de Chontalpa y Macuspana, por las buenas y por las malas, para lo que había formado su pequeño ejército particular. "El duquesito" cometió tantas tropelías que fue citado por Garrido para aclarar el desempeño de su brigada de ingenieros y pelafustanes. Míster Rothschild no acudió al citatorio, y en su lugar mandó una carta en la que amenazaba a Garrido Canabal recordándole que "nuestras cañoneras están fondeadas en Montego Bay y en Belice, atentas al desempeño de los súbditos de la corona británica en tierras de América". Un reducido grupo de muchachos camisas rojas fue el que secuestró a Rothschild. Lo subieron a una lancha que remontó de noche el río hasta Jonuta, y de ahí lo arrastraron a pie hasta Catazajá y Balancán, para adentrarse al Petén guatemalteco, donde lo soltaron. "El duquesito" iba amarrado por el cuello y solamente le permitieron comer tortillas y beber agua de los charcos que encontraban. Sí, fue un perro con *pedigree* perdido por la Lacandonia… Una semana después Inglaterra estuvo a punto de romper relaciones con Obregón; pero éste les doró la píldora y logró salvar la difícil situación. Su Majestad, el rey Jorge V, eso sí, rompió relaciones con el gobierno radicalista de Garrido; y por eso me han contratado a mí, Tomás Duncan Skipper, para que intente congraciarme con el imperio británico y con los americanos, que ya comenzaron a boicotear las importaciones de banano "Tabasco" luego de enterarse de tan tremenda salvajada con el pobre diablo de Rothschild… Soy un cónsul prisionero, amigo Roy. ¿Se lleva la botella?

Algo quedaba. No esa anécdota de pintoresca rapacidad, sino aquel otro comentario que de tan obvio resultó imbécil: "Deje su aeroplano en paz, amigo Roy, que allá no tendría dónde aterrizar. ¿Por qué no aborda el vapor de los jueves? Sube a Huimanguillo y Pichucalco; se detiene unos minutos en la isla del Pejelagarto".

Ángel Roy colocó la botella de Ballantine's en la mesa del cuarto y todo pareció recuperar su sentido primordial. Era noche de miércoles y diez horas después el "piloto radical" remontaría el Grijalva para encontrarse, por fin, con Mary Riff. Apagó el abanico eléctrico y se recostó en la cama. La botella estaba a la mitad y Tom Skipper era un amigo confiable. Se sirvió tres dedos de whisky y pensó en su inminente travesía. La noche refrescaba. Sintió que aquella luz era excesiva. Se levantó para apagar la brillante lámpara de porcelana y descubrió un folleto escurrido por debajo de la puerta. Alzó el pedazo de cartón, adornado con la viñeta de un barco surcando tremendas olas, y allí mismo le dio lectura:

La Compañía Lastra Yalton anuncia el itinerario de su barco Lurline que durante el presente mes cubrirá la ruta Frontera-Galveston, ida y vuelta, según el siguiente Plan de Navegación:

FRONTERA, zarpa los días 3, 10, 17 y 24.

GALVESTON, zarpa los días 6, 13, 20, 27.

Se embarcan mercancías varias y pasajeros (Plátano NO, hasta nuevo aviso).

La ruta y calendario podrán sufrir las modificaciones que el estado del tiempo dicte.

Atte. La C. Naviera

Agosto de 1923."

Apagó la luz y arrastró el trombón hasta la cama. Afuera la noche era una sinfonía en miniatura, un millón de insectos devorando el bosque, reclamándose para copular, acechándose con sus pinzas quitinosas. Ángel Roy pensó: "¿Y si me embarco a Galveston?" Era una idea racional, la misma que tendrían a esa hora otros veinte pasajeros. Mary Riff jamás volvería a su lado. Sirvió otros tres dedos de Ballantine's y comenzó a explorar inciertas frases musicales. Su instrumento de latón opaco, sin embargo, no sonaba afinado. Sintió pena, jamás miraría de nueva cuenta al viejo Berry Tilmore, ese barril negro tumbado sobre el teclado del piano. Le quedaban doscientos dólares, poco más, y podría llegar hasta Salt Lake City, donde cada otoño, desde 1919, era celebrado el Festival Aeronáutico de América… sólo que él, Ángel C. Roy, había muerto tripulando el segundo Bristol Scout de la Aero Navigation Limited. Era un muerto y Mary un espectro juguetón. Era un "piloto radical", un borracho, un trompetista sin talento, un gringo que no era gringo, un intruso en ese país perpetuamente convulsionado, un tejano amante del *bourbon*, un viajero sin más brújula que una corazonada; un aeronauta derrotado.

Lo despertó el cuerpo desnudo de Mary Riff.

La silueta avanzaba en silencio desde media habitación. Iba a su encuentro.

—¡Mary!… —gritó Roy cuando ella lo hizo callar con un beso que era más que un beso. Un beso canino, sin frambuesas, que lo convenció de que aquello no era un sueño.

El trombón resbaló de la cama y produjo una vibración hueca al rebotar en las duelas del piso. Roy quiso hablar, reconocer aquel aroma, pero la silueta pesadillesca le arrebataba la camisa, hundía una mano bajo el cinto. El vaso de whisky también cayó, golpeó las varas de aquella cometa flexible.

—Mary… —murmuró Roy con júbilo. Durante un momento fue más que feliz. No pensó en nada. No quiso pensar en nada. Se dejó llevar por el gemido lánguido de esa mujer que rodaba en la sombra hasta recostarse a su lado, y lamentó la brevedad de la sorpresa.

—Odio a Skipper —dijo entonces ella.

—Qué —Roy trató de erguirse, mirarla, recuperar el vaso de Ballantine's.

—Menos mal que dejaste la puerta abierta… Skipper quedó más borracho que un lenguado —*flounder,* pronunció ella en inglés, y entonces Roy fue expulsado del sueño.

—Kate —la nombró al reconocerla—. Has sido un fanstasma durante estos minutos —dijo él divertido, contrariado.

—Siempre soy un fantasma —admitió ella—. Es lo que me reclama Skipper todas las mañanas: "Kate, apareces cuando nadie te espera; desapareces cuando todos te necesitamos". ¡Lo aborrezco!…

No era necesario decir eso.

—Pensé por un momento que eras… otra persona —aventuró Roy tras alcanzar su vaso. La mujer de Skipper había puesto una segunda botella de whisky en la mesa del cuarto, sin descorchar.

—Me ofendes —dijo ella en inglés.

Roy no repuso nada. La de Kate era una hermosura no del todo deteriorada. Las pieles blancas son lastimadas demasiado pronto por el sol de los trópicos.

—¿Tanto la amas? —preguntó ella.

Roy volvió a guardar silencio. Buscó un vaso para Kate.

—Son ridículos los hombres desnudos —masculló Kate mientras Roy le escanciaba el whisky en su vaso.

—Te traje otra botella… Tú, al menos, eres un borracho amable. Un borracho que me toma en cuenta.

—Gracias —admitió Roy, y comenzó a reír en torpes accesos, como si acabara de recordar una travesura reciente.

—Somos ridículos siempre, desnudos y vestidos. Vivimos como si la muerte no existiera; ustedes, en cambio…

—Nosotras, qué —desafió Kate al acomodarse el vasito entre los senos.

—Ustedes llevan la muerte en el cuerpo. Demasiado pronto comprenden la fragilidad de todo esto —Roy hizo un gesto con el índice como volantín.

—Tengo calor —se quejó ella—, ¡Odio las noches de este país!

—También odias a tu marido; me odias a mí sin decirlo... Odias demasiadas cosas.

—Oye, tejano; aún no me has dicho "te amo con locura, Kate". Podrías ser más galante, al menos.

—¡Oh, demonios! ¿A qué has venido?

Kate buscó su camisón. Al escurrírselo desde la revuelta melena, dibujó una mueca de fastidio. Ese maldito calor.

—Vine a prevenirte. Skipper es un hombre peligroso. Muy inestable.

—Qué más.

—No lo podré soportar mucho tiempo —lo miró a los ojos con amenazante esperanza.

—¿Por qué no lo dejas?

Esta vez fue Kate quien guardó silencio.

—Te traje una botella de escocés. Él nunca se percata de estos pequeños hurtos... No se da cuenta de nada.

—Qué más.

—No podía dormir. El calor y Skipper roncando en el sofá, como lo dejaste. No quisiera ver sus hígados, par de... baquetones —dijo en español.

—No te preocupes. No los verás. Solamente verás nuestras desnudas ridiculeces.

Kate probó el whisky. Miró el abanico eléctrico paralizado en el techo.

—¿Te ha contado de su novela?

—Sí. *El ojo del huracán.*

—Eso es todo... quiero decir; el título. Nunca escribe. Se pasa la noche en su mesa de trabajo. Escribe dos o tres frases sueltas, y yo debo ir a despertarlo en la madrugada. Conducirlo hasta su cama.

—Estará esperando la inspiración de Melpómene, la cuarta musa —Roy miró a Kate con prudente lástima.

—No existe. Como artista no tiene más talento que el de un caracol bajo la lluvia. Skipper simplemente es un borracho con vocación de santo. Hay una frase que repite mucho, en las hojas sueltas que deja tras de sus veladas estériles: "¿Quiere bailar conmigo, señorita Salvación?" Me aterra.

—Es una frase graciosa. No le veo lo terrible.

Kate hizo un puchero, callaba algo. Volvió a probar un sorbo de Ballantine's.

—Me aterra porque la escribe a diario, decenas de veces cada noche, desde que lo conocí en Oxford hace trece años.

—Ese número sí que es terrible. ¿Diario?

—Casi cada noche, cuando no cae vencido por el licor.

—Hay otras frases, pero son más absurdas: "La humanidad escurre en tu pañuelo, tío Francis"; "Arderé en el Averno, sí, pero jamás podrá vencerme Dios en el lawn tennis".

—Tu marido está loco… digo, es lo que tú pensarás al leer esas frases.

—No sé. Es tan tierno, algunas tardes, cuando deja de beber.

La mujer de Skipper enjugó una lágrima que hubiera escurrido por su nariz, pero el gesto fue excesivo. Kate no lloraba.

—Temo que algún día se suicide.

Roy fue tras la botella virginal de whisky. La cargó consigo de vuelta a la cama.

—No es cierto, mujer —le jaloneó un rizo detenido caprichosamente sobre la mejilla—. Lo que en realidad temes es quedarte sola.

—Suicidio y soledad —repitió ella, iluminada por el nimbo mortecino de la ventana—. ¿No son lo mismo?

—Las mujeres temen quedar solas, pero la verdad es que viven solas. No te confundas.

Kate agitó su melena castaña, dejó que nuevos rizos le orlaran los hombros.

"Eso es falso, lo que más tememos las mujeres, es…", pensaba ella cuando advirtió:

—No te lo debería decir, pero Skipper es un desertor. Escapó del frente de guerra en Jutlandia. Se refugió primero en Edimburgo, donde le di alcance. Huimos luego hacia Nassau, en las Bahamas. De ahí nos embarcamos hasta llegar a Puerto México. En realidad estamos como asilados de Garrido Canabal: un demonio fanático que nos permite, al menos, vivir.

—Mañana zarpo hacia la isla del Pejelagarto. Me encontraré con Mary —dijo Roy, aunque nombrarla en esas circunstancias resultó una blasfemia.

—No me imagino a Skipper fusilado —pronunció Kate, ignorando las palabras de Roy.

—Ya te lo estás imaginando. Un gringo más fusilado por la turba revoltosa de Tomás Garrido.

—Ser un desertor es una afrenta que jamás cicatriza, para un soldado inglés… Skipper esconde hasta su verdadero nombre.

—Todos somos, de algún modo, desertores de la gloria. Yo deserté de la aeronavegación comercial; tú desertaste de la fortuna y de la nobleza.

La mujer de Skipper se llevó un pulgar a los labios. Preguntó sin mirar a ese hombre desnudo:

—¿Cómo lo sabes? ¿Te lo contó él?

—No. Se nota. Tienes clase —dijo Roy en inglés.

Kate acabó con su trago. Suspiró como recuperándose de aquella agua de fuego en el esófago. Alcanzó la botella y se regaló un dedo más de whisky. No lo probó. Volvió a suspirar. Miró a Roy con ojos más que sugerentes, dejándoselo todo al silencio. Dijo por fin:

—Qué calor tan fastidioso.

Ángel Roy saltó de la cama. Agarró a Kate por una mano y la arrastró fuera del cuarto.

—¡Qué pasa! ¿Adónde me llevas? —reclamaba ella cuando alcanzaron las escaleras.

—Al río. Nadaremos al amparo de la noche.

—No… Roy. Espera. No sé nadar.

—Sí que sabes; ya no trates de engañarme.

—Eres un tejano sin educación —se quejó ella.

—¿Importa acaso, señora? —le dijo en inglés—. La noche es nuestra y el río nos espera. Desde siempre.

Durante horas Kate y Roy nadaron salpicándose juguetonamente. El Grijalva escurriendo por sus pieles, esa madrugada
bajo las estrellas, fue una experiencia que jamás olvidarían.

CHANFAINA Y BANDERAS

El barquichuelo, como la mayoría de los botes amarrados al
muelle fluvial, tenía un curioso nombre: "Sólito Bolón", nomenclatura de marineros de agua dulce que no quieren arriesgar el
pellejo en altamar.

Ángel Roy miró la columna de humo ascendiendo con ligereza, como un penacho luctuoso en la chimenea de la embarcación. Se dejó arrullar con el martilleo ronroneante del motor
bajo cubierta. "Chuc, chuc, chuc, chuc…". El patrón del bote
había informado que llegarían cuatro horas después a la isla del
Pejelagarto.

—¿Se va a quedar ahí? —comentó sorprendido al perforar
su boleto.

Roy bostezó. El barquito estaba retrasado y zarparía bajo el
infierno solar de mediodía. Alzó la vista pero no logró distinguir
la fachada rosicler del hotel Traconis. Cuarenta centavos había
pagado por el pasaje y experimentó un repentino mareo. Pensó
en Kate, pensó en Mary. Volvió a recordar a la mujer de Skipper
nadando en ese mismo río, ahora tan fulgurante.

—¡Ey, miren allá! —gritó un mozo al levantar la mano.
Aquello era apenas distinguible. Un bulto color mostaza rodaba
ingrávido, asomando apenas, en la superficie del Grijalva.

—Es un encostalado —comentó un niño junto a Roy, y acto
seguido se persignó para alejar al demonio que ya le jalaba las
cintas del huarache.

"La luz es terrible", pensó Roy. Lastimaba sus pupilas, tras-
tocaba aquella atmósfera… tan íntima horas atrás. Ofendía su
memoria: frente a él un muerto era arrastrado por las aguas do-
radas y verdes, en el sitio exacto donde aquella mujer se había

entregado a los brazos de un hombre melancólico (eso dijo, *your moody visage fascinates me*). Pero Roy se equivocaba; el sitio era inexacto, ya no existía; el río era otro aunque, de algún modo, el mismo. Sólo que ahora un torrente de luz perfilaba contornos de escalofriante nitidez al paisaje de la cuenca. La noche había quedado atrás y era, ya, una fecha irrepetible.

—Yo creo lo mató el Pío Chávez —comentó el niño junto a Roy, pero luego se consoló—. Nunca lo sabremos.

Roy miró su reloj, lo volvió a guardar en el bolsillo. Observó a los últimos pasajeros que abordaban el barquichuelo: una mujer con una bola de masa de maíz sobre la cabeza, varios muchachos del Bloque Revolucionario con sus camisas rojas desafiando al sol, tres campesinos que empujaban por la rampa a una pesada cabra, dos profesores rurales con sendas bolsas de yute abarrotadas de cuadernos.

"Chuc, chuc, chuc, chuc…".

Volvió el mareo. (¿Qué le había dicho aquella mujer ciega en Veracruz? "…cantaba todas las noches para no pensar en ti". Era la fatiga, esa noche de natación y whisky. Mary Riff cantando *Oh, Susana, don't you cry for me?… I came from Alabama with my banjo on my knee,* porque el gato blanco escapó luego del beso. Era él, Roy, Ángel Colombo, quien ahora iba, por fin, a su encuentro. Un beso aframbuesado es más poderoso que el eterno rumor del Golfo de México; "…leyó, quién sabe dónde, que habías muerto". No durmió casi. Un par de horas antes del amanecer había llegado a su cama en los altos del hotel, y el río ahí abajo, fluyendo con indolencia, con insolencia hidráulica, ajeno a los balidos de la cabra que no logran sujetar los campesinos…)

—Nos tiene que acompañar.

Roy volteó y estuvo a punto de perder el equilibrio. Eran los tres muchachos camisas rojas que lo miraban con ojillos de maldad.

—Usted es el piloto Ángel Roy, ¿no? —insistió el mayor.

—Acompañarlos adónde… Ahora tengo que zarpar a la isla del Pejelagarto.

—Acompáñanos —musitó el segundo.

—Tiene que escoger su traje para la cena —insistió el mayor.

—Cena… —repitió Roy—. ¿Cuál cena? ¿De qué me están hablando?

—La cena con el gobernador Tomás Garrido. Usted es su invitado de honor.

—…y no le fallará —completó el segundo al descansar la mano en la empuñadura de un revólver que llevaba al cinto.

—Los tengo que acompañar —aceptó finalmente Roy, dándose por vencido. No había más remedio que obedecer a esos mozalbetes fanatizados.

Al abandonar la rampa del barquichuelo un último pasajero le rozó un hombro. Roy volteó y al hacerlo tropezó hasta caer en las tablas alquitranadas del muelle. Hubiera jurado que aquel individuo abordando el "Sólito Bolón" era Neguib, pero el excesivo whisky en la sangre y el sol barriéndole ambas retinas resultaban abrumadores.

El traje era de una talla mayor, pero el único disponible. Roy sudaba atosigado por aquella corbata roja. Envidió a las mujeres que se abanicaban el escote con estática placidez.

Un toque de corneta hizo que los invitados se pusieran de pie; Garrido Canabal el primero de todos. Acto seguido irrumpió un destacamento de siete niños que marchaban con la mirada paralizada al frente. Los pequeños se detuvieron marcando el paso frente a la mesa donde el gobernador Tomás Garrido los observaba con severidad, el antebrazo derecho quebrado en saludo marcial frente al pecho. La ceremonia se realizaba en el patio de aquélla, la Casa de los Azulejos.

—Va a ver amigo, estos niños juegan a ser adultos por simple estupidez: ellos quieren ser como nosotros, cuando en realidad nosotros nos comportamos como ellos… en todo —sentenció el tipo junto a Roy, un regordete bonachón, quien no tardó en presentarse—: Juan Tixuc Villagómez, para servirle; mientras ello no sea inconfesable.

Ángel Roy lo miró con cierta simpatía. Comenzaba a sentirse como un verdadero convicto en aquel sitio de aromas fermentados; pero la niña que portaba la bandera en ristre ya preguntaba con gallardo sonsonete: "¿Es ésta tu bandera, compatriota Reyes?"

El niño de la izquierda dio entonces un paso al frente. Era un chamaco rollizo, no más alto que un metro, las ojeras amoratadas por alguna deficiencia hepática:

"No nada más mi bandera. Es mi brújula; es mi guía en el desasosiego; es lo que mi sangre repite al despertar cada mañana: patria mía, patria adorada, horizonte de eternidad". Nomás recitar eso, el niño retrocedió el paso, se alineó y volvió a tocar turno a la niña, que balanceando la bandera al frente, preguntaba ahora con su vocecilla de cristal:

"¿Es ésta tu bandera, compatriota Valero?"

Un niño de la derecha, que habitaba debajo de una ceja como resorte, respondió con gesto pretoriano, luego de adelantar un paso:

"Sí. Es mi bandera; pero es más que eso. Es mi madre; pero es más que eso. Es mi paisaje; pero es más que eso. Es la sangre toda de los héroes que nos dieron libertad y alfabeto; pero es más que eso. Sí; es más que los tres hermosos colores que la visten… Es mi nuevo Dios".

Luego tocó turno al niño Mendoza, a la niña Graff…

—Usted es el "piloto radical" —secreteó Juan Tixuc al oído de Roy—, ¿o me equivoco?

—No se equivoca —admitió Roy, aunque hubiera preferido confesar: "No soy nadie en ausencia de Mary Riff".

Apenas abandonar la pequeña escolta el patio de la casona, los meseros comenzaron a servir diversas viandas: ensalada de piña y jocoque, manos hervidas de cangrejo moro, empanadillas de cazón y alcaparras, piguas asadas al ajillo, ostiones ahumados con leña de macuiliz, pan de sopa con cilantro, mondongo en pimienta gorda, puchero de res con yuca, chanfaina de pavo, enchiladas de picadillo y aceitunas, pato en chirmole, tepezcuintle asado en cama de perejil, plátanos rellenos con queso y epazote, tortillas fritas en manteca de cerdo, jarras con agua de chía y tamarindo, merengues de limón cristalizado y nieve de guanábana…

—Y usted, amigo, ¿a qué se dedica? —preguntó Roy sin mirar a Tixuc, mientras se anudaba la servilleta al cuello.

—La verdad, soy un rimador de la vida, aunque percibo algún dinerillo como inspector catastral; sabe usted: he adquirido la pésima costumbre de comer tres veces al día y dormir bajo techo… somos como la plaga, ¿verdad amigo del aire?

—Como la plaga —repitió Ángel Roy cuando cortaba la chanfaina estofada.

—Oiga, amigo. ¿Me acompañaría luego de esta meriendita a casa de un sabio? Prepara un bacalao que no tiene comparación. Se llama Roger Gohrou… Sí, claro. Estoy hablando de la cena.

LOS POBRES, LOS RICOS, LOS DEMÁS

Roger Gohrou mostró su tercia de nueves. En lo que iba de la noche, esbozó por primera vez una sonrisa. Arrastró hacia sí las apuestas y dijo:

—Muy astuto usted, señor piloto.

Concluía la merienda en la Casa de los Azulejos, cuando el gobernador Garrido se había acercado a la mesa de Roy para anunciar una próxima exhibición aérea. "La gente debe convencerse de que el progreso es una realidad necesaria al alcance de la mano". Fue cuando Roy le acotó, sin disimulo: "Pero antes iré a la isla del Pejelagarto… al fin que sin hélice nadie nos quitará nuestro guacamayo rojo, ¿verdad señor gobernador?"

—Habrá que esperar hasta el jueves —advirtió Juan Tixuc mientras barajaba los naipes con sospechosa habilidad.

Katherine Skipper ojeaba revistas junto a la ventana del consulado. Suspiró con aburrimiento.

—Vamos a cambiar de manos el dinero —amenazó Tixuc—. Abre par de reinas.

—Todo fuera como el dinero —murmuró en español Tom Skipper, el cónsul ausente en la ceremonia del gobernador.

Un rechinido llegó de la ventana. Skipper y Roy se volvieron simultáneamente para mirar a Kate, quien revolvía los magazines amontonados bajo el diván.

—¿Qué lees, querida? —preguntó el cónsul con tono neutral.

—No leo nada, querido —respondió ella en inglés—. Este

bochorno me va a matar… Solamente estoy viendo las fotografías de este barrigón que se ha adueñado de Italia. Nunca en mi vida había visto tantas bicicletas —recostada, Kate alzó la revista. A esa distancia la imagen era un rectángulo gris—. Mussolini la ha llamado "la marcha sobre Roma".

—Allá las camisas rojas son negras —comentó Roy en inglés, pero Kate no sonrió.

—Bueno —gruñó Tixuc al empuñar los naipes de recambio—, aquí este pendejo monolingüe les pide que hagan juego.

—¿Podrías traer otra botella de la caja, Kate querida?— pidió Skipper al deslizar dos cartas al centro del paño.

—Ya se acabaron, Tom querido. La última es la que tienen en la mesa —deletreó ella con sorna.

Skipper alzó las nuevas cartas. Miró su juego y sin gesticular ni mirar otra cosa que el abanico de los cinco naipes, insistió:

—Hablo de la nueva caja. La que traje de Frontera el día que despertaste con el cuello mojado… Es Dewar's, señores: espero que no les moleste el cambio —anunció al depositar la botella muerta de Ballantine's sobre la duela.

Nadie volteó a mirar a Kate en retirada. Nadie comentó el sonsonete fastidioso que se llevó arrastrando: "Botties, botties, botties…".

—¿Cómo va la novela, míster cónsul? —preguntó Tixuc al proponer diez centavos de apuesta.

—¿Mi novela? —repitió Skipper—. Oh; no me agrada hablar de la creación frente al dinero, pero me gustaría incluir una corrida de toros. Belmonte clavando sables en las bestias cornudas —alzó la mirada, miró a Roy; lo previno—. Es su turno, amigo.

Ángel Roy pagó los diez centavos. Tenía un par de sietes.

—¿Por qué permiten esa fiesta de sangre y muerte?

—Ya la prohibió el señor Carranza —dijo Tixuc—, pero caro pagó su error… Sospecho, míster cónsul, que usted no progresa demasiado en su libro. ¿Le falta algo?

Skipper advirtió la presencia de Kate detrás de él.

—No me falta nada. Lo que me sobra son estos "meados de iguana". Escribir y beber —recitó en inglés.

—Writing and drinking —repitió Gohrou al declararse derrotado y extender las cartas sobre el paño color púrpura.

—¿Por qué se emborrachan tanto los hombres? —preguntó Kate al depositar de un golpe la botella de whisky junto al antebrazo de Roy.

—Porque no podemos ser madres —respondió Tixuc.

Tom Skipper le clavó una mirada más que punitiva. Anunció:

—*Full.*

—*Full* de qué, señor cónsul —insistió Tixuc.

—Ochos y reyes. Tres ochos, dos reyes —aclaró el cónsul mientras esperaba la caricia de Kate en su nuca. Una caricia que nunca llegó.

—Reinas y ases —casi gritó Tixuc al mostrar su mano—. Ganar es matar; esto es, morir menos —divagaba al rastrillar las monedas sobre el paño—. Mueren más los que pierden.

Ángel Roy se volvió hacia la ventana.

—Pronto amanecerá —adivinó. Miró a Kate dormitando nuevamente recostada en el diván. Tuvo una repentina colisión con su mirada.

—Usted es un gran nadador, amigo Roy —comentó Skipper mientras descorchaba el Dewar's.

Se hizo el silencio. Gohrou aprovechó para revisar la carátula de su reloj.

—Somos la conciencia noctívaga de San Juan Villahermosa —dijo sin lograr reprimir un bostezo—. Lástima que yo nunca practiqué la natación.

Ángel Roy miró a Skipper. El cónsul le devolvió una sonrisa toda dulzura, esos ojos como de sello postal.

—Nadar es como volar, me imagino —añadió.

—Yo no sé demasiado de peces —intervino el suizo Gohrou, divagando con la mirada en la grisalla de la estancia—, pero sí de aves. Existe la clasificación taxonómica de los pájaros que le debemos a Linneo, pero yo prefiero el ordenamiento popular que hizo de las aves, doscientos años atrás, fray Santiago de Cárdenas. Decía él que para tener clara la ornitología tres son las clases de aves a considerar: los pájaros imperfectos, que vuelan accidentalmente, como la gallina, el pingüino y la codorniz; los pájaros bastardos, que vuelan agitando las alas, como la paloma, el gorrión y el mirlo; y los pájaros legítimos, que vuelan sin batimiento de las alas, como el águila, el cóndor, la gaviota…

—Y la golondrina —añadió Ángel Roy al servirse el primer trago de Dewar's.

—También hay otra clasificación de pájaros —advirtió con seriedad Juan Tixuc—: El cucú, y los demás pájaros.

—¿Cuál es la diferencia? —preguntó Gohrou, sin animarse a barajar los naipes.

—¡Ah! —y Tixuc bajó la vista, como si algo hubiera escurrido sobre su bragueta—. Los demás pájaros tienen un solo nido, pero el pájaro cucú está en todos. La diferencia es, digamos, la versatilidad.

Roger Gohrou se lo quedó mirando extrañado. Después dijo:

—No entiendo.

—Es un chiste mexicano —explicó Skipper.

Un nuevo suspiro llegó del diván junto a la ventana, donde ya se anunciaba el alba. Kate parecía dormir.

—Llévense esa botella —anunció Skipper al arquear perezosamente la espalda—. Ojalá amanezca nublado.

Ángel Roy se apoderó del whisky recién descorchado. Anunció cuando alzaba su corbata roja anudada en el respaldo de la silla:

—Avísele a Kate que mañana vendré a las seis.

Skipper se detuvo, dejó encendida la pequeña lámpara eléctrica sobre el paño púrpura.

—¿A las seis?

—De la tarde, desde luego —completó Roy—. Prefiero nadar cuando ha refrescado.

Entonces el cónsul apócrifo apagó la luz, y fue como si la penumbra gris del amanecer se apoderara de la estancia.

Al salir de la casa y percibir la brisa renovada, Juan Tixuc recitó:

—Ahora los pobres al trabajo, los ricos al relajo, y nosotros los bohemios… ¡al carajo!

Hizo un saludo militar para despedirse de la bandera británica sobre el dintel de la puerta, que igual que un loro aterido, parecía dormir en espera del Juicio Solar.

UNA LEY BASTANTE PECULIAR

El salvoconducto de Tomás Garrido era escueto. Gracias a los pacientes oficios de Tixuc Villagómez, el gobernador había expedido aquel documento que en tinta roja y con su firma al calce, advertía:

> Los portadores de esta carta credencial están amparados por el Gobierno Radical de Tabasco. Los C. Ángel Roy y Juan Tixuc realizan un viaje de sondeo económico por la cuenca del Grijalva. Respétense sus vidas hasta el 15 de noviembre del corriente.
> Progreso Racionalista y Revolución Radical.
> T.G.C.

"Marlene" se llamaba el barquichuelo. Con su letárgico ronroneo, la embarcación ya zarpaba de Huimanguillo. El río Grijalva se estrechaba cada vez más. En algunos trechos el poderoso caudal apenas si era superado por el pujante "chuc, chuc, chuc" de la caldera de vapor, que a ratos parecía próxima a estallar.

—Mire allá; nos están esperando —advirtió Juan Tixuc al señalar una de las riberas.

Ángel Roy sintió nuevamente aquella emoción palpitante bajo el esternón. Sin embargo no logró reconocer a nadie. Ese bohemio panzón se burlaba de él una vez más.

—No veo a nadie —tuvo que admitir.

Tixuc puso el índice bajo la nariz de Roy, lo prolongó señalando un tranquilo meandro que parecía añadido al río.

—Allá —insistió Juan Tixuc—, entre los juncos. ¿No ve los lagartos?

Era una veintena de caimanes, igual que ídolos derribados asomando apenas los ojos, las puntas de sus fauces.

—¿Qué es lo que esperan ahí? —preguntó Roy, todavía con el horror capilar recorriendo su piel.

—La merienda, amigo del aire. Son el camposanto de los encostalados.

No mucho después el barquichuelo arribó a la isla del Pejelagarto. El capitán advirtió a los pasajeros que no descendieran a tierra si no era rigurosamente necesario. "Zarparemos dentro de una hora".

Tiempo más que suficiente, pensó Roy al saltar al rústico pontón. Llevaba el salvoconducto en el bolsillo y Juan Tixuc lo acompañaba ofreciendo sonrisas, cuando una de las mujeres que atendían la recepción de mercancías los detuvo con un grito:

—¡Ey, cabrones! ¡Adónde creen que van!

—Estoy buscando a una… persona. Y tal vez usted —improvisaba Roy, cuando Tixuc lo interrumpió todo zalamerías:

—Pero, señora mía, nomás vamos a saludar un momentito a Pío Chávez. Nos envía el coronel Garrido.

La mujer hizo una mueca de incredulidad. Señaló con el lápiz que sostenía hacia el único sendero visible:

—Así ya cambia la cosa, par de güevos azules. Sigan todo para arriba, en la loma. Pero quién sabe si los reciba. Anoche murió Miércoles.

—¿Miércoles? —repitió Roy con la carta credencial en la mano.

—Sí, Miércoles —se explayó aquella mujer rascándose un sobaco—. Está muy triste el cabrón Califa. Era la más nueva de sus siete viejas. Ahora veremos a cuál nos toca entrar en su "semana".

La isla del Pejelagarto se extendía doscientos metros a lo largo del Grijalva. No tardaron mucho Roy y Tixuc en llegar a la casa de Pío Chávez; sólo que ahí otra mujer los detuvo:

—Se van a tener que esperar, ojetes. El Califa se fue a mojar a Miércoles.

—¿Mojar? —Roy mostró el salvoconducto.

—Pos claro —respondió otra mujer que molía maíz junto a la primera—. Ya no caben aquí más pinches muertos. Toda la isla son puros enterrados. La están echando a la cabrona en su costalito, al otro lado del cerro.

—La señora muerta; ¿no sabe quién es? —Roy quiso no imaginar lo peor.

—No sabemos nada. Al llegar a la isla perdemos el nombre. Aquí el único hijo de la chingada que sabe cosas, es el Pío.

—Pos era su tercera vieja —se atrevió la mujer del maíz molido—. No le aguantó la noche.

—Estamos buscando a una señorita americana —explicó Tixuc—. Una señorita que se llama Mary Riff.

Las dos mujeres se miraron, repentinamente, a los ojos. Sonrieron con un aire de malicia y, en complicidad, decidieron permanecer en silencio.

—¿Saben dónde está? —insistió Roy, agitando otra vez el salvoconducto sobre su cabeza.

La mujer del maíz molido se dispuso a responder. Limpiaba sus manos en el mandil que le cubría el regazo desnudo, cuando la otra mugió agresivamente. Ya la reprendía con ojos punitivos:

—Aquí el único que sabe cosas es el cabrón Pío Chávez.

—Nomás él —completó la otra.

Roy y Tixuc decidieron esperar. Los tranquilizaba el remoto ronroneo del barquichuelo.

La segunda mujer entró y salió de la casa techada con hoja de palma, avisó:

—Oye, pinche Lunes, ya está hirviendo la cabrona agua.

—Pos échale de una puta vez las pochitoques. Ya sabes luego cómo se pone. Y hoy es jueves, cabrona.

—Me toca, ¿verdad? —pareció reflexionar la mujer, con gesto pícaro, pero después se puso seria al recordar:

—Pobre Miércoles, no supo aguantar…

—Se le habrá negado —comentó la del maíz molido—. Ves cómo la dejó.

La otra metió la mano dentro de un cilindro de lámina oxidada. Sacó una tortuga del tamaño de un zapato, y sobre una curtida tabla le propinó tres súbitos machetazos que primero la degollaron y luego la descuartizaron. Repitió el procedimiento con otro par de tortugas, y luego llevó aquellos cascarones sanguinolentos al hervor dentro de la casa de palma.

—¿Y usted, tiene vieja, pinche señor? —preguntó Lunes, una vez que se vio sola.

Ángel Roy no supo qué responder. Se le hizo fácil mentir:

—Sí.

—¿Y usted, cabrón gordo?

—Sí; también —respondió Tixuc.

—¿Nomás una? —miraba nuevamente al piloto.

—Nomás una.

—¿Y usted, gordo güevudo?

—También. Nomás una.

La mujer dejó la mano del metate, comenzó a desprender las salpicaduras chiclosas del maíz molido que se habían adherido alrededor de la piedra.

—Deberían comer pochitoque, todos los días. ¿No les gusta andar en la garañoneada?

—Yo no —dijo Tixuc.

Ángel Roy no respondió. ¿Qué lugar del demonio era ése?

—Vamos a buscarla, Juan —propuso entonces—. Se nos acaba el tiempo.

La brecha que llevaba hacia el otro lado de la isla era muy angosta y estaba sembrada de abrojos que les ceñían mangas y pantalones. Ángel Roy volvió a experimentar esa mezcla confusa de ansiedad y júbilo. ¿Qué hacía él ahí, a mitad de una isla de amazonas perdularias, a mitad de un río que arrastraba cadáveres encostalados, a mitad de una revolución desquiciada, a mitad de un país que le era, a un tiempo, afín y ajeno?

—Eres demasiado optimista —respondió alguien por él.

Juan Tixuc acababa de resbalar y en la caída un cardo le había serrado una larga herida en el rostro. Roy le ofreció la mano y uno de aquellos pañuelos finos para que se limpiara la sangre.

—No te salvará el optimismo —insistió la voz.

Ángel Roy volteó y descubrió ahí, a tres pasos, el rostro endurecido de Neftalí Abed.

Las imágenes fueron instantáneas, pero como en los extenuantes entrenamientos de Baton Rouge, todas concluían en una sentencia: KILL.

Ángel Roy había recordado la travesía aérea sobre un golfo ciego, el encuentro con los mozalbetes en Palma Sola, su deficiente aprendizaje aeronáutico, el robo del Bristol Scout y la colisión en el lago de Catemaco; esas dos semanas de asedio marica… y, sobre todo, el despojo de su más importante sueño: reencontrarse con la dama de los besos aframbuesados. Sí, había que matar a ese truhán. ("Kill!, kill!, kill!"), gritaban al correr las tres millas con aquellos mosquetones sobre el pecho, siete libras como péndulos de acero golpeando uno y otro bíceps.

—¿Quiénes son esos ojetes? —preguntó entonces Pío Chávez, al aparecer tras la espalda de Neftalí.

—No sé —dijo éste.

Roy no lograba articular palabra. Observó los puñales que el Califa —un viejo más bien flaco y con cara de fauno trasnochado— llevaba al cinto.

—Nos manda Garrido Canabal, el gobernador —dijo Juan Tixuc con el pañuelo como compresa en su rostro.

El Califa se cruzó de brazos; a él que le contaran mejor un cuento de duendecillos y princesas.

—Traemos una credencial —Tixuc codeó las costillas del piloto. Se extrañaba por su repentina parálisis.

Ángel Roy se llevó la mano a la camisola. Ofreció el rectángulo de cartón sin mirarlo; ahora dirigía también los ojos al tímido Neguib, quien junto a cuatro mujeres cargaba un banquillo en tijera: el trono del Califa.

—Ah; la gringa —comentó Pío Chávez al mirar aquel retrato... el gato blanco y el perfil de Mary Riff—. Muy chulo el maíz pinto de la cabrona.

Roy pareció despertar entonces. Le entregó a cambio el salvoconducto en tinta roja, pero el Califa ya ofrecía una explicación inopinada.

—Se acaba de ir, en el chingado barco que los trajo a ustedes, par de ojetes —y precisó—: La gringa Mary.

Roy quitó la vista de los primos Abed, estuvo a punto de soltar la carrera cuando el agudo silbato del barquichuelo resonó allá abajo despidiendo a la isla del Pejelagarto. "Se acaba de ir".

—Ah, qué cabrón del Garrido. ¿Y qué reputas sondeadas económicas quieren hacer aquí, par de güevones?; ¡porque aquí, y oíganlo bien, nomás gobierna la Ley de la Verga!

—Se está yendo el "Marlene" —comentó Juan Tixuc, y descubrió en el rostro de Roy el semblante de una tragedia. "La gringa Mary".

Neguib leía la carta del gobernador Tomás Garrido. La devolvió a Roy advirtiendo:

—Don Pío está muy fatigado. Debe reposar en su casa.

—¿Pos cómo chingados no? —se quejó éste—. Si anoche me tocó otra vez enviudar.

Ángel Roy supo, al fin, que había llegado a las puertas mismas del infierno.

CRIMEN Y FUGA

Ángel Colombo Roy abrió los ojos. Miró a Juan Tixuc mirando a dos mujeres que tendían las sábanas del Califa sobre enormes cabezas de piedra esculpidas siglos atrás. Miró a Neguib que, sentado a la sombra de un pochote, los miraba con ojos de aburrimiento. Levantó el sombrero que lo protegía del sol. Se irguió en el petate y alzó la vista. Observó los flagelos de humo azulino que ascendían desde el brasero y se trenzaban caprichosamente filtrando el verde intenso del bosque, el deslumbrante amarillo solar, el cobalto de la cúpula crepuscular.

"La mirada lo es todo", pensó.

Los días habían transcurrido con desesperante lentitud. Por fin el "Marlene" atracaría esa noche en la isla del Pejelagarto. Tres días de mirar ejércitos de hormigas talando el follaje de la selva; tres días de imaginar a Mary Riff de vuelta en su cuarto del hotel Traconis; tres días de malestar intestinal. La primera vez que Roy comió sopa de tortuga estuvo a punto de vomitar; la segunda le provocó una violenta diarrea que no lo abandonaba del todo. Pío Chávez había ordenado a Neguib que no perdiera de vista a los enviados del gobernador, y fue él quien explicó:

—Todas quieren ser "Miércoles" —porque a partir del momento en que aquella mujer sin nombre fue encostalada, las demás, las no incluidas en la "semana" del Califa, se esmeraban ante su mirada.

Desde muy temprano, antes del amanecer, remaban en sus cayucos para capturar peces y tortugas; revisaban las trampas donde escurrían cangrejos y langostinos; cocían tamales y tortillas, peinaban sus largas cabelleras y paseaban recién bañadas, las túnicas adheridas a sus cuerpos húmedos, frente a la choza del viejo Pío Chávez. "La Márgara mató hoy cuatro pejelagartos", comentaba Domingo; "la hija de Catucha te manda este collar de picos de tucán", advertía Martes.

Una sola vez Ángel Roy había vuelto a enfrentarse con Neftalí. El muchacho embarnecido cargaba un solo puñal bajo el cinto.

—Ladrón, rata mustia —masculló Roy esa tarde, cuando Pío Chávez se encerró con la mujer del viernes—. ¿Por qué robaron mi aeroplano?

Pero el muchacho sonrió con cinismo:

—Discúlpeme, señor piloto, pero no sé de qué me está hablando.

Neguib, sin embargo, guardaba silencio al ser cuestionado por Roy. Eludía su mirada, y una vez suspiró bajo el efecto de la vergüenza.

—La nación se ha llenado de pícaros como ellos —explicó Tixuc—, la mitad de los muchachos se juegan la vida en los campos de batalla, inscritos como reclutas o arrebatados de sus casas por la leva… La otra mitad está merodeando, nomás bajen las aguas de la violencia, lista para apoderarse del país. Por eso pienso que lo mejor, ahora, es ser viejo. A los viejos ya solamente nos toca asistir como espectadores en la gayola, no corremos peligro. La juventud hoy es un riesgoso delito.

Y sí, todas las mujeres querían ser "Miércoles". Ser una de las siete noches de Pío Chávez. Trabajar para él. Alimentarlo. Escuchar sus palabras con el cuerpo dispuesto, sentirlo buscar la fragilidad de las axilas.

—¿Y los niños? —se le ocurrió preguntar a Colombo Roy—. ¿Dónde están los hijos de las mujeres?

Neguib dejó de abanicar el brasero donde crujían los tomates. Alzó la mirada y volvió a soplar contra los carbones atizonados.

—No haga tantas preguntas, amigo del aire —le previno Juan Tixuc mientras se limpiaba las uñas con una espina de cacto.

—¿Que no haga preguntas? ¡Demonios! Ya estoy suficientemente fastidiado con mi diarrea, la partida de Mary y ese lúbrico sultán que no hace más que olisquearles el trasero a sus esclavas.

Tixuc miró al joven Neguib. Éste volvió a suspender el vaivén del abanico bajo la boca del brasero; le disparó una mirada de soslayo.

—Acompáñeme, amigo del aire —invitó Tixuc al levantarse del petate. La suya era una sonrisa enigmática—. Vamos a caminar un rato.

Juan Tixuc avanzaba adelantado en la vereda sugerida momentos antes por el vistazo de Neguib. Roy se tranquilizó al escuchar, no lejos de ahí, el murmullo de una de las mujeres del Califa que lavaba ropa en la orilla del río. Deslizándose por la maleza, el canturreo aquél se percibía con mayor claridad. Ángel Roy buscó la silueta de la mujer, pero entre las ramas del follaje no logró adivinar más que retazos bruñidos del río Grijalva, fracciones de ondas circulares que se expandían desde la piedra donde esa alegre garganta entonaba

> …cantan
> la canción de los amores.
> Cuando vayas a México, Juana
> cuando vayas a la capital
> cinco pesos será el mejor precio
> que por ellos ahí te darán.
> Ya sabes que soy pajarera
> y que alegre recorro los campos
> disfrutando de la primavera…

—Ahí están —dijo Tixuc al detenerse en la ribera.

—Ahí están quiénes… —repitió averiguando Roy, pero de pronto enmudeció, perdió el paso. Sintió morir algo detrás de sus retinas.

—Los niños —aclaró Tixuc sin mirar el fondo de esa caleta donde un cardumen de pececitos medraba entre los muchos huesos; fémures, cráneos y pelvis quebradas de calaveras en miniatura.

"¡Caníbales!", gritó sin abrir la boca Roy.

—Se lo advertí, amigo del aire —insistió Juan Tixuc al atreverse por fin a mirar ese tétrico remanso—. Algunas parturientas prefieren huir antes de que el Califa…

—¡Pero ese Pío Chávez… es un monstruo! —gruñó aterrado Ángel Roy.

—Sí —admitió Tixuc.

—¡Y cómo permite el señor gobernador que esto ocurra!

Sin abandonar aquella sonrisa mustia, Juan Tixuc empezó a explicar:

—No es que lo permita… es que no lo puede prohibir. Es la ley de esta isla, porque ésta es la frontera de la cordura. Muchas cosas peores comienzan a ocurrir selva adentro, hacia Tecominoacán, donde gobiernan los azules… El de allá es territorio del coronel Casanova, acérrimo enemigo de Garrido Canabal. Nadie, en su sano juicio, se atreve a ingresar en sus dominios.

—Pero; ¿es que puede haber algo peor que esto? —Roy volvió a señalar aquellas osamentas habitadas por caracoles.

Juan Tixuc permaneció pensativo. Observó la caída en espiral de una hoja que se depositaba sobre la trémula superficie del Grijalva. Dijo, finalmente, sin inmutarse:

—Los guisan con achiote, en hornos de tierra… igual que barbacoa. No; no los comen vivos, de ninguna manera. No son tan salvajes… pero sí, hay cosas peores.

—Cosas peores —repitió Roy sin quitar la vista de las calaveras quebradas bajo los reflejos del caudal—. ¿Como qué?

—Como tomarle el pelo a un bobo.

Juan Tixuc no logró sostener la situación un minuto más. Comenzó a gemir como loco, hasta que estalló en tremenda carcajada.

—¡Eres más tonto que un manatí capado, Roy amigo! —soltó por fin, al salvar uno de los accesos de risa—. ¡Ja, ja, ja! ¡Inocente gringo pendejo!

Roy dio por hecho que su guía acababa de enloquecer. No le quedaba más remedio que regresar solo a San Juan Villahermosa.

—Soy tejano —aclaró, mirando con desconfianza al gordo de las carcajadas, aunque sus palabras no remediaban nada.

Juan Tixuc lloraba agarrándose la barriga. Perdió el equilibrio y cayó vencido en el fango de la orilla.

—¡Gringo inocente... son changos! —gritó sentado—. ¡Huesos de los monos araña que has estado comiendo en tamal desde que llegamos! ¡Mírales los colmillos, amigo del aire!... Eres un merengue bruto.

Con torpes accesos Ángel Roy comenzó a reír. Era un estúpido, "qué manera de tomarme el pelo". Empató la carcajada de Tixuc y se dejó caer al agua con él. Golpeó la superficie del río y aquello derivó en pueril batalla de chapuzones.

—No hay niños porque el loco de Pío Chávez destierra a sus mujeres nomás sospecharles la panza... Eso sí, desde los diez años las deja llegar a la isla.

—¿Ellas llegan?

—Ellas llegan...

—¡Y ustedes qué! —gritó entonces la mujer que hacía unos momentos lavaba canturreando—. Qué les pasa, par de chotos. Si ya les prendió el caldo de pochitoque —reclamaba—. Al menos avisen...

Y se retiró con la dignidad y el bulto de sábanas lavadas sobre la cabeza.

No duró mucho aquel remanso de jovialidad. Minutos después les dio alcance Neguib, su guardia a regañadientes, porque el gesto aquel no había sido equívoco. El muchacho quería hablar con ellos a solas.

—Tengo miedo de Neftalí... patrón —soltó a quemarropa—. La ambición lo tiene como enloquecido.

—Ambición de qué —comentó preguntando Roy.

—...del tesoro de Pío Chávez. Por eso nos pusimos a su servicio, pero anoche Neftalí comenzó a gritar dormido: "¡Dame el cuchillo! ¡Dame el cuchillo!", mientras se revolcaba en su catre... Yo creo que planea algo horrible, sin decírmelo.

—Ah, los sueños —musitó Juan Tixuc—. Me corto las manos si no son nuestras más verdaderas obras.

—¿Y quién fue el que planeó robarme el aeroplano en Veracruz? —aprovechó para fustigar Roy.

—Él —confesó Neguib mirando los huesos quebrados en el

fondo del río—. Pero fue sugerencia del coronel Casanova… Le dio mil pesos.

—¡Mil pesos! —repitió admirado Juan Tixuc—. ¡Reputa, yo con eso me compro un hígado nuevo!

—Está como enloquecido —insistió el muchacho Abed—, pero se ha ganado la simpatía de Pío Chávez. Le confía todo, lo deja entrar en su casa. Sólo a él.

—¿Y la gringa? ¿Qué tanto estuvo haciendo por acá? —Tixuc supo interpretar por fin el semblante de Roy.

—¿La señorita Mary?… —aquella no era una pregunta complicada—. Tomaba fotografías con su cámara. Hablaba con las mujeres, platicó mucho con Pío Chávez… pero la última noche no sé. Fue cuando mataron a "Miércoles". Quería incluirla en su "semana".

Ángel Roy guardó silencio. Miró el río escurriendo entre murmullos.

—Lo que importa es salir de aquí esta noche —dijo—. Escapar en el barquito.

Sin demasiado apetito Ángel Roy miraba el cuenco de su plato de barro. Grecas locuaces que lo adornan todo, "igual que los campos roturados cuando se busca dónde aterrizar", pensaba Roy, cuando la voz de Tixuc lo alertó.

—Están como locas —y tuvo que precisar—. Las mujeres frente a la casa de Pío Chávez. Todas quieren ser "Miércoles".

Era verdad. Aquellas voces comenzaban a subir de tono. El grito de una destacó entre las primeras sombras de la noche:

"¡Estás mariguana, Ludimila! ¡Siempre quemas el arroz!" Y ésta que se defendía: "¡Y tú qué, jodida Candelaria! ¡Estás ya vieja y no prendes hombre! ¡Tienes todo caído!"

Sin decir palabra, Tixuc y Roy fueron acercándose a ese remolino de improperios. Muy pronto cerraría la noche, pero el viejerío aquel seguía lanzándose acusaciones desafiantes frente a la casa del Califa. "¡No te hagas. Verónica; el Pío nunca come de tus empanadas… las usa para engordar su marrano!" "¡No es cierto!" "¡Me canso de que es cierto y de que te hiede el guiño!"

Las demás comenzaron a reír, pero la agraviada se lanzó con

las manos como garras sobre la garganta de aquella otra. En la creciente penumbra comenzaron a volar piedras y palos.

—¿A qué horas llegará el barquito? —preguntó Roy al oído de Juan Tixuc.

"¡¡Ayyy!!, ¡cabrones!", gritó una, por encima de las demás, al salir de la casa del Califa: "¡Mataron al Pío Chávez!"

—No sé —respondió lacónico Tixuc— …pero demasiado tarde.

"¡Le apuñalearon el cogote! ¡Se llevaron sus tejos de oro!", insistía la silueta negra de la mujer que había hecho enmudecer al barullo.

"¡Fueron aquellos dos!", gritó otra.

"¡Se están llevando los cayucos!", anunció la que se llamaba Jueves.

Oculto también detrás de aquel tronco, Tixuc bisbiseó a Roy:

—¿Sabes rezar?

Con teas empuñadas para alumbrarse, las mujeres se dejaron caer por el sendero único de la isla. "¡Desgüévenlos!", clamaba una. "¡Ayy, nos lo mataron al Pío Chávez!", lloraba otra.

—Creo que es hora de irnos —volvió a comentar Juan Tixuc al despegarse unos centímetros del tronco.

—¿Irnos?, pero los cayucos…

Apenas nombrarlos, Roy escuchó un grito masculino y desgarrado que llegaba de aquel rumbo. Creyó adivinar la voz de Neguib. "¡Al otro, al otro también!", exigía en la creciente oscuridad otra de las viudas del Califa.

—Irnos cómo —pronunció Roy con la garganta como papel de estraza.

"¡Ey, cabronas!", gritó, no lejos de ahí, una mujer casi niña: "¡Aquí están los otros dos! ¡Vengan arriba!"

—Como se van los peces —comentó el gordo Tixuc al soltarse cuesta abajo, tropezando entre las sombras.

Roy cayó detrás de él. Rodó por la maleza. Era noche cerrada y el griterío de aquellas mujeres sin gobierno ya dominaba toda la isla.

—Juan… Juan. ¡Juan! —comenzó a llamar, con gritos ahogados, Ángel Roy; pero Tixuc no respondió.

"¡Órale, rodéenlos a los hijos del culo!"

—¡Juan!

Roy logró enderezarse. Descubrió, muy cerca de él, la oscura silueta del gordinflón detenido en una rama que llegaba al suelo.

—¡Juan! —lo jaló para arrastrarlo consigo, pero el bulto aulló horriblemente "¡¡Raaauuuuh!!" y le propinó cuatro tarascadas en la mano.

Era un saraguato. El simio, igualmente asustado, ya trepaba entre aullidos hacia las altas ramas del bosque.

"¡A éste se los corto yo!" ¡Déjenmelo a mí!", gritó una sombra que avanzaba con violencia, empuñando algo que brilló filosamente un par de veces.

"¡Aquí lo tengo!"

Ángel Colombo no logró pensar en nada. Abriéndose paso a manotazos oyó el primer lance del machete, que zumbó junto a su oreja derecha. Se dejó guiar por la pendiente del bosque. Un cardo le hirió el ojo izquierdo. "¡Ahí les va a las de abajo!" Huir. Pensar en nada. "¡Ya lo vimos! ¡Traigan el mechero!" En nada. "¡Va por tu lado, Viernes!" Rodar, escurrir, saltar. Nada.

El silbido de un segundo machetazo a ciegas le peinó la nuca.

"¡Tírale a las piernas para que caiga el hijo de su…".

Agua.

Aquello era como agua. El río. Un ardor mordiendo la herida del ojo, la mano derecha. Huir como los peces, recomendó Juan Tixuc. Nadó, pues. Se obligó a permanecer sumergido para no escuchar más esos gritos de némesis andrajosas.

Dejarse escurrir con la corriente porque los peces no piensan. Deslizarse por aquella oscuridad mojada sin asideros, "Juan Tixuc". Y lo peor de todo, que en la isla del Pejelagarto había quedado la fotografía de un gato blanco besado, en algún momento, por dos labios perdidos para siempre.

No tardaron en hacer efecto los caldos de pochitoque. Ángel Roy despertó asido a un leño, el ojo izquierdo obturado por una costra de lagañas, el cuerpo aterido y un creciente hormigueo en la mano mordida. Sacudió la cabeza. Imaginó que su cabellera permanecería igual que un erizo. Era un gesto que divertía a la mujer que ahora lo arropaba, frotaba con la toalla y reñía con besos y arrumacos: "Ay, mi querube ahogado. Nunca te lavas las orejas".

No, no había tardado en aparecer el duro efecto del pochitoque: Roy escurría por el caudal con aquel terco espolón frenando su discurrir. Pero ¿despertaba de la primera o de la segunda noche? Alzó la mano herida y difícilmente la pudo reconocer como propia. Las mordeduras eran medias lunas púrpuras que en la excesiva humedad no cicatrizaban. Se miró la otra mano y descubrió su epidermis pálida, fofa, el puño de un anciano. Trató de asirse nuevamente a ese leño, pero las fuerzas lo abandonaban. "Morir ahogado", pensó.

Al sacarlo escurriendo, la mujer depositó con ternura, con ternura y cansancio, aquel pequeño hombre de semanas. Dejó flotar la esponja en la tina de lámina, desplegó los paños para triangular el calzoncito, y entonces, en un gesto casual, el bebé sonrió. Era un reflejo facial; pero una sonrisa al fin de cuentas.

"¡Ay, querubín mío!", festejó la mujer antes del grito: "¡James, James! Ven a ver a este angelito; se está riendo conmigo!", y reflexionó al tocarle ese botoncito lívido a media panza.

"Tienes la mirada de un santo, bebé. Serás un niño listo". Vendó el ombligo, besó las plantas de aquel par de pies como galletas de mantequilla, musitó: "Eres un ángel, corazoncito mío", y cuando el desaliñado irlandés apareció finalmente en la cocina, Carmen Colombo supo que ya no amaba más a ese borracho desempleado que la golpeaba en las noches de los viernes: "Ángel; se llamará Ángel", anunció. Entonces, asustado por aquella presencia impertinente y repentina, el bebé comenzó a llorar.

"¿Dónde estás mamá?", gimió. ¿Lloraba en el sueño? ¿Imaginaba ya la expulsión de su madre, esa tarde en que el borracho irlandés llevó a casa a la negra gorda con dientes como gotas de porcelana? ¿Qué edad tenía él? ¿Once años? ¿Veintinueve y era arrastrado por un río que se deslizaba entre lianas y follajes que ocultaban las márgenes de barro y caimanes? ¿Qué edad tenía, entonces? ¿Había probado el pastel de velitas intactas sobre la mesa luego que su madre, Carmen Colombo, huyó de casa con el rostro surcado por las lágrimas y él pensó, con insolente vergüenza: "qué fea es mamá"? ¿Cuánto tiempo sin verla? ¿Cuándo fue la última vez que la miró en su poltrona tejiendo carpetas con las cuales apenas lograba cubrir la renta de aquel apartamento, oloroso a orines de gato y leche quemada? ¿Cuándo? ¿Aquella tarde en agosto de 1918 en que ella, sin quitar los ojos de los ganchillos que apretaban olanes circulares, vaticinó: "Morirás en la guerra, querubín. Morirás en la guerra. Lo sé. Lo sé desde anoche"? ¿Fue entonces?

—¿Dónde estás, mamá? —gimió Ángel Roy, pero en la oscuridad de la selva nadie lo escuchó—. ¿Dónde estás? —repitió, pero en lugar de su madre imaginaba a otra mujer. Otra mujer ausente.

Ángel Colombo Roy fue bautizado en la primera mañana del siglo, cuando ya sabía leer su nombre: "Ángel; eres un mensajero importante", lo regañó el cura junto a la pileta bautismal, "eres el ángel del siglo", bromeó al dejar que el agua bendita humedeciera la frente del niño. Cerró los ojos, la oscuridad siempre le había sido hostil. Debió abrirlos nuevamente, pero el monstruo seguía acechándolo ahí. Despertaba del sueño en que soñaba nunca despertar. El monstruo avanzó un trecho hacia él, irguió su cola escamosa, desplegó la cresta corrugada, separó el vientre del suelo. "Me comerá el caimán", pensó o soñó Ángel Roy. Despertó, pero era inútil. Estaba despierto desde meses atrás, cuando despegó de la isla del Padre, en Corpus Christi... y el monstruo volvió a moverse. Era un saurio de color verde esmeralda, la cresta púrpura, las fauces dentadas. Un basilisco del infierno. Entonces una voz dijo:

—A esto lo llaman ahora turismo.

No tuvo fuerzas, ni voluntad, para alzar la mirada. Aquello anunciaba seguramente el comienzo del Juicio Final. Todos lo sabían: Ángel Roy murió accidentado en el Golfo de México y aquello era una pesadilla en el umbral del país de los justos.

—Algunos pagan por viajes como éste —insistió la voz.

Roy miró al monstruo, pero el monstruo no era el profeta dueño de esas palabras. Alzó por fin la vista, descubrió al gordo Juan Tixuc que descansaba desnudo, tendido en una roca, igual que el Mono Rey de la holgazanería.

—Estamos vivos, amigo del aire, y eso es lo importante —insistió Tixuc Villagómez, pero guardó silencio al ver que Roy no lograba ponerse en pie. El "piloto radical" permanecía recostado en la ribera, la mano izquierda agarrotada en el leño que le servía de salvavidas. Ángel Colombo hizo un esfuerzo mayor, logró alzar la mano herida. Extendió el índice y señaló al monstruo:

—¡Ah, un toloque! —gritó emocionado Juan Tixuc, al tiempo que se apoderaba de un par de piedras.

Ángel Roy observó la escena. El gordo avanzaba encorvado, sigiloso y desnudo hacia el pequeño lagarto; flexionaba el brazo y arrojaba el primer proyectil. Gritaba con el júbilo de un niño travieso: "¡Le di! ¡Le di!", aporreaba al toloque con la otra piedra y lo alzaba por la cola, anunciando luego:

—Si las iguanas saben a pollo, este bicho sabrá, por lo menos… a iguana.

Arrastrando su horrenda presa, Tixuc llegó hasta donde Roy permanecía echado.

—Bueno, amigo del aire, ¿no piensas salir para secarte y merendar?

El piloto Roy sonrió agradecido. Levantó la mano mordida por el saraguato. Musitó:

—Mamá, tengo frío.

Tixuc no respondió. Sintió un prudente pudor, aventó el toloque muerto y ayudó a Roy a salir del río.

—Ah, cabrón; te prendió el pochitoque, hijo'e puta —comentó al mirarlo a su lado.

Enseguida se percató de que su amigo sudaba frío, era una víctima del paludismo, del dengue, de la disentería.

—Mamá… no te vayas —insistió Ángel Colombo.

—No, no me iré —respondió Tixuc mientras lo recostaba en la sombra de un guanacaxtle.

Horas después, cuando del toloque no quedaba más que un olor achicharrado sobre la hoguera, Tixuc Villagómez oyó un rumor creciente. Era el vaporcito que descendía por el Grijalva, con su "chuc, chuc, chuc" de mecánica sonoridad.

AULLIDO DE COLIBRÍ

Luto blanco. Eso era aquello, un funeral de luz y copos de nieve. Lo encostalarían. Envuelto en sábanas de un albor magnífico Ángel Colombo Roy viajaría por las aguas revueltas de aquel río como serpiente de jade y alquitrán. Qué importaba. Qué era él. La fragancia limpia del velorio bañaba aquella atmósfera de calor y agua jabonosa. El funeral exigía silencio, aromas encristalados, vendas festonando el dosel de esa cama letal. Era lo de menos. Ángel Roy, en su lecho de muerte, era un cadáver casi hermoso.

—Le traje una botella de whisky —musitó Kate junto al cuerpo inerte del piloto—. Está guardada en mi bolso; pero aquí es imposible.

—Qué barbaridad —comentó Roger Gohrou—. No debió aventurarse así. Las enfermedades tropicales son implacables, mire usted sus consecuencias —Gohrou señalaba el cuerpo de Roy—. En Europa las epidemias llegan una vez cada veinte años y diezman nuestras ciudades; acá son plagas endémicas, nunca abandonan el territorio; por eso la población no crece. No hay remedio.

Sentada en la silla Kate suspiró, miró el cuerpo de Roy insinuado por la blanca sábana. Se consoló:

—Adora el Johnnie Walker —dijo en inglés.

Alguien llamó entonces a la puerta.

—Debe ser Skipper —comentó Gohrou al liberar el cerrojo.

Kate volvió a suspirar. Miró el ojo lastimado de Roy, su epidermis como filete de pescado.

—Es el doctor —quiso adivinar ella, pero se equivocaba.

Juan Tixuc empujó la puerta con torpe delicadeza. Aventuró antes de ingresar al cuarto:

—¿Ya se petatió nuestro amigo sideral?

Kate no respondió. Insistió sin levantarse de la silla, mientras clavaba sus uñas rosadas en la cubierta del bolso:

—Le traje una botella de escocés.

—…y ni con eso —masculló Gohrou—. Debe ser malaria, malaria o dengue. Malaria y dengue; una complicación.

—Se perderá de la noticia del año —anunció el gordo Tixuc—. ¿Ya saben?, Adolfo de la Huerta acaba de lanzar su candidatura presidencial. Se le salió del huacal a Obregón, y ahora lo desafía.

—¿Hay tiros? —preguntó Gohrou al restregarse la nariz con cierto fastidio.

—No. Todavía no —respondió Tixuc, y mirando a Roy le extendió un cariñoso palmoteo en los pies bajo la sábana:

—Otra vez el país de cabeza.

Kate dejó la silla, avanzó hacia el rostro de Ángel Roy.

—…Nunca ha estado de pie —musitó. Besó la frente del piloto—: ¡Ah, qué calor! —se quejó.

—¿Y la infección del ojo? —preguntó Juan Tixuc.

—No será un tuerto —respondió Gohrou— …si logra levantarse. Hace rato vino el gobernador Tomás Garrido a preguntar por su salud. Lo necesita entero, pasado mañana, para la inauguración de la feria agrícola y ganadera.

Los tres miraron al enfermo recién ingresado en el pabellón de convalecientes. El antiguo Sanatorio de San Lorenzo Mártir había cambiado, por decreto gubernamental, de nombre. Ahora se llamaba "Hospital Juan Pablo Marat", y las monjitas piadosas eran ahora "compañeras afanadoras".

—¿Cuántas mujeres viven en la isla del Califa? —preguntó, ensimismada, Kate.

—Por lo menos eran veinte, cuando nos aventamos al río —recordó Tixuc—. Fue una noche terrible, la del asesinato de Pío Chávez. Esta mañana recogieron su cadáver en la laguna de Nacajuca.

—…mutilado —completó Gohrou al observar a Tixuc.

Kate volvió a dejar la silla. Se aproximó al lecho y miró el pálido semblante de Roy, trató de seguir su débil respiración.

Empujó su mano vendada y alzó la sábana.

—¿Se puede saber qué se propone hacer, señora? —preguntaba Roger Gohrou con circunspección, cuando la respuesta fue inútil.

La mujer ya alzaba el camisón del paciente para supervisar su integridad. La mano de Kate hizo que el piloto Roy se incorporara en la cama y mirase, más que sorprendido, a estos tres sujetos. Segundos después Ángel Colombo se dejó caer de vuelta a su blanda pesadilla. La mujer de Skipper suspiró aliviada, pero tuvo un sobresalto al escuchar las primeras palabras de ese hombre con el ojo vendado:

—¿Y Mary?

Juan Tixuc miró a Gohrou, Gohrou a Kate, Kate al piso; advirtió:

—Te traje un Johnnie Walker… clandestino —pero era inútil, los ojos de Roy miraban los contornos de otra realidad.

—De la Huerta ha lanzado su candidatura independiente, amigo del aire —aprovechó Tixuc para anunciar—. Ya verá cómo se pone la cosa ahora que…

—¡Roy! —gritó Kate, sin lograrlo detener, porque el piloto había saltado de la cama y ya corría, trasponiendo las puertas batientes de la enfermería, rumbo a la calle.

—El amor es un colibrí que aulla —sonrió Tixuc.

—Yo no sé —refunfuñó Gohrou.

La mujer de Skipper guardó silencio. Suspiró una vez más.

El recepcionista del hotel Traconis no lo reconoció en un primer momento. Eso era un loco: el tipo en camisón blanco, descalzo, vendada la mano derecha y parchado el ojo izquierdo, clamaba enfurecido:

—¡Deme la llave! ¡Ella me está esperando!

Ángel Colombo desesperaba por la estúpida parálisis del empleado. Se alzó el camisón y corrió escaleras arriba. Llamó con frenesí, dos veces, en la puerta aledaña a su cuarto:

—¡Mary! ¡Mary! ¡Mary, soy yo; Ángel Roy!

Después comenzó a golpearla, arrojándose a empellones con el hombro como ariete.

—¡Oiga, loco del carajo! —reclamaba tardíamente el empleado, después de trepar escalones de dos en dos—. ¡Deje de molestar…!

Pero ahogó sus palabras: la puerta había cedido y Ángel Colombo rodaba ya en el aposento.

"Vaya que si eres terco".

La voz de Mary Riff lo saludaba.

"Han pasado los años, Angelo".

Roy se irguió, alcanzó la cama. Volvió a escuchar:

"Quise olvidarte"; pero la mujer que besaba con tacto de frambuesas no estaba ahí.

—Se fue antes de ayer; la señorita Mary —explicaba el recepcionista—. No me dejó usted hablar.

Ángel Roy avanzó hacia el tocador. Junto al ventanal de la terraza ya no estaba el paquete con el vestido de novia. Volteó entonces y descubrió, angustiado, que también había desaparecido el par de maletas.

—¡Demonios! —gritó al dejarse caer sobre el mullido taburete.

—¿Se siente usted bien? —preguntó, con otro tono, el empleado del hotel.

Roy no respondió. No importaba lo que sintiera o lo que dejara de sentir. Importaba dar con Mary, contemplarla un minuto, escucharle tres palabras.

—¿Sabe adónde fue? —dejó escapar Roy entre suspiros.

—Pidió un coche para que la llevaran a Frontera. Yo creo que se embarcó ese mismo día, porque eso fue lo que preguntó al salir: "¿Podrán navegar los barcos con esta lluvia?"

—Usted la escuchó —preguntó sin preguntar Ángel Roy—. ¿Y qué le respondió?

—Que sí. Aquí siempre llueve.

Roy apoyaba los codos en sus rodillas, que asomaban ridículamente del camisón. Miraba las tonalidades en las duelas del piso. La vida de un hombre, pensó, "es como un pedazo de madera apenas trabajada".

—Volveré a comenzar —dijo.

—¿Perdón? —se disculpó el tipo. ¿Cómo pedirle a ese loco que saliera de la habitación?

—Nada, nada —Roy apoyaba el rostro en las palmas entrelazadas de sus manos. Lo que más deploraba era la desaparición de aquella ropa revuelta y sin lavar. Respiró hondamente:

—Soy un aeronauta muerto —pronunció con languidez—. Por lo tanto, no puedo perder nada. ¿Dijo usted que se embarcó en Frontera?

—De ahí zarpan los barcos hacia todas partes —irrumpió una voz femenina—: Veracruz, La Habana, Miami, Nueva Orleáns, Nueva York…

En el espejo circular del tocador, Ángel Roy identificó el rostro de Kate detenida en el vano de la puerta. Atrás de ella apareció el gordo Tixuc. También tres muchachos camisas rojas que sudaban luego de la carrera.

—Tienes que regresar al hospital —advirtió la mujer de Skipper, ofreciendo las avellanas oblicuas de sus ojos—. La fiebre te produce alucinaciones.

—Debe ser —reconoció Roy, y se levantó del taburete. Le quedaba, al menos, la difusa esperanza del Johnnie Walker mencionado furtivamente en el blanquísimo cuarto del Hospital Marat.

EPPUR ESERE DEBIT

"…muchos recordarán este día luminoso como una fecha histórica digna de guardarse en el corazón doblemente rojo que todos los tabasqueños guardamos en el pecho".

A la sombra del porche, bajo el letrero de la Escuela Racionalista Agrícola y Ganadera, Ángel Roy permanecía sentado. Miró su Bristol Scout rojísimo y entero bajo el sol de la mañana; miró su uniforme de "piloto radical" y no tuvo más que sonreír al escuchar el discurso de aquella aguerrida profesora rural, que leía junto al gobernador con rostro de jaguar.

"…y por eso, el ejemplo entusiasta de nuestro carismático líder de Barlovento, no quedará en simple recuerdo de juventud, sino en las obras morales que ya ha emprendido su administración. El fomento a los Clubes Ateos de Villahermosa, Jonuta y Macuspana; las Ligas Antialcohólicas fundadas igualmente aquí, en Frontera y Tenosique, así como los Juegos Deportivos Olmecas organizados entre los muchachos del Bloque de Jóvenes Revolucionarios; son todos ellos la almáciga que hará de Tabasco el laboratorio social y un ejemplo emulante de lo que es saber interpretar y consolidar a la Revolución Mexicana".

Ángel Roy estaba débil aún, a régimen de trisulfas. Había pasado la noche ya en su cuarto del hotel Traconis, donde no logró averiguar nada más sobre el incierto destino de Mary. Se volvió para mirar la tribuna de los invitados especiales, donde Tom Skipper y Kate escuchaban, con semblante aburrido, el discurso inaugural de aquella, la tercera Exposición Agrícola y Ganadera del Sureste. Junto a Skipper, el obispo de Tabasco escuchaba, en rigurosísimo traje todo de negro, las palabras de aquella ferviente profesora de roja falda que ya insistía con doctrinal enjundia:

"…enemigo de la escuela de cuatro paredes, nuestro Brigadier Radical ha impulsado la docencia al aire libre, esmerándose en que la juventud tabasqueña adquiera conocimientos prácticos de agricultura moderna y técnicas avanzadas de ganadería y de la industrialización de productos agrícolas. Pero, sin embargo, nuestro estado —señor Gobernador—, no puede conformarse con ser un monoproductor de plátano roatán. Es necesaria la modernización de Tabasco. La modernización de nuestra economía y de nuestras comunicaciones… y si Tabasco no tiene buenas carreteras, ni puentes, porque la mitad de su territorio son ríos y pantanos, y si el transporte fluvial es lento y lo entorpecen las crecidas en tiempo de aguas, sí tendremos, a partir de hoy, mejores comunicaciones merced a la aeronáutica".

La maestra levantó el rostro en espera de los aplausos, pero como no llegaron, retomó su ferviente discurso:

"Porque el progreso viene con la máquina. El progreso viene con la ciencia. El progreso viene con la educación racionalista y libre de tabús. Por eso, ahora, el primer piloto radical de Tabasco ofrecerá una demostración aérea con su moderno aeroplano".

"Si es que regreso", pensó Roy al agradecer ahora sí los aplausos y las miradas que se concentraban en su persona.

Volaría de retorno a Veracruz. Recuperaría las pistas iniciales. Desandaría el mal trecho.

Todavía resonaban los aplausos cuando Roy llegó junto a su aparato. Repitió la rutina de inspección previa al despegue: pateó las ruedas, pulsó la tensión de los cables, revisó el juego del timón y los alerones, observó el nivel del manómetro, y cuando golpeteaba la carátula de la aguja del combustible, preguntó al muchacho que ya se apoyaba en la hélice recién montada:

—¿No le van a poner gasolina?

—Ya le pusimos —respondió el adolescente—. Quince litros filtrados con gamuza.

—¿Y eso para qué me sirve?…

—Son órdenes. "Quince litros, ni una gota más", ordenó el señor gobernador.

Malhumorado, Ángel Roy se apretó el casco de cuero, volvió a leer la nota que le habían entregado esa mañana al concluir su desayuno:

Piloto Radical A. Roy.
    Volará con pasajero especial. No más de diez minutos alrededor de la Escuela Racionalista.
    Aterrice donde mismo.

La misiva estaba firmada con la usual tinta roja del gobernador Tomás Garrido. De cualquier modo, Roy bajó de la carlinga y supervisó los seis tornillos que sujetaban la hélice en la chumacera del cigüeñal, trepó en los estribos del fuselaje, destapó la boca del tanque de combustible y metió en ella un trozo de carrizo: sí, el depósito contenía cuatro dedos de gasolina.

—Cuando baje la mano —advirtió entonces Roy al sonriente chamaco—, te cuelgas del aspa y empujas con fuerza… pero échate pronto para atrás, porque te dejo mocho, igual que Obregón.

—Que sea para menos, amigo del aire. ¿No nos mataremos?

Aquellas palabras le resultaron familiares. Al volverse, Roy se encontró con Juan Tixuc, ataviado con un traje escarlata similar al suyo.

—No me dirá que usted es mi "pasajero especial" —adivinó.

—No quisiera decírselo, pero sí. Lo soy. Eso me pasa por haber aceptado la propuesta de Tomás Garrido. Ayer me nombró notario público supernumerario —y tardó unos segundos en añadir con vergüenza—. Siento el miedo en los intestinos.

—¿Y qué es lo que vamos a hacer allá arriba? —preguntó Roy al montarse los anteojos protectores.

—Sólo Dios lo sabe. Garrido Canabal quiere que subamos y que yo "no cierre los ojos por nada en el mundo"… pero, ¿no nos mataremos?

—Los pilotos no somos entrenados para eso. Nunca.

En ese instante la banda de Huimanguillo comenzó a tocar una melodía de festival circense, con largos redobles de tambor, como acicateando a los tripulantes del mítico biplano.

—Bueno, a volar —dijo Roy.

Una vez que el motor en estrella comenzó a escupir aquel torbellino, Roy no esperó más de veinte segundos. De pronto los aplausos, las notas musicales, los reproches de Tixuc a su espalda, fueron absorbidos por la rugiente vibración del motor.

"Maldita sea", pensó Roy al tirar a fondo del acelerador, "no podré huir".

El plan de vuelo era más que sencillo. Apenas despegar describiría una cerrada espiral ascendente, como quien avanza por una escalera de caracol sideral, y cinco minutos después desandaría el mismo trecho, en picada, con el motor en ralentí, sin dejar que la maniobra los arrojara en el vértigo de una caída en barrena.

Apenas despegar, Ángel Roy sintió una febril punzada bajo el esternón. Era libre otra vez. Podía volar a discreción; arribar, con un poco de suerte, al puerto de Frontera… hasta ahí llegaba su anhelo. Abajo yacía el planeta donde Mary Riff habitaba; aquella verdísima llanura roturada por los meandros luminosos del Grijalva, y más allá los reflejos, como trazo de pizarra, del

Usumacinta. Una serie de nubes a ras de suelo ocluían la línea del horizonte. Aquel era, después de todo, un paisaje formidable.

Plantaciones de bananos aledañas a macizos arbolados, potreros acechados por la pertinaz maleza, una tierra que nació verde bajo el fulgor amarillo del mediodía…

Entonces estalló el silencio.

—¿Qué pasó? —reclamó la voz de Tixuc en el compartimiento posterior.

—Pasó que la tacañería de tu gobernador nos dejó sin combustible. Se paró el motor.

—¡Y entonces!

Roy no supo qué responder. Sobraban las palabras, como siempre, y hacía falta mucha concentración para maniobrar el vuelo cernido.

—¿Nos vamos a morir? —repreguntó Juan Tixuc—. ¿Ya no comeré tamales de hoja? —desvariaba.

Ángel Roy sabía que en aquel punto (miró la carátula del altímetro: 1300 metros) su enemigo y su principal aliado era, a un tiempo, la fuerza de gravedad. Podía morir si perdía el control del planeamiento. Alan Gardner, por cierto, había salvado la vida en las colinas de Baton Rouge al hacer colisión en la fronda de un alto castaño. Sí, podía salvar la vida si esa fuerza se convertía en el motor que impulsara el avance descendente. Empujó automáticamente el control de profundidad, así logró superar el *impasse* en la sustentación dinámica del Bristol. Echó un vistazo fuera de la carlinga y situó la llanura donde era celebrado el festival aéreo. Pisó ligeramente el pedal del timón, compensó el equilibrio con un quiebre apenas perceptible de los alerones. Sí, ya descendían en círculo, como los zopilotes.

—¡La puta que me parió, Dios bendito! —clamó desgarradamente el gordo Tixuc en su estrecho sillín—. ¡Ya no miraré los ojos de Renata!

Habían completado el primer giro y estaban a mil cien metros de altitud. Ángel Roy pisó con más fuerza el pedal de babor: la segunda vuelta sería más cerrada; la tercera aún más… Descendían ya describiendo una espiral que se estrechaba, como siguiendo el cono de un barquillo descomunal. Roy comenzó a sudar frío, el viento silbaba al untarse en las riostras del par de alas, en las aristas inútiles de las aspas. Con esa maniobra el Bristol Scout ganaba inercia, "igual que las vueltas del cordel en un trompo", había repetido el instructor de vuelo en Baton Rouge; de modo que a punto de entrar en barrena, el biplano se desplazaba ya a más de 150 kilómetros por hora.

—¡La gran puta! ¡Me voy a matar en un maldito volantín! —reclamaba con rabia y nostalgia el gordo Tixuc.

De pronto Roy aflojó la presión de los controles; el aparato salió disparado, trazó una súbita recta como proyectil lanzado desde un carrusel, y se desplazaba ya, como halcón, a cincuenta metros del piso. Entonces el biplano se incrustó en una columna de aire caliente. Aquello podía provocar una colisión en picada. Roy empujó ligeramente la palanca de profundidad, porque de otro modo, sin fuerza motriz alguna, el avión quedaría como una cometa a la que le cortasen, simultáneamente, el cordel y la brisa.

Aterrizaron, con el tacto de una garza de patas lastimadas, a doscientos metros de la Escuela Racionalista.

—¡La reputa! —gritó eufórico Juan Tixuc—. ¡Me cagué… pero miraré los ojos de Renata!

Ángel Roy se guardó el grito. En la tribuna el júbilo saltó al tiempo que la banda musical ya lanzaba los acordes metálicos de la Marcha Zacatecas.

Minutos después, cuando los aplausos comenzaban a menguar frente a la mesa de honor, Ángel Roy llegó acompañado por Tixuc.

—¿Todo bien? —preguntó el gobernador, ofreciendo una sonrisa felina que no se inmutaba con el sol.

—Estamos de regreso —respondió Roy.

—¿Qué pasa? —Tixuc conservaba tapados los oídos luego de ese vertiginoso descenso.

El gobernador hizo una señal, y enseguida le llevaron un gran libro de pastas rojas.

—Es el registro notarial de su oficina, amigo Juan —anunció.

—Que qué.

—¡Que quiero que usted certifique ahí, en la primera página!

—Que certifique qué.

El hombre de la máscara de caoba pronunció entonces, con flemático deleite, una pregunta que disparó más de un bisbiseo:

—¿Vio usted a Dios, señor notario?

—Que si qué —la sordera de Tixuc era inoportuna, pero Garrido Canabal aprovechó para insistir, con ronca voz:

—Le pregunto, licenciado Tixuc Villagómez… ¿Vio a Dios en su recorrido aéreo?

Sorprendido, Juan Tixuc abrió los ojos. Repasó una mano sobre su uniforme escarlata. Se sintió ridículo, pero obligado a responder:

—Pues, no.

—Bien —propuso el gobernador de la mirada de ocelote—. Certifique usted, señor notario: "Dios no existe en los cielos de Tabasco".

Tixuc obedeció en silencio. Estaba respirando y con los pies en el suelo; lo demás poco importaba. Quería encontrarse con los ojos de Renata. Sin embargo, al sentir aquel amasijo que le entibiaba las nalgas, se permitió añadir al calce del registro notarial un prudente latinajo: *Eppur esere debit.*

Ángel Roy volvió a escuchar a la banda de Huimanguillo que repetía las notas de la Marcha Zacatecas. Miró su Bristol, al que tres jóvenes camisas rojas ya le desmontaban la hélice. Pensó en una mujer. Suspiró al añorar el aroma dulzón de un vaso de J&B.

EL SINSABOR DE YALINA

Al entregar la llave de su cuarto, Ángel Roy escuchó al empleado del hotel, que lo detenía con socarronería:

—Le dejaron esto, señor piloto.

Roy observó aquel sobre. Estuvo a punto de abrirlo sin más, pero se contuvo:

—¿Quién se lo dio?

—La gringa loca de la otra noche. Llegó muy tarde… o muy temprano: pero no quiso subir.

Echó un vistazo a la carta, revisó la firma: sí, era de Kate.

—¿Esperó aquí mucho tiempo?

—Algo; como media hora. La carta la escribió allí mismo, en la mesita del recibidor.

—Me hubiera avisado —Roy volvió a mirar el sobre de papel arroz.

—Dijo que lo esperaba para ir a nadar —insistió con sorna el empleado de la recepción.

—Nadar —repitió Roy. Dibujó una sonrisa.

Él había nadado a lo largo de medio río Grijalva… que no le vinieran a él con eso.

Al salir del hotel percibió la tibieza perfumada de la mañana. Observó la esplendente buganvilia que alegraba el rosicler de la fachada. Sentía hambre. Las cicatrices en su mano derecha habían comenzado a desaparecer. "La gringa loca", y la carta en el bolsillo empezó a producirle comezón. Dejó la sombra del edificio y atravesó la calle. Se acomodó en el banco del lustrabotas sin dientes.

—¿Jabón y grasa? —preguntó el ñango Sabás.

—Jabón y grasa —asintió Roy al enfrentarse, por fin, a los sinuosos rasgos de Kate. Con lápiz y en idioma inglés, la mujer de Skipper había anotado:

Roy:

Casi muero ayer, en la prueba aeronáutica, cuando Tom me dijo: —Están volando con el motor apagado. ¡Dios se apiade de ellos! Son las cinco de la madrugada y vuelvo a morir de miedo. No tengo voluntad para llegar hasta la cama donde duermes y mendigar una caricia tuya.

Le he dicho al estúpido morboso de la recepción que te espero para ir a nadar. Es mentira. No quiero nadar contigo; quiero que nades en mí.

Ya lo sé. Me comporto como una buscona, pero es mi cuerpo, no yo, el que me exige tus cuidados. No me entiendo.

¿Y si hubieras muerto ayer? ¿Qué estaría haciendo ahora yo? ¿Rezaría por ti? No lo creo.

Me debo ir. Skipper está borracho como un lenguado en la estera de su despacho.

Al señor cónsul no se le para el pito.

Quiero regresar a Birmingham.

Odio demasiado este lugar; odio a Skipper; odio a tu fantasmal Mary.

No amo nada: esa es la verdad.

Odio el calor. ¡Oh, Dios!, ¡es lo que más odio!

Kate.

Ángel Colombo volvió a doblar los pliegues de la carta. No supo, de pronto, qué hacer con ese papel. Releyó los trazos del sobre: "Piloto A. Roy." Dijo, con una despiadada mueca:

—Odiamos el futuro porque nos aproxima a la muerte. Odiamos despertar todas las mañanas porque el presente es mezquindad y abulia.

El ñango, al escuchar eso, dejó de frotar el cepillo sobre la bota. Alzó la mirada y escudriñó aquellos ojos de inteligente languidez:

—¿Se acuerda de mí, señor piloto?

—Claro. Usted fue quien me avisó dónde se hospeda Mary.

—Se hospedaba, ¿no?

Roy no quiso responder, pero segundos después debió admitir:

—Sí. Se hospedaba.

El ñango desdentado comenzó a frotar la bota con vaivenes chirriantes. Volvió a detenerse. Alzó la mirada y dudó antes de anunciar:

—Usted y yo nos parecemos, señor piloto.

—Es lo que dijo el otro día, amigo…

—Sabás. Sabás Lastra, servidor de usted —el ñango detuvo su mano renegrida a medio trance. Sonrió nuevamente, se dio ánimos para continuar:

—No se me vaya a ofender por lo que le voy a contar, señor piloto. De eso ya van muchos años que añaden olvido a la memoria… Yo creo que usted y yo nos parecemos porque llevamos cicatrices gemelas; pero, de cualquier modo, voy a comenzar por el principio: Aquél del noventa y nueve fue un mal año. Un año de sequía extrema. No, no aquí; aquí lo que sobra es el agua.

«Yo le digo de Yalina, cuando el temporal que no llegó. En lugar de lluvia nos envolvió una tremenda sequedad. No hubo cosechas, ni la de invierno ni la otra; se murieron de sed las pocas vacas, y los menos arraigados comenzaron a irse. Mal año aquél cuando nos cundió el sinsabor de Yalina. Tenía yo a mi mujer, Eva, y con ella, pues… —el viejo chimuelo hizo un gesto raro—. Tremenda la sequía aquella. Usted no me va a creer, pero se les caían las lenguas de la sed a los perros. La tierra por allá, como que se curtió. Sacó todo su salitre, que relucía como ceniza horneada. El campo estaba como laja de pedernal: no le entraba el azadón, ningún arado, no le entraba otra cosa que no fuera la agua, pero como no la hubo y la poquísima que hubo fue para acallar el llanto de los niños, que se nos iban muriendo, pues. Yo tenía a mi mujer Eva, y ella su licor. Por eso me quedé en Yalina, porque los otros ganaban verdad cuando decían: "A Sabás no lo matará la sed; su mujer tiene ojén". Y era cierto. Ella lo tenía y yo, pues, bebía de ella. No se vaya a creer que era pistraje; no. Era su licor anisado, como de chicozapote. Yo comencé a libar de ella, la verdad, por la tanta sequedad del aire. Fue una tarde en que la miré tan tranquila remendando su falda mientras yo estaba como loco de la sed. Así comencé. Luego me daba un sueño tremendo, señor piloto. Me tumbaba todo el día a ronca y ronca. Luego llegó mi vecino, el Gregorio de los pollos, aunque ya no le quedaba ninguno. Fue cuando me dijo: "Oye, Sabás. Yo me muero y mi mujer no tiene licor". Y así, pues, con tanta necesidad y desgracia, yo viéndolo peor de jodido que un zanate sin alas; le digo al Gregorio: pásale pues. Era una maravilla el ojén de Eva mi mujer. Luego llegó otro, y otro. Nomás decían: "Ya me dio la sed otra vez, Sabás".

«Y luego, una a una, se fueron yendo las demás mujeres. Sería que nos agarraban luego unos sueños tremendos, de días enteros, con ese licor de chicozapote. Comenzamos a perder los dientes. Hubo un momento en que en Yalina éramos puros bebedores del anisado de Eva, mi graciosa mujer. Pero hubo una noche en que todos caímos como dormidos por el empacho aquél. Despertamos y ya no estaba ella. Fue la última en permanecer. Eva. "Se fue la mujer de Sabás", comenzaron a gruñir los otros, y no era solamente su ausencia la que nos aquejaba, sino la grande desazón que nos vino al ya no tener aquel ojén del cielo robado a lengüetadas. Ya no tuvo caso permanecer. ¿Para qué servíamos esos flacos chimuelos sin el licor de Eva? ¿Para qué servíamos? "¿Dónde estará tu mujer, Sabás?", me reclamaban todos. Será que se cansó ella de estar como panal despojado. Pero, pues, nos dimos cuenta, ya no tenía caso permanecer allí. Para qué quedarse uno olisqueando el aire sin esperanzas de recuperar aquel aroma tibio. Llevándonos el desasosiego a otros lados, nos fuimos yendo todos, porque aquel sabor, señor piloto, aquel sabor… Ya no tuvo caso permanecer. Y ya ve, nunca nos salieron los dientes. Sí, fue muy pésimo aquel año del noventa y nueve. Y así fue como me aveciné aquí, donde si algo sobra es la agua. Pero la desazón que guarda uno aquí dentro sin ella, Eva mi mujer, es algo con lo que uno se va a morir cualquier día. No señor, nunca nos abandonará el sinsabor de Yalina.»

Al concluir el relato, se produjo un lapso necesario, incómodo y silencioso. Los hombres se miraron con ojos tristes.

—¿Y en qué es que nos parecemos usted y yo, amigo Sabás… si se puede saber? —preguntó Roy.

El lustrabotas arremetió contra el otro botín. Ofreció su desdentada sonrisa por toda respuesta.

—¿Y nunca localizó a su mujer; Eva? —insistió el tejano.

—¿Qué le dice la gringa en su carta? —contestó Sabás sin responder.

—No es de ella.

—Ah, ¿no? —el lustrabotas escupió en el cuero del botín izquierdo, renovó los forzados vaivenes con el trapo crudo.

—Es que yo pensé… —se disculpó un minuto después—. Porque dos días antes de que usted regresara como regresó, la señorita Riff recibió un telegrama. Se fue a la mañana siguiente.

Ángel Roy tuvo que sobornar con cinco pesos al empleado de la oficina de telégrafos. Le permitió leer la copia al carboncillo del mensaje remitido a Mary. El telegrama rezaba:

Roy tiró la carta de Kate al cesto de basura. Había localizado a Mary y todo recuperaba, de pronto, su horizonte.

Alzó el trombón y comenzó a ejecutar un festivo *ragtime*. Parecía interpretar la música de las buganvilias, fuera de la ventana, zaheridas aún por la fulgurante radiación solar.

LA CONFERENCIA DE GOHROU

La tercera Feria Agrícola y Ganadera del Sureste llegaba a su término. Invitado por el gobierno radical de Tabasco, Roger Gohrou estaba a punto de pronunciar una conferencia magistral en el patio de la Casa de los Azulejos. El ingeniero suizo acomodó las hojas de su ensayo, levantó los anteojos, acarició nerviosamente el rojísimo paño que cubría la mesa, y aclarándose la voz comenzó a leer con ríspido acento:

Las opiniones vertidas en este trabajo no son universales ni permanentes. Son, eso sí, resultado de mi estancia, durante años, en Singapur, Saigón, Luanda y San Juan Bautista (que ahora llaman ustedes Villahermosa). Digo que no son permanentes ni universales porque el clima, o deberíamos decir la clima, es lo más cambiante en el planeta y porque éste es el punto de vista de un hijo de relojeros nacido en Zurich, donde una rebanada de mamey en su punto haría enloquecer a más de una abuela.

Bueno. Un tercio de las tierras explotables del planeta quedan comprendidas en esto que he querido llamar como países tropicales, por no llamarlos de clima cálido y lluvioso con precipitación pluvial de 700 milímetros al año, como mínimo, y temperaturas medias mensuales nunca por debajo de los 18 grados centígrados. Estos países son muy poco poblados y están limitados al norte y al sur por los desiertos. El

África tropical tiene una densidad media de cinco habitantes por kilómetro cuadrado, la región amazónica está desprovista casi de hombres. La India y la península de la Indochina son la excepción de este mapa. Por ello, abstrayéndonos de esa región, los países tropicales no asiáticos reúnen a 140 millones de habitantes en 30 millones de kilómetros cuadrados, o sea el siete por ciento de la población mundial sobre el 28 por ciento de la superficie explotable del planeta.

Bueno. Los habitantes de estos países poseen una civilización atrasada. Son recolectores o cultivadores rudimentarios; ignoran la escritura y sus aportes en el dominio intelectual son más bien modestos. Sin embargo las regiones tropicales de Asia, con su numerosa población y sus civilizaciones superiores, demuestran que sería conveniente no pedirle al clima una respuesta categórica.

También hay que decir que las regiones tropicales son más insalubres que la zona templada. Las enfermedades de los países templados hacen estragos en las poblaciones tropicales, en tanto que las terribles endemias de los países cálidos y lluviosos son desconocidas en las latitudes civilizadas. La humanidad tropical, hay que decirlo, se halla limitada en su actividad física y psíquica, y los europeos difícilmente nos percatamos de que la naturaleza pueda ser asesina del hombre por los gérmenes peligrosos que se incuban en sus aguas salvajes. El calor elevado y continuo, la humedad del aire y la abundancia de ríos y pantanos suman un complejo patógeno en el que se hallan estrechamente asociados el hombre, un insecto y un microbio. Bueno...

La malaria en Indochina, por ejemplo, hace que de veinte obreros sanos empleados en la construcción de carreteras, seis meses después hayan muerto o estén hospitalizados cinco, y los restantes quince hayan perdido un tercio de su capacidad de trabajo... Y qué decir de la disentería y de la anquilostomiasis: la muestra de intestino de un niño maya vista al microscopio es un aterrador museo de los horrores que ninguna profilaxia podría remediar. Por ello, el hombre tropical que alberga en su sangre plasmodios maláricos y en sus intestinos una rica colección de amibas y bacilos disentéricos, de tenias, anquilostomas, esquistozomas y otros gusanos parásitos diversos, se halla indudablemente muy debilitado y es incapaz de realizar un duro trabajo físico y un razonamiento psíquico valioso. A esto, además, hay que añadir una alimentación insuficiente; aunque la causa principal de los males patológicos le corresponde al clima.

Bueno. Hay que pensar también en otra cosa: Mientras que en Europa el bosque evoca siempre ideas de salud, en los países tropicales nada es más saludable que la ciudad donde el contacto con la naturaleza salvaje se ha interrumpido.

Quiero hablar también de los suelos. En los países tropicales los suelos agrícolas son más pobres y frágiles que en las regiones templadas. Su explotación requiere grandes precauciones si se quiere evitar su empobrecimiento y destrucción. La agricultura tropical es precaria, y acechada permanentemente por la súbita erosión, una vez que han sido desmontadas las tierras. La pobreza de los suelos tropicales se debe a su naturaleza ácida, que impide una buena utilización del humus. Los rendimientos de arroz, por ejemplo, son de 6.3 toneladas por hectárea en España y 3.6 en Japón; mientras que en Siam son de 1.7 y 1.2 en Filipinas. El maíz, por poner un caso mexicano, tiene rendimientos por hectárea de dos toneladas en Argentina y 1.6 en Italia; mientras que el Congo Belga produce una tonelada y México 600 kilogramos.

El humus en los bosques tropicales es, además, muy delgado; y después de la tumba, roza y quema para el uso agrícola, se empobrece muy rápidamente. Los suelos tropicales están amenazados por la erosión y la laterización. La erosión es violenta: los suelos desnudados por la aridez de la estación seca sufren por los vendavales, y más tarde por el ataque de los aguaceros en la estación de lluvias… Los suelos sin maleza son rápidamente convertidos en sustratos de laterita.

Roger Gohrou interrumpió la lectura de su conferencia. El murmullo del público asistente le anunció la llegada del gobernador Tomás Garrido. Tostado por el sol, el gobernador radical se sacudía el polvo luego de haber domado un toro cebú en el ruedo de la feria. Gohrou sorbió apenas el vaso de agua que tenía enfrente. Continuó con la lectura de su manuscrito:

Bueno... La laterita es un suelo muerto, una roca endurecida por el sol y que no puede ser desintegrada para el uso agrícola. La erosión desencadenada por las roturaciones abusivas arranca los suelos labrables y relativamente fértiles que recubrían la laterita y producían pobres cosechas. El desmonte de esos bosques con la llamada tumba roza y quema es indispensable para la agricultura en los países tropicales, porque la vegetación natural no se quemaría sin desarraigarla, y el incendio del bosque enriquece a la tierra con sus cenizas, al asegurar una mayor fertilidad. Eso sucede con los bantúes en Rhodesia y Nyassalandia, al igual que con los lacandones de Chiapas, al sur de aquí.

¿Podría el cultivador tropical obrar de otra manera? Yo creo que no, porque el método que emplea es expedito y le proporciona, en poco tiempo, la tierra que necesita; porque por lo demás, las dietas de africanos y americanos tropicales se han basado por siglos en la mandioca, las batatas, el maíz y los plátanos.No obstante ello...

Gohrou volvió a interrumpir su lectura. Miró al gobernador Garrido Canabal, su camisa negra bordada con águilas y pistolas de plata; quien no lograba acomodar su amplio sombrero de charro luego de comentar sin recato:
—Pero nosotros no somos africanos.
Sin embargo el ingeniero zuriquense pareció no perder el hilo de su conferencia:

Bueno... y no obstante ello, el ciclo de recuperación de los suelos corre peligro de agotamiento veloz si, por ejemplo, aumenta de pronto la población tropical. Los suelos no podrán recuperar satisfactoriamente su fertilidad; las cosechas serán cada vez menos abundantes y los hombres se verán obligados a extender más y más los desmontes, hasta que el progresivo agotamiento del humus derive en una erosión galopante, y la laterización del suelo provoque una migración salvaje hacia las regiones civilizadas y templadas, más allá de los anillos tropicales.

También quiero decirles que las regiones cálidas y lluviosas no son eminentemente favorables para la cría del ganado mayor. Además de estar expuestos a grandes enfermedades, los bovinos implantados en esos países deben alimentarse con pastizales constituidos casi exclusivamente por gramíneas y no por leguminosas, como ocurre en las regiones templadas. La pobreza nutricional de las praderas tropicales ocasiona, por consecuencia, la lentitud del crecimiento de la ganadería. Una hectárea de pradera europea sostiene media tonelada de peso vivo, mientras que una hectárea de pastizal del trópico solamente a 50 kilogramos… Bueno.

También se observa que la tendencia de los ganaderos en los países tropicales es a mantener más cabezas de ganado, aunque desnutridas, porque en su escala de valores la ganadería extensiva ennoblece y, piensan, la dignidad de un hombre se mide por el número de reses que posee. En Tanganyika, los pastores reúnen su ganado en las zonas áridas pero salubres…

—¡Aquí no es África!
El grito aislado de Tomás Garrido obligó a que Gohrou interrumpiera nuevamente su lectura. Miró el rostro encolerizado del gobernador radical, su disposición a saltar de la silla y vapulearlo con denuestos.

Roger Gohrou sonrió. Barajeó las hojas de su discurso y tras aclararse la garganta con otro sorbo de agua, previno a su auditorio:

—Bueno; parece que ya es un poco tarde. Me saltaré la segunda mitad de la charla y les expondré solamente las conclusiones… Sí.

Mal alimentados, los habitantes de las regiones tropicales prestan a la alimentación lo mejor de sus pensamientos.

Siempre hablan de lo que comieron ayer, la semana pasada. El hambre es la filosofía que guía sus ensueños. Encerrados en un círculo vicioso, sobreviven subalimentados y resistiendo débilmente el acoso de las enfermedades tropicales. Casos extremos de geofagia no son inauditos en Borneo, en Indochina y en la Costa de Oro africana, porque esa hambre canina de sal…

—¡Carajo! ¡Aquí no es África!

Gohrou no se atrevió ya a levantar la vista. Las cuartillas comenzaron a temblar en sus manos. Siguió leyendo con súbitos tartamudeos:

…los países tropicales, aislados unos de otros por la configuración de los continentes, han evolucionado de una forma autónoma y sin las condiciones favorables de la Europa siempre en progreso. ¿Cómo podrían los habitantes de los países tro… tropicales constituir una civilización brillante, cuando se hallan debilitados por numerosas y enfe… graves enfermedades, cuando sus técnicas agrícolas, adaptadas al clima, les aseguran apenas una existencia precaria, cuando no do… dominan el suelo ni su existencia en el planeta?… Hay que acabar con el sentimentalismo que parece dominar a muchos hombres de buena voluntad. Las economías de los países tropicales nunca podrán alcanzar a las de los países templados y dueños de la civilización. Es el medio humano, y no sólo el clima de las regiones cálidas y lluviosas, el impedimento de que esas civilizaciones atrasadas dejen de se… de serlo. La pobreza y el atraso nunca abandonarán a los habitantes de los países tropicales: la tierra prometida no existe.

Comenzaban a sonar tardíos los primeros aplausos, cuando el gobernador Tomás Garrido saltó de la silla. Metió los pulgares bajo el cinto de su pantalón de charro y desafió con la mirada al conferenciante que aún trataba de compaginar las hojas de su manuscrito. El gobernador radical rasgó por fin el frágil silencio de la sala. Dijo con tono de mofa:

—Hemos escuchado una tomadura de pelo. Usted, gringo cabrón, es tan científico como el toro cebú que domé hace unos minutos. Éste es un país no para diez, ¡sino para cien millones de habitantes! La gelidez del pensamiento caucásico no comprende nuestra cordialidad, nuestra feracidad, nuestra cálida exuberancia, ¡y más ahora que nos hemos librado de las taras sociales del catolicismo y el alcoholismo! Eso es lo que pasa en este rincón donde la Revolución Social afina su táctica de progreso. ¡Óigalo bien, gringo del carajo! ¡Aquí nos sobra la vida!

Tom Skipper codeó las costillas de Roy. Se apoyó en el respaldo de la silla para susurrar en inglés, con voz angustiada:

—No entiendo nada… No entiendo a este país de máscaras estúpidas.

Ángel Roy no contestó. Se limitó a observar al grupo de camisas rojas que ya avanzaba hacia la mesa del salón, donde el sabio Gohrou miraba a su audiencia con rostro de mártir romano. Roy se dijo: "Hay que escapar de este infierno".

BAÑISTAS NOCTURNOS

Juan Tixuc enseñó su juego. Bajo la siseante luz de una lámpara de gas, los cinco naipes eran más antiguos y amarillos.

—*Full* —insistió el reciente notario—. Dos reinas y tres sietes.

—Usted gana —reconoció el cónsul Tom Skipper, sin mostrar sus barajas.

Pasaba ya de la media noche y dos palomillas revoloteaban, ausentes de la hora, en torno de la ardiente bombilla de asbesto. Roy barajaba las cartas cuando escuchó, a sus espaldas, la voz de Kate:

—Mujeres y números… eso resume la vida de muchos hombres— dijo con la botella de Buchanan's aún en la mano.

—…si las mujeres no son propias, y los números dinero, puede ser cierto —comentó Juan Tixuc al juguetear con una moneda de plata—. A eso se le llama "éxito en la vida".

—Usura —pronunció, en inglés lacónico, el cónsul británico.

—Adulterio y avaricia; eso es tragedia —Kate escanciaba, con cierta dificultad, medio vaso de escocés.

—Ya no bebas tanto —las palabras de Skipper fueron lentas y puntuales—. Me disgusta que no seas dueña de tus actos.

Kate retiró la botella, tocó el borde circular del vaso. Resbalaba aún la yema de un meñique cuando soltó con el bostezo:

—No es mío; es de Roy.

El "piloto radical" se vio orillado a comentar cualquier cosa:

—¿Él no bebe jamás? —y debió precisar—. Tomás Garrido, el gobernador.

—No bebe, no fuma, no juega ni dominó. Solamente le gusta regar hijos y fusilar santos.

—¿Fusilar qué? —Roy aceptó el vaso que le tendía Kate.

—Santos —insistió Tixuc—. Eso ocurre en los "miércoles antifanáticos". Los camisas rojas asaltan parroquias y los altares particulares de las familias más conservadoras. Por eso Renata, mi mujer, guarda sus imágenes y virgencitas en el costal de alubias. Así les reza, sin sacarlas… y los que se van a ir al cielo son los gorgojos.

—Cada revolución genera su propio ímpetu iconoclasta —opinó Skipper—. Son tremendos esos muchachos…

—Roban las efigies de santos y cristos, les hacen juicios sumarísimos en las plazas, y luego los fusilan. Queman las estampas bendecidas y los libros de catecismo. En verdad, amigo del aire —sermoneó Tixuc—: Dios no existe ya en esta provincia de fanáticos antifanáticos. Ha sido expulsado con espada flamígera, igual que un perro de cantina.

Roy terminó de repartir las cartas. Miró su juego, par de ases y de nueves. Escuchó a Skipper, su rostro de pichón gringo todo bondad:

—Ésa es nuestra misión en este país… Vivir la tragedia. Quiero tres cartas.

—Yo ninguna —advirtió Juan Tixuc—. La tragedia es un modo pesimista de nombrar la vida. Yo juego para ganar. Va un tostón.

¿Guardar los dos pares o jugar por la tercia de ases?, pensaba Roy, cuando el británico quiso explicarse:

—Ésa es la atracción fatal y misteriosa que tiene este país sobre los europeos; nos fascina su luz generosa y simultáneamente nos repugna la facilidad de su sangre... Cuando digo vivir la tragedia quiero decir terremotos que no dejan torre salva, sequías que matan de sed a rebaños completos, huracanes que borran poblados enteros y ahogan familias que huyen por caminos de puentes destruidos, como ocurrió el mes pasado en Champotón.

—¿Hay esperanza, amigo Skipper? —Juan Tixuc prendía nuevamente fuego a un cigarro de hoja.

—La debe de haber... —respondió Kate por él.

Ángel Roy se decidió por un improbable *full*. Hizo el recambio de cartas y escuchó a Skipper, que ya alcanzaba la botella clandestina de Buchanan's:

—Habrá que preguntárselo a Roger Gohrou. ¿Cuándo lo sueltan?

—¿El desafiante topógrafo? —bromeó Tixuc—. Tengo noticias de que hoy... ayer por la tarde habría llegado a Guatemala. Caminar cien millas a pan y agua no es ya ninguna proeza en estos parajes.

—Tercia de cuatros —anunció Kate luego de cruzadas las apuestas.

—Par de nueves... y de ases —rezongó Roy al retomar su vaso de whisky.

—¡Escalera, y en la primera mano! —la satisfecha sonrisa de Tixuc era un homenaje a la diosa fortuna—. Del seis al diez.

—No aguanto el calor —se quejó Kate con los naipes en la mano, sin ánimo de barajarlos en su turno.

Skipper miró las palomillas que golpeteaban la lámpara sobre la mesa. Miró el retrato de la Reina Victoria en el muro central. Imaginó el trabajo del fotógrafo, una sesión en la que seguramente habría solicitado, con flemático pudor: *That is all; Your Majesty. Please, stay there, just a minute.*

Dijo entonces:

—Ya sabes que nunca aprendí a nadar.

—Pero yo sí —completó Juan Tixuc—. Vamos pues, a orinar encostalados al río.

—¿No es un poco tarde para eso? —se disculpó Roy al forzar un bostezo.

—¡Que las aguas laven nuestro aburrimiento! —insistió el gordo notario—; porque ya tendremos baile ahora que reaccione el memorioso Obregón. De la Huerta inicia mañana su campaña electoral en Veracruz.

—País de tragedia —murmuró Skipper al quedarse solo en la mesa.

Escuchaba aún el chirrido batiente de la puerta al salir los bañistas nocturnos, cuando una de las palomillas cayó frente a sus manos. La llama de gas le había quemado una de las alas.

El miriápodo comenzó a deambular por la mesa con agónico aleteo. Se detuvo ante un charco salado. Era la primera lágrima de Tom Skipper esa noche.

Agua nocturna. Un río citado en su cauce para mojar la piel de los hombres. El Grijalva, perdidos los destellos de oro y jade, era todo eso; agua nocturna, un manto líquido allí dispuesto, las palabras de Kate como en susurro:

—Piérdete conmigo, ángel triste.

Roy hubiera querido no escuchar esa petición, pero las piernas de esa mujer enlazándolo por la cintura eran más que elocuentes.

—¿Perdernos? —preguntó Roy en inglés—. Yo estoy perdido desde el armisticio de la Gran Guerra.

—Tú sabes lo que quiero decir —rezongó la mujer de Skipper al escupirle al rostro, como gárgola desafiante, un chorro de agua.

Nadar a oscuras, avanzar golpeando el río con los antebrazos, deslizarse como pez de agallas enfermas. Tenía que viajar a Yucatán a como diera lugar. "Recibiremos gustosos visítenos", rezaba el telegrama que le renovó la esperanza.

Desde la mitad del río, San Juan Villahermosa era un murmullo de luces anaranjadas. Libre del asedio de los mosquitos, Ángel Colombo adivinó en la distancia al gordo Tixuc sentado en el muelle. Chapoteaba con las pantorrillas, igual que un niño gordinflón de cincuenta años, y gritaba feliz "¡agua, agua, agua!" Roy se imaginó arrastrado nuevamente por el caudal del Grijalva, rodar corriente abajo, tropezar en la grava de los meandros, confundirse con los camalotes varados en las raíces de los mangles, enfangarse, llegar al puerto de Frontera, ganar la orilla al pisotear los cuerpos reblandecidos de los encostalados, volver al mar…

—¡Ayy! —gritó Roy de pronto, cuando el recuerdo era un calosfrío de paludismo y fiebre. Algo le había mordido la pantorrilla.

Imaginó el hambre de un lagarto, los colmillos de una serpiente, la dentadura rumiante de un manatí. El animal resopló al surgir frente a él, y sonrió: era Kate.

Ángel Roy trató de mirar los ojos de la inglesa, contemplar su rostro marcado por el sol y el fastidio, pero la oscuridad, y sus pieles, eran una triple desnudez que nadie quiso nombrar. Roy sintió la boca de Kate buscándolo, cuando decía:

—No lograrás escabullirte. Ángel ahogado… Yo sé dónde tienen escondida la hélice de tu aeroplano.

Minutos después, cuando Tixuc comenzaba a cansarse de manotear contra los moscos del muelle, reconoció la doble silueta que emergía del río.

—Los apasionados no duermen —dijo mientras buscaba su camisa.

—¿Qué quieres decir exactamente? —reclamó Kate al sacudir su falda empapada.

Tixuc sonrió escudado por la noche; se defendió:

—Yo no hablo con exactitud; nunca. Mi vida es una mera aproximación al vuelo de las moscas. Soy uno solo de los elementos tabasqueños.

Kate y Roy guardaron, guardaban un silencio cómplice. Por fin recuperó Ángel Colombo su bota izquierda tumbada en el muelle.

—Soy el aire, la risa llanera que muerden las moscas… porque en Tabasco todos somos alguno de sus cuatro elementos; la tierra era mi madre, arraigada siempre al… es decir, arraigada al agua que era el rancho en Jonuta. Nunca salió de ahí, su patria chica. El fuego, que ni dudarlo, es el espíritu febril que tiene nuestro señor gobernador; terquedad, apasionamiento irracional, intolerancia y, a veces, buen tino político. El agua es Renata, mi mujer, la última florista de San Juan Bautista. Mi mujer no miente jamás, no disimula, habla claro y piensa con transparencia…

Roy se animó a preguntar:

—¿La última florista? ¿Por qué la última?

—Uy. Es una vieja historia, amigo del aire. Yo tenía cuarenta y cuatro años y todas las sospechas de los amigos. Soltero y licenciado; ya dirá usted. Vivía sin mujer ni alegría, y hasta me acostumbré. Bebiendo, cuando se permitía beber como Dios manda en esta ciudad, una buena tarde mi compadre logró convencerme: debía casarme con cualquier mujer, una, la primera que encontrásemos al salir de la cantina. Pensé: "peor no podría estar". Éramos varios amigos celebrando a mi compadre que dejaba la soltería… mi compadre Tzekub Baloyán. Me dice: "Tu felicidad comenzará al encontrarte con la primera mujer detrás de esa puerta". Los tragos lo envalentonan a uno. Bebiendo uno es siempre buen gallo; se cambia la inteligencia por el instinto; ya no hay derechura, todo se vuelve ojeriza contra la muerte… Y bueno, salimos de la cantina y me encuentro con una florista canijienta de piernecitas como pollo. Ni modo; le propuse matrimonio a la chamaca esa… y aceptó. Fue cosa de esperar un año, en lo que preparamos la boda, para verla florecer; la amorosa mujer en que se transformó Renata. El amor lo puede todo, llena de belleza la peor de las soledades; amigos del agua. En verdad, como dice mi desaparecido amigo Carlos:

> *Hora de Junio:*
> *espiga verde aún, fuerza de abril, ligera.*
> *¡Ya de un golpe de remo y a la orilla*
> *de altamar!*
> *El cuerpo hermoso quiere el infinito*
> *y no la belleza. ¡La belleza*
> *sin nombre, oh infinito!*

…porque eso es el amor, hallar las palabras precisas, el nombre secreto de la locura.

Juan Tixuc guardó silencio. Dejó que su mirada fuera arrastrada por el río Grijalva. Fue una sombra añadida a la noche del trópico. Una sombra con memoria.

—Yo conozco a su amigo —repuso Ángel Roy—; pero se llama de otro modo.

—¿Carlitos Pellicer?

—No sé. Lo conocí como René Gálvez, en Veracruz. Vende pañuelos.

—Quién sabe. Será otro… ¿Nos vamos? Nuestras sábanas se cansan de esperarnos.

DELITOS DE PECES

El letrero que pendía sobre la reja era de lámina y estaba recortado en forma de estrella. Indicaba: "Talleres Mecánicos del Gobierno Radical". Ángel Roy asomó por la ventanilla del automóvil y llamó al gendarme que resguardaba la entrada:

—Vengo por dos latas de aceite para mi aeroplano. Soy el aeronauta del gobierno —se presentaba, pero el viejillo sonrió al reconocerlo:

—Ni que lo diga. Yo estuve en la Escuela Agropecuaria el día de la exhibición aérea… Qué emoción verlo allá arriba dando vueltas, y bajar con el motor apagado. ¡N'ombre; eso es tener tanates! No se diga más, pásenle por sus latas de aceite.

El chofer del taxi condujo el automóvil hasta medio patio.

Lo detuvo junto a un ómnibus descubierto, como cadáver mecánico al que le acabaran de extirpar el corazón. De un momento a otro las sombras largas se apoderarían del calor húmedo que flotaba en el ambiente. Roy miró al chofer, le hizo un gesto obvio; que lo esperara unos minutos mientras iba por su asunto allí adentro.

Ángel Colombo miró las pilas de botes con grasa, escuchó el momento en que el chofer apagaba el motor del automóvil, percibió el aroma picante de la gasolina revuelta con aceite, y en la repisa más alta de un anaquel, Roy creyó identificar su particular salvación. Es lo que le había revelado Kate Skipper, la ansiosa mujer del cónsul británico, en esa noche de natación bajo las es-

trellas: "Yo sé dónde tienen escondida la hélice de tu aeroplano".
Propeller, en inglés. Bajó aquel bulto amortajado con una manta
pringosa, y cuando la emoción le hacía temblar los bíceps, una
voz lo detuvo:

—No se mueva, ladrón borracho.

Sin quitar las manos de aquel par de aspas barnizadas, Ángel
Roy contestó, mirando con gravedad la pistola del muchacho
que le apuntaba al epigastrio:

—Ni estoy robando ni estoy borracho. Solamente vine a revisar la propela de mi aparato.

El muchacho, con apenas bigotes de pelusa, tenía paralizada
la mano en el arma. Advirtió entonces:

—Eso se lo tendrá que explicar al gobernador Garrido. Nos
vamos en su taxi, rápido, porque hoy es "miércoles antifanático".

El local del Bloque Revolucionario era una casa de dos plantas con fachada roja. En la cornisa ondeaban media docena de
banderas escarlatas con lemas bordados en plata: "Virtud Viril",
"Audacia Justiciera", "Salud Sexual", "Vigilancia Antialcohóli-
ca", "Dios No Existe"…

Al entrar al patio interior de la Casa de los Muchachos, Ángel Colombo reconoció en la distancia el perfil severo de Tomás
Garrido. El gobernador estaba de pie, e igual que el centenar de
jóvenes que lo acompañaban, uniformado con pantalón caqui,
boina y camisa rojas. Con el puño derecho cerrado a medio pecho, los muchachos y su guía cantaban entusiasmados:

Adelante, adelante,
juventud ha sonado la hooora
de poner nuestro esfuerzo vibrante
en esta obra de acción redentora
que nos marca horizontes triunfantes.
Es preciso que vayamos con gesto franco y noooble
destruyendo viejos dogmas: que empecemos a vivir,
que encaucemos los esfuerzos de nuestro vigor de rooooble,
en formar la nueva raza que asombrará el porvenir.
Adelante, adelante,
juventud ha sonado la hooora…

El mozalbete de los bigotes de pelusa había enfundado su pistola. Esperaba una oportunidad para aproximarse al gobernador radical y entregar a su reo. Eso era lo que más convenía a Roy; enfrentarse con Garrido Canabal, explicar las cosas... si es que había modo de explicarlas. De pronto los cien muchachos tomaron asiento en las bancas alineadas al centro del patio. A la luz de cinco bombillas eléctricas, aquello semejaba una ceremonia más que mefistofélica: el color rojo dominando todos los rincones, los rostros en éxtasis adoratorio, la parsimonia de Tomás Garrido al apoderarse del estrado y alzar el rostro felino en actitud invocatoria, antes de estallar con gesto paroxístico, los brazos abiertos en compás dorsal:

—¿Para qué sirven las campanas, muchachos valientes?

Uno de los presentes, que llevaba sombrero chontal en vez de boina, rugió:

—¡Para fundir estatuas del Benemérito de las Américas!

—...¡Y del general Obregón! —completó otro.

—¿Cuántas campanas, pues, han conseguido muchachos patriotas? —insistió el gobernador al abandonar su incómoda pose.

—Once en Macuspana...

—Siete en Balancán...

—Cuatro en Comalcalco... pero es que se nos adelantaron los de la liga de Nacajuca. Las bajaron de noche —acusaba un tercero.

—...¿Y en total? —preguntó Garrido Canabal sin hacer demasiado caso al quejoso.

—¡Cincuentaidós! —gritaron todos al unísono, y comenzaron a voltear hacia el corredor posterior, donde Roy logró adivinar, amontonados, los cuerpos de bronce. Conos de bronce de todos los tamaños, desde cascabeles de consagración hasta la campana de tres toneladas de la catedral de Frontera.

—Muy bien, muchachos valientes —dijo el gobernador radical sin mover más que sus labios de carnosidad olmeca—. Muy bien. Cincuentaidós campanas que serán el bronce sin pátina que mirarán con patriótico respeto sus hermanos menores, porque Tabasco, muchachos valientes de rojo corazón, no es solamente el paraíso de la abundancia frutícola que ha cosechado siete millones de racimos de plátano roatán… No, muchachos. Tabasco no es solamente el paraíso de la abundancia agrícola: Tabasco es también el cadalso de la Iglesia y del aguardiente. Porque, díganme, ¿cómo es posible que una persona en su sano juicio pueda leer la historia sin llegar a la conclusión de que el alcohol y la religión han sido las maldiciones más grandes de la humanidad?… Por eso, a partir de mañana, entrará en vigor un decreto que reforma el artículo 477 del Código Penal del estado. Por medio de este decreto, muchachos, ustedes deberán supervisar la observancia de las siguientes medidas: Uno, se arrancarán las puertas de las cantinas. Dos, se quitarán los estribos de las barras para que no haya descanso a los pies de los bebedores. Tres, los mostradores de las cantinas no podrán tener más de setenta centímetros de altura. Cuatro, se aplicará pena de cárcel por seis años y multa de tres mil pesos a la persona que sea sorprendida embriagándose en la vía pública. Cinco, el transporte de bebidas alcohólicas queda prohibido de miércoles a domingo…

Comenzaban los aplausos de los muchachos, cuando Tomás Garrido alzó los brazos para poder continuar:

—…porque no soy partidario de que los hombres se conduzcan como rebaños del vicio y de la mentira, que lo mismo se postran ante un ídolo de madera que ante los efluvios fantasmales de la embriaguez… ¿Que hemos prohibido la palabra "adiós" y en su lugar nos despedimos con el fraternal "salud"; que hemos eliminado el santoral de nuestra nomenclatura regional; que una vaca de mi rancho se llama "La virgen María" y mi perro "Pío X"? ¿Y qué? Otros dicen que somos como mussolinis mexicanos, y muchas otras patrañas semejantes. Lo importante, muchachos, es lo que ustedes crean. Lo importante es actuar sin dogmas ni cadenas. Lo importante es vivir con el corazón en la mano…

Garrido Canabal concluyó su discurso al descubrir, junto a la puerta del patio y adosada al muro, la figura pensativa del piloto Ángel Roy. Entre aplausos y vítores le hizo un gesto amigable, que se acercara al estrado. Quería saludarlo, consumar ese foro de exultación y temple.

Al llegar a su lado, el gobernador lo abrazó fraternalmente, estimulado por la pasión a flor de garganta:

—Le tengo asignada una misión, mi piloto radical —le dijo, con gesto confianzudo, cuando el adolescente de la pelusa bajo la nariz ya lo señalaba con acusador índice:

—Estaba robándose la hélice en los talleres mecánicos... Yo lo arresté.

Tomás Garrido se cruzó de brazos; miró al adolescente y luego al piloto Roy.

—Eso es mentira —se defendió Roy—. Usted me había señalado que la propela estaba apolillada... y fui a ver cómo la han tratado.

—Eso fue —interrogó el gobernador sin preguntar.

—Qué otra cosa. Y es admirable el trabajo que han hecho los carpinteros; está como si nada.

La sonrisa de Ángel Roy se fue ampliando, como cáscara de melón. Tomás Garrido también sonrió. Se rascó un orificio nasal. Concluyó:

—Vete muchacho. Has cumplido con tu deber.

—Pero... —el mozalbete trataba de ganar su merecida recompensa.

—Pero te equivocaste, muchacho. Anda, vete. Nuestro piloto radical nunca nos abandonará, y menos ahora que el hijo de la tiznada de De la Huerta está a punto de alzarse en armas contra nuestro general Obregón; ¿verdad amigo Roy?

El piloto de la Aero Navigation Limited volvió a sonreír por toda respuesta, pero la voz del gobernador insistió, subiendo de tono:

—¿Verdad, amigo Roy?

Ángel Colombo miró al muchacho de los bigotes pelusientos en retirada. Musitó sin abandonar la sonrisa:

—Nunca.

—...porque le tengo una misión especial. Quiero que bombardee el campamento del general Casanova en Multé. Se ha desplazado por la selva y planea apoderarse del Istmo. Igual que el general Obregón en Guaymas, usted va a atacar desde el aire. Quiero que lo sorprenda en la madrugada del viernes con doscientos kilos de dinamita lloviéndole sobre el catre de campaña.

—¿Doscientos kilos?

—No me interrumpa; que de ello depende que prenda o no la asonada delahuertista en el Sureste. Le pondremos gasolina suficiente al guacamayo, para ir y volver.

—Tanque lleno.

—No; para qué arriesgar el sobrepeso...

—El que gobierna al Bristol soy yo, señor gobernador. Ya me dejó una vez sin combustible.

—Bueno; lo importante es la sorpresa... ¿me acompaña?

Tomás Garrido ya avanzaba hacia uno de los cuartos del patio donde la mayoría de los muchachos se habían concentrado.

—¿Qué va a haber? —preguntó Roy al observar que uno de los camisas rojas entraba cargando un amplio saco de henequén.

—Mis muchachos capturaron a un reincidente.

Entonces Roy miró cuando dos muchachos encostalaban al sujeto aquél; un tipo bonachón con mirada de caballo asustado.

—Lo volvieron a sorprender traficando aguardiente en domingo. Aquí, amigo piloto, y usted lo sabe; la muerte es un trámite...

Entonces, a un gesto del gobernador, los camisas rojas comenzaron a tundir a patadas el bulto. Algunos de los muchachos reculaban quejándose por los puntapiés fallidos, pero el golpeteo de aquel medio centenar de botas hizo que muy pronto el costal dejara de agitarse. Entonces uno de los muchachos bromeó gruñendo:

—Ya están las papas podridas listas para el río.

Apuntando las varas del trombón hacia las estrellas, más allá de la ventana abierta, Ángel Colombo trataba de olvidar su presencia en aquella geografía. Difícil el equilibrio anímico de los hombres, balanceando siempre la memoria y el olvido.

Aún no se cumplía la medianoche y la Marcha de los santos lanzada a los vientos por la corola del trombón, era un melodioso reposo al hastío. No había más remedio; tendría que dejarse arrastrar por la corriente del Grijalva, huir por el agua, con el agua, en el agua...

—Es un lenguado.

Roy truncó la melodía, bajó el tubo del trombón. Enfrentó a la mujer que descansaba en el vano de la puerta.

—¿Qué ocurre? —preguntó él.

Kate llevaba un vestido largo de seda negra, el escote mostrando las pecas ensombrecidas por la radiación tropical.

—¡Oh! —se quejó ella—. No soporto más este calor —y alzándose la falda, maniobró el liguero hasta zafar el cuerpo de una botella de Dimple.

—Disculparás el transporte de este pequeño regalo —añadió en inglés.

—¿Y Skipper?

Kate avanzó en la penumbra del cuarto. Empujó la puerta con el talón derecho, hasta cerrarla.

—Es un lenguado borracho.

Arrellanada en el sillón de yute, la inglesa descansó la botella sobre su regazo. Le guiñó un ojo:

—Se quedó tirado junto a sus papeles intactos… El adulterio no existe entre los peces.

GANAR EL CIELO

Cuando Ángel Roy pateó las ruedas del biplano, un grillo que arrullaba la madrugada con su críquiticríquiti enmudeció. El vuelo estimado a Multé duraría poco menos de tres horas. Con el instructivo técnico del Bristol Scout en la mano, Roy había convencido al gobernador Tomás Garrido de la necesidad de llenar el depósito de combustible.

Destapó el tanque y sumergió una vara de carrizo: tenía gasolina a tope. Manipuló el manubrio de los alerones, los pedales del timón, la palanca de profundidad. Revisó las cuatro cajas de dinamita, atadas bajo el ala inferior. Todo lo que debía hacer era cortar la cuerda que sujetaba aquella carga. El impacto detonaría los explosivos y sería suficiente para que el general Casanova y su estado mayor se transformaran en pulpa de guayaba.

Hacia el oriente, entre Balancán y Tenosique, en las pantanosas riberas del Usumacinta, quedaba Multé. Despegando a esa hora el bombardeo sería a punto del amanecer. Así, los atacados no podrían parapetarse; morirían en calzoncillos.

Roy se enfundó el casco de cuero y los anteojos protectores. Anudó la bufanda en su garganta, colocó su navaja abierta en el cuello de una bota. Abordó la carlinga y llamó al par de muchachos camisas rojas que lo habían acompañado apenas despertar en el hotel Traconis. Le indicó al mayor de ellos:

—Cuando levante la mano te cuelgas y saltas inmediatamente para atrás, ¿no querrás que tu mamá haga trutrú con tu cabeza degollada, verdad?

El mozalbete lo miró malhumorado. Era el mismo muchacho del bigotillo como pelusa de la otra tarde. Se apalancó en el borde curvado de la hélice y a la señal de Roy tiró con todas sus fuerzas. El motor Le Rohme escupió un traqueteo.

—¡Otra vez! —pidió Roy.

El mozalbete repitió la operación más de veinte veces, y en la siguiente fue cuando, subrepticiamente, Ángel Roy conectó el circuito de encendido. El motor arrancó entonces y sus nueve pistones rugieron explosivamente... y el mozalbete se salvó milagrosamente de ser mordido por la potente rotación.

En la penumbra Roy saludó al muchacho, que retrocedía empapado en sudor. Esperó dos minutos a que la temperatura del motor alcanzara el punto de máxima aceleración. Nuevamente agitó la mano derecha, indicando al otro muchacho que retirara las calzas de las ruedas. Entonces Ángel Roy encendió el faro frontal, instalado en el ala superior, y permitió que el biplano avanzara por el potrero. Al llegar al final de aquel sendero de pasto y humedad, Roy aceleró a fondo y pisó el pedal de estribor. El Bristol obedeció a la maniobra y describió una violenta rabeada, de modo que ahora la proa apuntaba hacia la Escuela Racionalista, sus ventanas encendidas señalando la trayectoria del despegue. Roy aflojó el acelerador hasta dejarlo en ralentí de 650 revoluciones. Aquello comenzaría como vuelo nocturno y, todos lo sabían, ningún piloto era feliz al lanzarse en aquellos territorios umbríos de riesgo absoluto. Entonces Roy observó una doble silueta que salía del bosque aledaño. Eran una mujer y una bestia, que avanzaron hasta emparejarse al aparato.

—¡Sólo conseguí cuatro! —gritó la mujer al señalar los bidones en el lomo de la mula.

Ángel Roy no logró escuchar a Kate, el ronroneo de la máquina era mayúsculo en la serenidad de ese amanecer. Le hizo un gesto aprobatorio y cortó la cuerda que sujetaba las cajas de dinamita. Entonces saltó fuera de la carlinga, llegó hasta donde la mujer de Skipper trataba de desmontar el primero de los bidones.

—¿La colaron con paño de gamuza? —preguntó Roy junto a ella, porque una basura en el carburador era demasiado riesgosa para intentar la navegación del éter.

—Sí; me dijeron que sí. Yo creo que sí —explicaba Kate tratando de ganarse la mirada de Roy en la fresca penumbra de esa hora—. Son dieciséis galones… que me cambiaron por dieciséis botellas de whisky.

Cuando Roy terminaba de sujetar el cuarto bidón en el compartimiento de carga, se paralizó al escuchar una frase que la mujer de Skipper soltó como venablo:

—Voy contigo.

Roy apretó nuevamente la correa que mantendría estibadas aquellas latas de combustible. Salió del estrecho hueco tras la carlinga y contestó con tono paternal:

—No, Kate. Ese no fue el trato… No podrás vivir lejos de Tom.

—¡No lo soporto! ¡No soporto su borrachera permanente! ¡No soporto ya este infierno perpetuo! ¡Sácame de la ínsula del sátrapa! —gritaba en inglés, a punto del llanto.

El piloto de la Aero Navigation Limited guardó silencio. Supo que en ese momento no habría palabra, caricia ni beso alguno que pudieran consolar, convencer a esa mujer entregada a la irracionalidad.

—Kate… —murmuró con voz apenas audible junto al traqueteo de la máquina—. Quiero confiar en tu palabra.

—¡Las mujeres no tenemos palabra! —chilló ella—. Tenemos deseos, solamente deseos.

—Pero… Skipper. Él no podrá sobrevivir sin ti. No lo traiciones. Él te ama.

—"Él me ama" —deletreó Kate—. Me quiero ir. Me quiero ir contigo. ¡Llévame, desgraciado! —comenzó a gritar nuevamente.

Ángel Roy se percató de que el encuentro duraba ya demasiado. Trató de indagar el rostro de esa mujer, pero la penumbra contagiada por el faro no le permitió más que adivinar la palidez de un óvalo. Trepó en el fuselaje luego de localizar al tacto los estribos. El torbellino de la hélice era el único sol al que debía obediencia.

Comenzaba a pulsar el acelerador cuando descubrió de pronto, arrodillado en la línea del despegue, el espectro de Kate frente al biplano. Afocada groseramente por el haz deslumbrante del faro, la mujer de Skipper imploraba con palabras que, más allá del rugiente rumor, eran un amasijo de mímica y compasión.

Roy apagó y prendió repetidas veces el faro del aeroplano, pero Kate permanecía echada frente a la hélice en actitud vacuna. Miraba a Roy, es decir, miraba al aparato que le proporcionaría un nuevo destierro; ese pájaro sombrío que vibraba acechante.

De pronto alzó la cara porque, sí, ahí estaban las palabras de Roy una vez más:

—¡Oquéi! ¡Sube pues!

Durante unos instantes Kate Skipper fue la niña de Birmingham correteando ovejas hasta obligarlas a nadar en la corriente del Rea. Desapareció del cono de luz, fue hasta donde había dejado a la mula y regresó cargando, jubilosa, el pulido trombón de Roy.

—¡Acomódate como puedas! —rezongó Roy al acelerar—, y reza para que este carretón logre alzar el vuelo.

—¡No quepo con estas malditas latas! —se quejaba Kate, cuando Roy adivinó frente al aparato dos sombras.

—¿Dónde pongo las piernas? ¡Oh, maldición! —gruñía la inglesa.

Los camisas rojas avanzaban en actitud indagadora. El despegue se había retrasado sospechosamente, y cuando el de los bigotes de pelusa jalaba al otro para señalar al segundo tripulante Roy aceleró a fondo. El Bristol Scout empezó a desplazarse, pero algo en el piso trabó su avance.

—¡Qué pasa! ¿Estamos muy pesados? —reclamaba Kate en su incómodo compartimiento.

Los muchachos comenzaron a correr hacia el biplano con las pistolas desenfundadas. Vociferaban agitando las manos, pero el rugido del motor impedía que fueran escuchados. Roy asomó a un lado del fuselaje. Logró vislumbrar que el trineo de la cauda se había atorado con una de las cajas de dinamita.

—¡Alto o disparamos! —gritó uno de los mozalbetes.

Roy observó que los camisas rojas estaban ya a distancia de tiro. Apagó el faro y optó por una solución desesperada: aceleró nuevamente a fondo y pisó el pedal de estribor. Mágicamente, cuando el avión comenzaba a describir otra rabeada, el trineo se destrabó. Roy fijó el rumbo, un rumbo ciego por la llanura tabasqueña, y dejó correr el aparato.

—¡A ganar el cielo! —gritó Roy.

Celebraba que aquellos adolescentes no hubieran disparado sus armas. Seguramente se habrían cohibido al considerar la carga explosiva, pensaba Roy, cuando a punto del despegue una triple y remota detonación los despidió en tierra, pues el Bristol lograba ya la sustentación aérea, entre crujidos de tirantes y riostras.

—Adiós infierno —dijo Roy con la palanca de profundidad rozándole aún la barriga, adivinando las primeras luces del crepúsculo matinal.

—¡Pobre Skipper, se queda tan solito! —lamentó Kate en español, y Roy apenas logró escucharla pues aquel insolente ronroneo vibraba a mil doscientas revoluciones por minuto.

—¡…no soporto el calor! —musitó ella con un suspiro resignado.

Minutos después Ángel Roy logró ganar el "techo" de los quinientos metros. La luz comenzaba a ser suficiente como para confiar más en los ojos y desentenderse del compás del tablero. Apagó la lamparita interior y buscó la línea del horizonte.

Más allá debía estar Frontera, la barra de los ríos Grijalva y Usumacinta luego del beso confluente, porque ahí abajo ya se anunciaba, como lindero del plomo y el estaño, el perfil continental.

—Seguiremos por la línea de la costa, bajaremos en la playa de la isla del Carmen para repostar combustible —anunció Roy, más para sí, pues tenía memorizado el plano cartográfico.

Alguien le había hablado de las extendidas playas de la isla. Lo demás era cosa del azar y su buena estrella, dos horas más tarde.

—¡Por el litoral, todo hasta Yucatán! —volvió a gritar, torciendo el cuello, al señalar con la mano la velada geografía allá abajo porque el rugido de la máquina impedía cualquier articulación que no fuera gestual.

Volar es una experiencia poética. Se explora el planeta con los ojos de los ánsares y la arrogancia de las águilas. Volar es una tregua a nuestra condición pedestre. "Volar es soñar", se repitió Ángel Roy al guardar la navaja doblada en su chamarra de cuero.

Ya con luz del nuevo día, Roy se volvió para mirar a su imprevisto y silencioso pasajero. Allí estaba Kate, sus ojos claros contemplando las verdes llanuras de Irlanda, sonriéndole al joven Tom cuando era una promesa literaria y escapaban de la facultad para abrevar más cerveza que el Támesis. La bala había entrado bajo la axila y un hilito de sangre comenzaba a oscurecer en la comisura de sus labios.

—¡Oh, Dios! —grito Ángel Colombo, y estuvo a punto de soltar los controles del biplano.

"Kate Skipper ya no viaja contigo", reflexionó para no dejarse atrapar por el horror.

Entonces Roy maniobró el Bristol en picada hacia el mar. Logró perder de vista la línea del litoral. Entonces, cuando el oleaje se respiraba ya en la atmósfera, jaló abruptamente de la palanca de profundidad. El aparato obedeció trazando un amplio *loop*, como rizo de novia que se guarda en la cartera. El cuerpo de Kate se desplomó con gracia. Levitó hacia el océano, pues el Bristol Scout volaba invertido. Fue a encontrarse con la Corriente del Golfo que fluye, perpetuamente, como río marino, hacia las islas británicas.

Roy buscó entonces, de nueva cuenta, la espumosa batiente de la costa.

IV

HOLBOX

TRADUCCIONES Y RUBORES

Miraba la plaza.

Desde la balaustrada del balcón central, el jardín municipal era el tránsito sinuoso de tres indígenas cargando al hombro sendos huacales repletos de verduras, dos mujeres de blancos huipiles conversando a la sombra de un flamboyán, cuatro zanates cazando insectos en el prado. Recordó sus propias palabras, tres años atrás, cuando asumió la gubernatura y desde allí mismo explicó en lengua maya: "...el indio es un hombre triste. Sí, pero su tristeza no es otra cosa más que nostalgia. El indio vive añorando con furia y congoja su pasada grandeza, los tiempos en que fue libre en esta tierra del oro verde".

—El "oro verde" —repitió en castellano, sin quitar la mirada de aquel par de mujeres que charlaban resguardándose del sol.

—¿Perdón?

Aquella voz lo distrajo. Recordó que no estaba solo. Quiso no pensar en dos ojos que lo vigilaban desde la mesa de caoba labrada. Dejó el umbral del balcón y regresó a su escritorio.

—¿Cómo dice el último párrafo? —preguntó aflojándose el nudo de la corbata.

La mujer releyó las notas manuscritas en inglés, traduciendo de nueva cuenta al español:

—"Dos recientes incendios en las bodegas de Puerto Progreso terminaron con quince mil pacas de henequén; siniestros que de ningún modo pueden ser considerados como fortuitos o accidentales. Esta situación es la que provocó el desabasto en los envíos a sus almacenes de Nueva Orleáns y Nueva York. Esperamos de ustedes comprensión, y de ningún modo el anunciado boicot a nuestra fibra".

—Quite ese párrafo. No tenemos por qué dar explicaciones. Ellos, y la "casta divina", son los más enterados de esos incendios —Felipe Carrillo Puerto no quiso mirar aquel par de ojos. Sonrió al solicitar—: ¿Cómo queda, entonces, el párrafo anterior?

La muchacha volvió a interpretar, del inglés al español:

—"Estimados señores de la International Harvester. La creciente exportación de henequén yucateco hacia los almacenes de su corporación nos complace doblemente. En primer término porque la demanda comercial ha elevado el precio de la fibra, en el lapso de un año, de uno y medio a seis centavos de dólar por libra desembarcada en puertos americanos. En segundo lugar, porque esta expansión mercantil comienza a beneficiar a los doscientos mil hombres del campo yucateco encargados de cortar y procesar las hojas de nuestro henequén, que muchos llaman equívocamente *oro verde*. Sin embargo, algunos factores nos han dificultado el envío puntual de los fletes solicitados".

Carrillo Puerto miraba en silencio el discreto perfil de la muchacha. Cuando ella alzó la vista, el gobernador de Yucatán comenzó a deambular con las manos afianzadas en el cinto del pantalón.

—Ahora les diremos lo siguiente —comenzó a dictar mirando las vigas en el techo del recinto—: "Queremos imaginar que el anunciado boicot a nuestra fibra es una reacción natural ante el repentino desabasto en sus muelles. No queremos pensar que se trate de una represalia política…"; no. Sin la palabra política… "una represalia ni nada por el estilo. Esta misma semana reiniciaremos el envío de los cargamentos de henequén a sus bodegas, en el entendido de que el problema ya citado fue un exabrupto absolutamente superado… Quedo de ustedes, atentamente", nombre y fecha.

Cuando la muchacha terminaba de redactar la misiva, un ronroneo se apoderó del ambiente. Carrillo Puerto fue hasta la puerta de la oficina auxiliar y le indicó al secretario de guardia:

—Recoja la carta que está escribiendo la señorita y désela a Tomás Bolio. Que la mecanografíen para después firmarla. Hoy mismo debe estar en la valija postal de Progreso.

El gobernador fue hasta la mesa de caoba y se apoyó en una de sus esquinas. Miró en silencio a la traductora y estuvo a punto de soltar algo que se guardó para siempre. Dijo entonces:

—No podemos distraer nuestro ingreso de divisas, ahora que empezaremos a construir el socialismo en la península… Dentro de dos o tres semanas se aprobará en el congreso local nuestra Ley de Incautación y Expropiación de Haciendas Abandonadas. Los perfumados la llamarán "despojo", pero… —se detuvo. Preguntó con una sonrisa y la mano izquierda pulsando el resorte del tirante—. ¿Le gusta la música?

Sonrojándose, la traductora no supo de momento qué responder. Dijo luego:

—Sí. Las canciones románticas.

El gobernador meneó divertido la cabeza. El ronroneo seguía zumbando allá afuera, pero tuvo que explicar:

—Cuando en la carta a sus paisanos los prevengo contra interpretar su boicot como una represalia política, lo hago porque al parecer ya se enteraron del envío del maíz.

—¿Maíz? —indagó ella.

—Muy poco: cinco mil costales, hace tres semanas, para el compañero Lenin. Ellos lo necesitan más que nosotros.

Felipe Carrillo dejó la mesa labrada, avanzó hasta el balcón central y se asomó a la plaza de armas. Miró a las dos mujeres que seguían conversando bajo la fronda del flamboyán. Alzó la mirada y descubrió el origen de aquello.

—Es un avión rojo —informó apenas reencontrarse con su traductora, pero en ese momento el ujier ingresó al despacho para recoger el manuscrito y guardarlo en un cartapacio.

Mary Riff había palidecido repentinamente.

INTERRUMPIR LA SIESTA

Víctor Pech le gritó a su vecino:

—¡Anda, ya! ¡Tírala sin miedo! No te voy a volar la cabeza. Sostenía el tolete y, a sus nueve años, era el mejor bateador de la palomilla. Su amigo, sin embargo, no soltaba la pelota. Los niños se habían apoderado del diamante deportivo desde temprano, y ya el sol comenzaba a calar.

—¡Lánzala ya, miedoso! Deja de bailotear como brujo loco

—gruñó el pequeño Víctor, abanicando tres veces sobre el plato del *home*.

Con alborozo y urgencia el *pitcher* señalaba hacia el firmamento. Víctor adivinó el truco: su amigo lo obligaría así a mirar el sol, encandilarse y ser ponchado al siguiente *strike*.

—No seas caballo, bosh, y lanza ya la bola —reclamó desafiante el niño Pech.

Extrañado, el pequeño bateador observó que algunos de sus compañeros corrían fuera del campo. Escuchó a uno que advertía al guarecerse bajo una yuca:

—¡Záfate, Víctor, que te mocha en dos mitades!

El niño no tuvo más remedio que tornarse. Lo sorprendió la ausencia del *catcher*, su manopla de trapos y henequén trenzado que permanecía allí, abandonada como sapo escrofuloso... cuando descubrió que un aeroplano se precipitaba sobre él.

Como nunca Víctor Pech corrió hacia la tercera base, no para violar el reglamento, sino para seguir comiendo papadzules los viernes por la noche en casa de su tía Sarita.

Aquel hermoso biplano dio un salto sobre el montículo del *pitcher*, luego otro menor, y rodó por medio diamante hasta asentarse en tierra más allá de la línea de *home run*, poco antes de la llanura, extendida como un mar de henequén por todo el norte del Mayab.

Jadeando aún, el niño Pech escuchó al tripulante de aquel extraordinario aparato que gritaba en la distancia:

—¡Angelo; querubín de alas quemadas!

Y fue entonces cuando los pequeños peloteros, olvidándose de aquella competencia de bíceps y retinas despiertas, se lanzaron con frenesí al encuentro de la aeronáutica.

Un robusto laurel sombreaba buena parte de la posada Poc Nah, impidiendo el crecimiento de otra cosa que no fueran dispersos yerbajos. Por la misma razón, los umbríos corredores alrededor del patio eran el sitio más fresco de la casona. Luego de consultar con el primer gendarme que encontró en la ciudad, Ángel Colombo Roy había decidido hospedarse ahí.

El cansancio y la tensión le fustigaban los hombros. El vuelo, después de todo, no merecía mayor comentario que el del gorrión que pasa de una a otra cornisa. A pesar de todo ello, Roy salió de la posada para comprar un poco de ropa. Su equipaje se había reducido; le quedaban el trombón y unos dólares guardados en la cartera, así que adquirió un traje de algodón, dos guayaberas blancas, una corbata azul de tres pesos y un par de zapatos italianos.

—Ya llegó el cornetista que tiene frío —anunció la mujer que administraba la estancia apenas verlo trasponer la puerta del recibidor. Y tenía razón doña Otilia, porque en su vida había mirado una bufanda.

La ducha y la sopa de lima reanimaron al piloto de la Aero Navigation Limited. La piel y el estómago se llaman fácilmente a engaño, no son exigentes, como el corazón.

—Me contaron que llegó usted en una bicicleta que vuela. Igual que un pájaro de cuatro alas —dijo la posadera cuando Ángel Roy aún no se levantaba de la mesa.

—En realidad es un biplano Bristol, con máquina de noventa caballos de vapor.

—¿Caballos de vapor? —la mujer soltó la carcajada, sacudiendo la hamaca donde permanecía sentada—. Usted me quiere embromar porque no entiendo yo de modernidad… ¿Cómo suben cien caballos a los cielos del Señor?

Después de meditar sus palabras, aquella mujer de rasgos mayas y tez clara, insistió:

—No le creo. Dios no nos concedió alas. Jamás despegaremos los pies del piso… ¡La Virgen me ampare!

Roy no tenía deseos de discutir. Sabía que su encuentro, su reencuentro con Mary, ocurriría de un momento a otro.

—Estoy buscando a una… gringa, señora. Se llama Mary. Mary Riff —lo repetiría una y mil veces, a pesar de la modorra.

La posadera hizo un gesto ambiguo. Alzó un par de ganchillos y continuó tejiendo su carpeta de hilo gris.

—No tienen remedio ustedes —rezongó a media voz—… siempre hurgando el *tuch* ajeno.

La brisa de la tarde comenzaba a refrescar. Roy dejó su vaso de horchata y ganó la segunda hamaca del corredor. Comenzó a mecerse despatarrado en ese capullo sestil. Sus ojos comenzaron a ir y volver, como ausentes, de la tibieza del aire a la lisura del sueño. Ahí estaba su madre, nítido el rostro de Carmen Colombo cuando le peinaba el copete con jugo de limón. "Oye mamá, ¿por qué no tengo hermanos?" La pregunta precede a la marcha rumbo a la escuela *Steve Austin* de Corpus Christi. "¿Por qué se burlan de nosotros cuando hablamos español?" "¿Cuándo tendré una bicicleta?" "¿Por qué lloras luego que papá se encierra contigo?"

—Tienes veintinueve años y no debes hacer esas preguntas, hijo.

Roy contempló a su madre, estrujada y rezando en el compartimiento de carga tras la carlinga del Bristol. "Sujétate bien", pensó que le decía, pero no hacía más que mirarla cuando ocurrió el despegue. Abajo quedaba el valle del Loira, esas llanuras de bruma, rocío y borregos. "Sujétate con fuerza". Pero no, ahí estás anunciándole: "Oye mamá, hay un nido de golondrinas bajo el tanque de agua. Dos golondrinas que ayer no estaban". Míralas volar, estrenar sus alas precoces, trastabillar al quererse sujetar de la manija de apoyo, porque el Bristol navega de cabeza y allá va Carmen Colombo, ¡no!, levitando hacia su muerte en tierra.

—¡Vuelve! ¡Vuelve, Kate!

"¡Oh, Dios! ¿Qué no me puede escuchar?" Y los bidones chorreando combustible. "¡Dime algo! ¡Dime algo, Mary!"

—Así tendrá la conciencia.

Jadeaba. Con el manotazo había estado a punto de perder el equilibrio.

—Así tendrá la conciencia, cornetista con frío —insistió doña Otilia.

Con el rostro bañado en sudor, Ángel Roy se incorporó en la hamaca. Miró a esa mujer que no era su madre y tejía carpetas de hilo gris. La volvió a escuchar cuando mascullaba sin mirarlo:

—No le creo.

—No me cree qué —Roy dejó que su pulso recuperara la serenidad.

—Lo de su bicicleta con alas —doña Otilia hizo un nudo con precisión de relojero—. Los he visto en los periódicos, ja, pero son pura mentira. El hombre no puede igualarse con las aves. Eso sería como desafiar al Santísimo.

Entonces un golpe fofo percutió junto a ellos. Roy miró sorprendido, sobre el piso de tierra y aunque no lo quisiera creer, aquel cuajarón reventado allí sin más. Era mierda.

—¿Y eso? —tuvo que preguntar.

—Ah —contestó la mujer con desgano—. Es Otorino… el muy puerco.

—¿Otorino? —Roy buscaba el origen de eso en la espesura del laurel.

—Otorino es mi marido —explicó ella—; pero se convirtió en pájaro.

Y Roy se cubrió el rostro con ambas manos porque allá arriba la escuálida silueta ya arrojaba un segundo y vertiginoso proyectil.

RENACIMIENTO DE VENUS

El grito volvía a repetirse. Era una voz que, sin mayor consideración, advertía a todos los vientos: "¡Canta bonito, o te mato!"

Ángel Roy quiso adivinar la hora. Acostado en la hamaca, las vértebras entumecidas por el reposo nocturno, percibió que aún no amanecía del todo. Sin embargo, ahí estaba nuevamente esa voz de cornetín destemplado: "¡Viva la revolución, viva el mole de guajolote!"

Los primeros traqueteos domésticos iban sucediéndose… alguien abría una puerta de bisagras enmohecidas, alguien más chapaleaba agua por uno de los corredores, un tercer alguien hacía restallar manteles en aquella atmósfera como de papel celofán. Roy giró en la hamaca. Sus músculos dorsales descansaron pero, definitivamente, ya no podría conciliar el sueño. ¿Cuántos meses llevaba en esa empresa de azarosos destinos? La grisalla a cuentagotas que escurría por la ventana le permitió adivinar su trombón de varas descansando en el asiento de una silla. Era todo lo que guardaba de su pretérito: un trombón.

Igual que el náufrago que arriba desnudo a una playa desierta y descubre que todo él son sus pensamientos y ese badajo entre los muslos que así no sirve para nada; Roy suspiraba al resistir el golpe de añoranza: "Mary".

Quería recordar no el rostro de esa muchacha (porque eso quedaba ya en el ámbito de la fantasía, habían pasado cinco inviernos desde su retorno a América en 1918), sino aquel retrato de perfil besando un gato blanco.

"¡Viva el mole de guajolote!... ¡*Fiat lux!*"

El grito aquel interrumpió nuevamente sus divagaciones en la dulce duermevela. Roy depositó las plantas de los pies en el piso enlosetado. Al hacerlo, una fresca emoción hizo que su respiración se entrecortara: ese día por fin ocurriría —debía ocurrir— el encuentro con aquella mujer de besos aframbuesados. Dejó de balancearse en la hamaca. Fue hasta la ventana del cuarto y empujó el postigo. Escudriñó la fronda del laurel, pero esta vez no logró distinguir la silueta del hombre que habitaba en aquella espesura.

—Qué temprano fastidia su marido, señora Otilia. Me despertaron sus gritos —se quejó sin ofender Ángel Roy, todavía con la cabellera húmeda. La ducha le había aliviado el repentino lumbago.

—No fue Otorino —precisó la encargada de la pensión—. Desde que trepó al árbol y me dejó al pendiente de la botica, nunca habla. Fue Zósimo.

—¿Zósimo? —Roy era ya, a esas alturas, todo credulidad.

—Su perico. Él fue el que lo enseñó a gritar todas esas insensateces, hasta el día que... —doña Otilia hizo un ademán con la mano, dos dedos andarines que escalaban rumbo al laurel que sombreaba el patio.

Luciendo su traje nuevo y la corbata azul de tres pesos, el piloto de la Aero Navigation Limited llegó temprano al portón de la Casa de Gobierno. Allí lo detuvo un policía chaparro, todo sonrisas y quepí ladeado.

—Entrar no se puede hoy —explicaba con su dejo peculiar—. Es domingo rojo y el gobernador Carrillo se va para Dzibilchaltún.

—Pero, oiga, amigo... —Roy sufría al no poderse entregar del todo a la prudencia—, no sé si usted habrá visto... Estoy buscando a una señorita, una periodista americana que llegó...

—Ah; la Peregrina tú dices —lo interrumpió el policía.

—¿La peregrina?

—Vive en el hotel Montejo, pero se fueron hoy al domingo rojo.

—Se llama Mary; Mary Riff —insistió Roy.

El policía maya se rascó la cabeza.

—Sus nombres no sabemos; pero hoy no queda nadie, ningún funcionario aquí. Todos se fueron para Dzibilchaltún.

El sudor comenzaba a humedecer su traje nuevo. Ángel Roy había abordado un ómnibus que transitaba por la ruta hacia el puerto de Progreso, treinta kilómetros al norte de la ciudad. A medio camino quedaba aquel poblado. Cuando por fin descendió del vehículo, Roy celebró la brisa refrescando su cuello.

Dzibilchaltún, cualquier otra fecha, debía ser una plaza clásica de la llanura yucateca: el casco central de edificios construido con piedra caliza y muros derruidos en los no tan remotos días de la Guerra de Castas. Pero ese domingo Dzibilchaltún era una verbena. Sobre la plataforma de un furgón descubierto estaba la comitiva que acompañaba al gobernador Carrillo Puerto, nueve hombres en riguroso traje de lino, y abajo una bullente muchedumbre de indios mayas que celebraban cuchicheando el arreglo del poblado: guirnaldas de flores en las cornisas, tendidos multicolores de papel picado, altas banderolas triangulares con lemas del Partido Socialista del Sureste.

"¿…y qué deberá hacer la Liga de Resistencia de este hermoso Dzibilchaltún con las doce mil hectáreas de tierra que hoy recibe su comunidad?", preguntaba en algún momento el gobernador. Erguida su alta cabeza, Carrillo Puerto semejaba un ave de presa, un águila acechando sin maldad. Inmediatamente después reproducía su discurso en lengua maya, y de nueva cuenta lo reiniciaba en castellano, de modo que nadie pudiera quedar sin comprender.

Roy fue avanzando, escurriéndose entre esos hombres y mujeres cuyas cabezas le daban al hombro. Llegó por fin al pie del furgón y escudriñó a los visitantes allí desplegados. No logró distinguir a Mary.

El gobernador yucateco insistía entonces con una parte medular de su discurso en maya, porque los miles de hombres allí presentes lo interrumpían, una y otra vez, con aplausos y gritos de "¡Sí, don Pil; *actoczab ócolal xib!*", porque Carrillo Puerto acababa de anunciar la construcción de un sanatorio rural.

Desesperado, agobiado por el asedio solar y el gentío, preguntó al primer hombre que adivinó como no maya;

—Perdone, ¿y la… Peregrina, no viene hoy?

El desconocido arqueó maliciosamente las cejas. Lanzó una mirada cómplice hacia el estrado sobre la vía de tren, y respondió con gesto sabiondo:

—¡Ja, bosh! Es que vino hoy doña Isabel Palma; y con sus ojos se fue la Peregrina al mar.

Ángel Roy se quitó el saco, enjugó el sudor de su frente con la corbata azul y se desabotonó la camisa. Aquello no le sorprendía ya. Dio media vuelta y comenzó a nadar entre la multitud, valiéndose de rodillas y codos; porque aquella gente escuchaba, con embeleso casi religioso, las palabras de don Pil.

Aquella era una playa sin arena. El eterno vaivén del oleaje trituraba sin descanso millones de conchas marinas, de modo que el litoral se presentaba como un manto albísimo de partículas cálcicas.

Mary Riff pidió al chofer que la dejara sola. Cargó consigo el bulto que guardaba en el asiento posterior del automóvil.

—Quiero pensar —le dijo, aunque la frase le pareció un tanto absurda. Nunca no se piensa.

El muelle de Progreso era un prolongadísimo puente sostenido por recios pilotes de hormigón. Mary Riff adivinó la mínima pendiente del fondo marino y se imaginó andando por él hasta alcanzar la península de la Florida.

Debería estar contenta. Por fin la Fundación Carnegie le había concedido la beca esperada durante todos esos años en el *loose and lovely Mexico*. La altruista fundación acababa de aprobarle su proyecto de exploración fotográfica en los recién descubiertos centros arqueológicos de Chichén Itzá y Uxmal. Ahora no dependería de sus envíos periodísticos al *St. Louis Tribune* y *The Houston Monitor*, que solamente publicaban las notas en las que se citaban más de cinco muertos. "A dólar el muerto", era la clave de los corresponsales del *Monitor*.

Mary prefería armar con total detalle sus reportajes: ella misma seleccionaba las fotografías, preparaba los titulares, los sumarios y los pies de grabado. Sin embargo la muchacha de Tennessee estaba contrariada. Esa mañana el gobernador Carrillo Puerto había ordenado al chofer del auto seguir de largo y llevarla hasta la costa. Se quitó las sandalias y continuó avanzando por ese litoral de perezoso oleaje.

El contacto de aquellos moluscos triturados adhiriéndose a sus plantas descalzas, le hizo evocar escenas ya suprimidas en la memoria.

—No mirar atrás —dijo en español.

De pronto Mary se detuvo y soltó el paquete. Frente a ella se erguían siete cocoteros. Sí, estaba sola en la playa confín del Golfo de México. Se guareció bajo una de las sombras inestables de las palmeras y comenzó a desnudarse.

Minutos después, ataviada con aquel vestido de novia, Mary comenzó a deambular por el bruñido litoral. La muchacha describió dos giros de vals y contempló su jovial sombra; emprendió los solemnes pasos de una marcha nupcial interpretada por la orquesta del oleaje. Embriagada por aquella música solar, giró en redondo y avanzó hacia la turquesa del mar. Cuando sus pies tocaron los rizos del océano, se detuvo de pronto. Hundió las manos en aquel licor salobre y se humedeció la cara. Siguió adentrándose en el oleaje con el garbo mismo de la novia marina que toda mujer esconde en su íntima soledad.

Las olas mojaron las pantorrillas, los muslos, las caderas; empaparon el velo y la corona de azahares. Entonces Mary Riff aflojó el cuerpo. Se dejó tragar por las aguas espumosas de la Sonda de Campeche.

No lejos de ahí una balandra de vela cuadrada buscaba refugio en la costa. Los pescadores habían matado una cornuda y medio centenar de curvinas. Eran, si no felices, sí hombres joviales curtidos por el sol.

Mary Riff surgió de las aguas con un salto que le hizo recordar *El nacimiento de Venus,* de Botticelli, aunque ella no era más que una novia empapada que daba chapuzones y reía de puro gusto en esa playa sin arena y sin azahares.

Con el vestido pesando como armadura, Mary retornó al sitio de las siete palmeras. Sacudió un par de veces aquel inservible atuendo, pero decidió mejor dejárselo, que el sol y la brisa se encargaran de secarlo. Miraba navegar el remoto balandro de vela cuadrada, cuando una voz a sus espaldas le heló la piel:

—Muchacha, ¿te casarás conmigo?

Era Roy, anudándose al cuello la corbata azul de tres pesos.

IRACUNDOS DÍPTEROS

Se llamaba Aldegunda. La gente meridana, sin embargo, al mirar su cuerpo todo abundancia y mugre prefería denominarla de otro modo.

"¡Allá viene; ya viene la Nalguebunda!", gritaban los niños en la calle, y abandonando aros y pelotas buscaban y rebuscaban en sus bolsillos hasta juntar diez centavos, porque sabían, y recordaban con febril morbo, que Aldegunda aceptaría esas monedas, se recostaría en algún callejón y alzándose la falda mostraría el animal que guardaba entre rasguños y moretes.

"¡Anda, Nalguebunda!", reclamaban los pequeños vándalos. "Ya te dimos siete centavos… Mueve el chocho para nosotros".

Y entonces la poderosa mujer levantaba la cabeza, se acicalaba aquellos mechones pringosos que escurrían piojos, y empezaba a dibujar extrañas muecas que los niños celebraban extasiados:

"Anda, Nalguebunda… ¡Échanos besitos con el bicho!", porque la fantasía de los niños jamás será saciada con todas las princesas, los dragones, las brujas y los feroces lobos que pueblan una mitología de papel cromado.

Los adultos, al mirarla deambular por las avenidas, secreteaban con mordacidad aunque evitaban, hasta lo posible, encontrarse con sus pupilas. Otros, venerando sus cañas de cerveza en las cantinas de puertas batientes, se ufanaban al mirarla transitar por ese hueco de luz calcinante: "Cuando la loca Aldegunda se cae de la cama, ¿sabes de qué lado cae?… ¡De los dos al mismo tiempo!"

Y así, todos los días la obesa Aldegunda llevaba consigo su mendicante existencia, porque la mujer no tenía edad y sí todas las historias.

Una tarde en que se rascaba costras de caspa a la sombra del quiosco en el parque Centenario, Aldegunda había contado: "Mi madre fue la voz del pan. Mi madre Mamá Jazmines. El día que le dio palabra al pan se apagaron todos lo hornos; se les escurrió el calor. Ya no hubo fuego. Ella mi madre comenzó entonces a decir la voz del pan. Me acuerdo. Yo sea el pan que coman los hombres, decía ella mientras las mujeres gruñían frente a sus hornos sin brasa. Yo sea el pan, yo sea el trigo molido; insistía Mamá Jazmines; yo sea la mies segada. Yo sea la sal, la trilla, la levadura; yo sea todas las harinas, insistía ella al revolcarse entre fiebres y sudores. Después guardó silencio y la ganó el sueño. No despertó en tres noches; ya no fue más la voz del pan. Fue cuando los hornos recuperaron su fuego y las mujeres dejaron de maldecir. Nadie se acuerda ya de aquello: por eso estoy yo aquí. Aldegunda está en el mundo para recordar nuestros bochornos".

Al despertar enunció Aldegunda:

—Grillo de la noche.

Era media madrugada. La mujer se incorporó en los arrugados periódicos que le servían de lecho. Sintió la débil frescura de la noche, volvió a oír el ruido aquél avanzando en las tinieblas.

—¡Ay, Dios bendito! —se persignó—. Todavía no… espérate siquiera para después del carnaval.

Pero ahí estaba, nuevamente, aquel llamado del cielo que avanzaba agrediendo a la noche con su metálico chirrido.

Aldegunda no conocía el mal. Jamás obraba con vileza. Incluso cuando los niños la arrastraban hacia los callejones para obsequiarle monedas, incluso entonces obraba con la docilidad de una perra que orina a media calle como si tal. Por eso volvió a insistir:

—Grillo de la noche —porque la sombra de la pesadilla empezaba a tener contornos. Aturdía otra vez con su voz de pájaro enloquecido.

—Tú, quien seas; detente —gruñó la gorda loca.

El grillo de la noche se detuvo, cesó de chillotear con su prístino instrumento, movió las antenas y preguntó, a su vez:

—¿Qué haces aquí, mujer?

Aldegunda respondió rascándose una de sus nalgas como calabazas:

—Yo aquí recuerdo… Pero tú; quién seas —inquirió sin quitarse la mano de allí detrás.

—Yo soy un hombre feliz —aseguró Ángel Roy meneando su trombón recién pulido—. Un hombre con felicidad pero sin paciencia.

—Los grillos son todos impacientes. Nunca duermen…

—Aldegunda mordió la garrapata que había arrancado con sus uñas—. Tienes ojos santos, grillo de la noche.

Roy miró con simpatía alcohólica a esa mujer andrajosa. Buscó la botella de whisky, pero en la mano sólo conservaba su trombón de varas. De pronto no supo explicarse qué hacía allí, lejos de la hamaca, en esa calle adoquinada y sin más luz que la proyectada por el cuerno diagonal de la luna:

—Pero, querida señora… Todos los enamorados tenemos mirada de santo —explicó él, y alzó el instrumento para tocar en fuga las notas de una melodía que no logró hilar.

—Te dices enamorado —lo enfrentó Aldegunda.

—Eso me digo… —confirmó Roy mientras frotaba la corola del trombón con una manga—. Pero mi novia dice que "hay que esperar".

Ángel Roy trató de escudriñar el semblante de aquella dama sombría, pero no logró más que adivinar dos ojos negros, como aceitunas de una tortilla de huevo quemada. Le hubiera convidado un trago de whisky, pero no tenía botella ni sueño.

—"Hay que esperar" —repitió la mujerona.

—¿Cómo se llama usted, querida señora?

—El nombre mío es el nombre del viento —respondió ella arrugando el entrecejo. Nunca le habían llamado así: "Querida señora"—. Mi nombre se arrastra con las nubes.

Roy volteó hacia el cenit. Las estrellas y el cuerno chueco de la luna. Estuvo a punto de tocar su trombón, pero sintió la necesidad de explicarse:

—El amor aturde… nos pone como caramelos lamidos. Pero mi novia dice que "hay que esperar". Está trabajando con el señor gobernador en… —lanzó una mirada penetrante al rostro de la olorosa mujer—: ¿Usted conoce eso, señora?

—Eso qué, grillo nocturno.

—Lo que me tiene así —gruñó con fastidio Roy, señalándose el pecho como si cargara una vieja herida de guerra.

Aldegunda sonrió. Le habría enseñado el coño gratis:

—No, grillo musical —por fin lograba entenderse con alguien—. Hasta allá no conozco. Eso es muy lejos.

—Será el calor —dijo Roy.

—Eso será.

—Será que han pasado cinco años.

—Han pasado, sí.

Ángel Colombo alzó el trombón y lo sostuvo contra su boca. Emitió un largo berrido, que fue segmentado con súbitos golpes de antebrazo. Dijo luego, con tono fatigado:

—Habrá sido el calor.

—El calor —repitió la mujer sacudiendo su melena sin brillo—. El calor que nos robó a don Pascualito.

Roy buscó asiento en aquel rincón sin luz. Volteó segundos después, todo curiosidad:

—¿Don Pascualito?

Aldegunda descansó la espalda en el muro salitroso que eran todas las paredes de su casa. Un suspiro terminó por hundirla en sus recuerdos:

—Las hijas del calor son las moscas —empezó a relatar—. Lo decía Mamá Jazmines, la madre de Aldegunda, que fui yo. Era entonces un calor que hacía jadear las piedras, porque respirábamos fuego. "Nada hay contra ese calor, padrino Pascual; nada que no sea el arrullo de la cerveza en las gargantas", le decía yo, porque raspaban como barro cocido. Luego todo es un rencor en las sombras, porque el sol abrasa a todos y sin conmiseración; un puro deseo sin llenadera. Era sabio el padrino Pascual. Metido en la cervecería no le llegaban las tolvaneras ni el ardor de anginas. Y ahí, entre tantísimas moscas como nunca he vuelto a mirar, don Pascualito creyó matar el calor con puñaladas de cerveza. Se metía a nadar en los tarros y solamente salía para orinar; porque cuando aquel calor apretó ya nada fue como antes. Por eso las moscas hicieron la suya. Todo por culpa de los compadres de mi padrino, que habían levantado allí cerca sus porquerizas. Pues ese día las moscas todas se metieron en la cervecería que llevaba el nombre de Nuestra Redención. Hurgaban las malditas en los agujeros de la nariz, lamían la sal de los lacrimales, zumbaban como ataruagadas locas por ese aire candente. Fue cuando Pascualito brindó por última vez con nosotros. Dicen que el que comenzó con todo fue el compadre Treviño, pero la cosa fue que uno derramó primero su tarro sobre la cabeza de otro, que ya se adormilaba arrullando por la canícula, y éste respondió igual. Y luego, a risotadas, el otro al uno y así todos bañándose por dentro y por fuera con aquella cerveza a litros. Las moscas no perdieron la oportunidad y por millares comenzaron a libar la espuma derramada. Al ratito ya andaban más beodas que yo. Se pusieron como locas. Volaban allí dentro metiendo una zumbazón de miedo, y los compadres revolcándose asustados y escupiendo puñados negros que entraban en sus bocas nomás pedir auxilio. Entonces, quién sabe por qué... será que ya se habrían hartado de tanto calor, las moscas se aferraron en todas las paredes y puertas de la cervecería, y a la voz de ¡zzzzzuumbaquezumba!, recomenzaron el aleteo por millones, hasta que la casa empezó a desclavarse. A empujones y gritos salimos corriendo los parroquianos de Nuestra Redención, más espantados que borrachos, porque aquel titipuchal de moscas ya se llevaba la cervecería por los aires. Y mirábamos como estúpidos la casita balancearse por las nubes, igual que un globo de humo enfilado rumbo al carajo, cuando el compadre Treviño hizo la pregunta: "Y digo, ¿sacaron a don Pascualito de los excusados?" Y no, nadie supo responder.

Ángel Roy miró con benevolencia a esa mujer sin casa. Meneó la cabeza en silencio. El whisky comenzaba a jugarle travesuras. Acarició el pulido trombón y quiso recordar que él era un hombre feliz.

—Habrá sido el calor —volvió a comentar.

Se incorporó del piso, recuperó el equilibrio con un quiebre de rodillas. Deambularía por la noche al amparo de la luna terciada, y mientras adivinaba el contorno de las casas que amparaban su desplazamiento, musitó:

—Habrá sido el calor… —porque, definitivamente, aquellos labios habían perdido ya las frambuesas.

DOÑA OTILIA RECUERDA

La línea del sol hirió refulgente los párpados de Ángel Roy. Sin despertar aún del todo, quiso mirar el mundo, saber en qué sitio se encontraba, pero aquel pestañeo fue como ingresar en una atmósfera toda de yeso y plata. No logró ver nada, seguramente seguía soñando porque el resplandor aquél lastimaba sus pupilas impidiéndole evadirse de la pesadilla. Entonces el piloto de la Aero Navigation Limited rodó junto al muro, se agitó para sacudirse de aquellos alfileres de luz, y por fin logró retornar al mundo de las sombras y los murmullos.

Al reconocer su trombón de varas supo que estaba despierto, aunque no necesariamente vivo. Irguió la cabeza y se descubrió a mitad del mercado de la ciudad, los vendedores pregonando en maya, ofreciendo manojos de rábanos y pollos atados por las patas. Aquellos toldillos multicolores a pleno sol, semejaban flores geométricas sembradas ahí quién sabe por quién, para qué y a qué horas.

Apenas ubicarse, Roy se permitió una sonrisa. Recordaba que era un hombre feliz con el hígado pisoteado.

—Éstas son… las mañanitas, que cantaba —recitó, con beatífica lisura, pues su búsqueda había concluido. Eran los últimos días de otoño y lo único importante, además de su reencuentro con aquella mujer de perfil que besaba gatos blancos, era que James Doolittie había sobrevolado el territorio norteamericano, de Pablo Beach, en Florida, hasta San Diego, California, en poco menos de un día; pero con cinco escalas.

—…a las muchachas bonitas, se las cantamos así.

A pesar de las veinte onzas de Johnnie Walker en la sangre, el desvelo y el blando recuerdo de la bruja que relataba cuentos mágicos, Ángel Roy tenía apetito. No deambuló mucho entre aquellos puestos atendidos por mujeres que parloteaban divertidas a su paso, pues muy pronto se detuvo ante un hombre de cabeza cuadrada que resguardaba sus viandas dentro de un canastón. Roy preguntó qué era aquello y pidió una ración.

—Cochinita pibil —dijo el hombre al prepararle tres tacos, y cuando Roy tuvo acceso al primer bocado... el achiote, la cebolla morada, el lechón adobado y las tortillas marinadas en salsa de chile habanero, lo transportaron a otro ámbito.

Cuando Roy miró sus pies, no se sorprendió demasiado al verlos flotar una cuarta por encima del piso. Aquello era lo más delicioso del mundo, no cabía la duda, y volvió a suponerse como un hombre feliz.

No lejos de ahí, en otro puestecillo amparado por un toldo violeta, un grupo de hombres bebían agua de jamaica. Roy pidió un primer vaso, y cuando mitigaba su complicada sed, alcanzó a escuchar la discusión que mantenía aquel trío:

—...pues con el solo apoyo del Partido Cooperativista no llegarían muy lejos, y de los votos pasaron a las armas. ¿Cómo ves?

—Mira, hermano: lo dice el periódico —el otro mostraba una primera plana demasiado estrujada—: "Arde el Sureste, la rebelión del general De la Huerta se extiende desde Veracruz". Ahora sí va a llegarnos la revolución al Mayab, bosh.

—No, pues si revolución tenemos ya con este *Yaax Ich*. Lo que tendremos —anunciaba el tercero— es la guerra, mi niño... ¿Tú crees que ese Huerta avance hasta Yucatán?

—Primero tiene que derrotar a los tigres de Sonora, Plutarco Elías y el manco de una mano...

—Y eso va a estar más que difícil —completó el otro—, porque esos disparan balas y oro.

—¡Quién dice avanzar desde Veracruz, bosh! —replicaba el primero al agitar el periódico sobre su cabeza—. Aquí el peligro es el general Casanova, que ayer empujó a Tomás Garrido al mar... Y si viene la guerra, ¿para dónde corremos, bosh?

—Sí, mi niño; para dónde...

Ángel Roy pidió un segundo vaso de agua de jamaica. Sentía los ojos como esferas de vidrio esmerilado, la picazón por el desvelo, y pensó en los doscientos kilos de dinamita que abandonó al despegar de suelo tabasqueño. "El general Casanova", se repitió, pero recordó entonces que él era un hombre feliz, y empuñando su trombón abandonó aquel sitio en busca de reposo.

Nomás depositarse en la hamaca, Ángel Roy volvió a experimentar aquella sensación de cálida ingravidez. Un ronroneo ascendente, interior, se iba apoderando de sus músculos. Miró el enorme laurel que sombreaba el patio de la pensión, y entonces lo asaltó el recuerdo de Mary Riff en la playa de Progreso. La muchacha vestida de novia se adentraba en las aguas someras, como de cuarzo líquido, y después bailoteaba a locas.

—Así lo único que va a encontrar va a ser el vicio —dijo una voz.

Roy irguió la cabeza. Descubrió a doña Otilia quien, sentada en una silla junto a su hamaca, ya le ofrecía una taza de atole.

—Todavía está en edad de no torcerse, muchacho cornetista —insistía ella—. Que eso de buscarse una gringa; para qué... ¿No ha visto las linduras de niñas que salen a lucir por el Paseo Montejo?

Roy se cubrió el rostro con un antebrazo. El aroma vaporoso de aquel caldo de maíz azucarado le repugnaba.

—Ándele, muchacho. Mate su cruda con este atole.

Al probar aquello, Roy sintió que su esófago protestaba. Hizo descansar el tazón sobre su pecho. La pesadez de los párpados le permitía mirar, por momentos, el rostro de la mujer todo regaño de abuela.

—Ya la encontré —dijo él, por fin.

—¿A la gringa? —exclamó doña Otilia—. Con razón me lo dejó como me lo dejó.

La mujer escurrió una mirada por el cuerpo del piloto. Tendido en la hamaca, le recordaba la figura del Cristo yacente en la parroquia de Telchac.

"¿Para qué explicarle nada?", pensó Roy al depositar el tazón caliente sobre el embaldosado. "Soy un hombre feliz", estuvo a punto de anunciar, pero en lugar de ello sintió que la garganta se le apretaba.

—Le dicen la Peregrina —comentó al llevarse nuevamente el antebrazo al rostro. Sería que sus ojos permanecían aún colmados de arena desvelada.

Doña Otilia guardó silencio. Había percibido un tono distinto en las palabras del tejano. Buscó las agujas de su tejido pero se percató de que lo único que había cargado era ese tazón de atole entibiándose bajo la hamaca. Suspiró y sacándose una sonrisa necesaria, comentó:

—Mi Otorino también cambió mucho.

—Su quién —Roy apenas levantó el codo para dispensarle un vistazo.

La sonrisa de la posadera se desdibujó. Alzó la vista y pareció hurgar en la fronda del laurel a medio patio:

—Antes de treparse, también comenzó a cambiar. Se puso raro.

El piloto de la Aero Navigation aceptó, por fin, que la felicidad era apenas una palabra. Miró con atención a la mujer, quien ya refería entre suspiros:

—…Cada vez atendía menos la botica. Dejaba puesto un letrero para disculpar sus ausencias. "Salí a pensar"; eso decía el anuncio. Y comenzó a comprar pájaros en el mercado. Todo el patio se fue llenando de jaulas: cenzontles, pericos, calandrias… Era una chifladera del demonio este corredor. Luego, un buen día, abrió todas las jaulas de sus pájaros. Fue cuando comenzó a decir: "Nos falta el aire, nos falta el aire…". A todas horas, y nadie lo sacaba de eso… "Nos falta el aire". Ya para entonces había días en que ni siquiera se paraba en la botica. Metido en su tapanco, la pasaba todo el día leyendo revistas de pájaros y palomas. Un domingo, me acuerdo muy bien, me dijo lleno de cólera: "¡Maldita astronomía!… ¿Sabías que en el hemisferio austral no existen las migraciones de invierno? ¿Y sabes por qué? ¡Porque los pájaros de allá no tienen estrella del norte, como nosotros!" "Nooo", me dije, "éste ya se chifló". Fue cuando algunos comenzaron a llamarlo de otro modo: Locotorino. Al único pajarraco que conservó en su jaula fue a Zósimo, el perico aquél, y que está igual de chiflado que mi pobre marido.. Ya no comía nada; nada que no fueran semillas y bananos. Yo le decía "Otorino, ¿me acompañas a la plaza?", digo, para que se distrajera y dejara sus locuras en el tapanco. Y él, en vez de responder cualquier cosa, me chiflaba. Comenzó a silbar a todas horas y para todo. Así que un buen día voy a su taller, y le encuentro una jaula de loro... ¡pero del tamaño de un dosel! ¡Ahí era que se metía el muy pendejo! ¿Se imagina? ¡Todo el día refundido en una jaula, comiendo alpiste y nueces, para que en las noches yo no tuviera más que aleteos sobresaltados bajo la sábana! Me puse como energúmena. La indignación me llevó a destruirle su jaula a machetazos. Después, esa tarde, Otorino llegó hasta donde yo preparaba la merienda. Me dijo entonces: "Hiciste bien, mujer; esto ya era un exceso". Volvió a despachar en la botica, y hasta una noche me buscó el cuerpo... Yo dije: "Gracias a Dios, ya se alivió". Pero qué esperanzas. Volvió a su chifladura. Se puso triste, enteco, taciturno. Miraba como alelado las siete ramas del laurel, y así, una mañana luego de desayunar sus nueces con amaranto, va hasta el mostrador de la botica donde por necesidad ya despachaba yo, y me dice todo circunspección: "Otilia, voy a soñar; luego regreso". Y fue cuando se trepó al árbol donde... ¡Mírelo al cabrón!, se la pasa chiflando todo el día, desentendiéndose de todo. Como si la vida... Joven —doña Otilia meneó dos veces la tensa cuerda de la hamaca, pero Ángel Roy dormía con la beatitud de un niño de brazos.

AGUAS DEL DESEO

Abrió los ojos y se regocijó con la desnudez de Mary. El cuerpo femenino será siempre el mejor bálsamo para las fatigas del hombre, pensó al besarle un hombro. Ella apenas si movió el cuello.

Adormilada, Mary Riff era de nueva cuenta ella misma y sus besos aframbuesados. Ángel Roy sonrió divertido. Su presencia furtiva en aquel cuarto de hotel, el ronroneo de la muchacha de

Tennessee cuando le acariciaba la cintura, el perfume animal de su cabellera y, sobre todo, la sorpresiva virginidad; eran todo un cuadro jubiloso que Roy jamás olvidaría. Se vive para guardar tres recuerdos en la vida, y ése era el segundo de Ángel Colombo.

—¿Por qué huiste de Port Aransas? —Roy no hubiera querido hacer la pregunta, pero si había sobrevivido a la Gran Guerra, no tenía por qué temer a las palabras.

Le besó la nuca, un rizo allí alojado como signo de interrogación; volvió a sonreír en la penumbra del cuarto.

—Ángel —dijo ella—. Ángel mío.

Roy suspiró. Entrelazó las manos bajo la nuca. Volvió a experimentar una sensación de absoluta plenitud, igual que la estridencia helada del vuelo a veinte mil pies, cuando lo único real es la presión de la sangre y los ensueños.

—Pensé que jamás te volvería a mirar —dijo ella en inglés—. Algo me hizo temer que te perdería en la guerra… Perdóname, ángel desnudo.

Roy giró el tórax, descansó un brazo en las clavículas de Mary, le besó la punta de la nariz.

—Muchacha tonta —musitó, y volvió a descansar sobre la almohada.

—Ángel… estoy confusa —se mordió una uña—. Tengo miedo.

—A mi lado no temas nada, muchacha traviesa.

—Vivo huyendo del miedo. Ángel mío —insistió ella al arrastrarse hasta quedar tendida sobre el cuerpo del piloto. Apoyó sus codos en los hombros del tejano, a sabiendas de que aquello lastimaba—. Ése es mi problema.

—Todavía recuerdo la tarde en que fui a tu escuela en Port Aransas. Te sorprendería con un ramo de claveles, que nadie guardó en ningún florero. Cuando vi que tu nombre ya no estaba en la lista de profesores, sentí que me hundía en los pantanos del Mississippi.

Mary Riff se dejó besar la barbilla.

—No queda más que aceptar el desafío… digo, contra el miedo. Creer que la libertad está con una misma y a pesar de la soledad… No sé si me entiendas —Mary impidió que aquel beso se apoderara de su cuello—. Por eso decidí venir a México; pensé que su gente nos necesitaba.

Roy no contestó nada. Aquello era seguramente un sueño meloso. Suspiró con ceño resignado, acarició una de aquellas tetas, como pan de canela.

—Me daba miedo pensar en ti, después de que partiste para el frente europeo. Yo tenía diecinueve años, señor piloto. Usted iba a morir en la guerra y yo no estaba dispuesta a llorar como viuda adolescente por un novio destripado por las bayonetas alemanas.

Mary guardó silencio. Aquellas caricias la confortaban. Miró a Roy bajos sus codos, un fantasma inesperado.

—Ángel —dijo para no despertar de aquel sueño regalado—. Ángel mío.

Roy le besó los omóplatos, hundió el rostro en aquella melena perfumada. Volvió a sonreír, igual que un niño ladrón.

—Te seguí los pasos como un sabueso con hambre. Parecíamos bobos jugando al gato y el ratón.

Mary guardó silencio. Miró a Roy con ternura:

—Me amas, ¿verdad ángel loco? —murmuró.

Roy no respondió. Se deslizó en la sábana y abandonó la cama rumbo al recibidor del cuarto. Regresó a saltos, un minuto después, cubriéndose las vergüenzas con una caja aplanada.

—Un regalo para usted, señorita escurridiza —anunció al entregársela.

La muchacha abrió el paquete, se encontró con tres finos pañuelos de encaje.

—Hacen juego con mi vestido de novia —comentó ella, y se vio orillada a explicar:

—Sigo soltera, señor piloto. No se preocupe usted.

—No me preocupo —Roy volvió a besarle un hombro—. Un vestido de novia es vanidad mayúscula.

—El miedo me hizo comprarlo. No quería morir como mi madre, que nunca tuvo un vestido de novia ni celebró jamás boda alguna. Cuando agonizaba, me acuerdo, comenzó a delirar. Decía, hablando con su hermana muerta: "Quién me regalará un vestido de novia, Helga querida... ¿Quién me lo regalará?" Tuvo cuatro hijos pero nunca un vestido de novia —Mary extendió en silencio uno de aquellos pañuelos todavía almidonados.

—Muchacha loca —musitó Roy.

—Quedó hecho una ruina luego del baño en el mar. Ya no servirá para maldita la boda: encogió y se manchó como toldo de carnicería.

—A nadie se le ocurre bañarse en la playa vestida de novia.

Mary bajó la vista. Alzó la sábana hasta cubrirse los hombros. Se volvió hacia la ventana, las cortinas de manta y detrás la noche. Pagaba tres pesos diarios por el hospedaje en el hotel Montejo, pero el gobierno yucateco había decidido cubrir aquel gasto.

—Debes conocer a Felipe, Roy. El gobernador Carrillo Puerto es un santo.

—…un santo —repitió Roy.

Mary tardó en explicar:

—Algunos periodistas lo llaman el "Espartaco del Mayab". Su mirada, Ángel. Su mirada es la de un santo.

—Y tú, su santo secretario —comentó el piloto, arrepintiéndose de sus palabras.

—Me ha contratado como traductora —Mary no quiso interpretar el comentario—. Se viven ahora días muy difíciles, Roy. Con la asonada de De la Huerta, quién sabe qué vaya a ocurrir.

—Ganarán los fuertes —completó Roy.

—Por eso debemos permanecer a su lado, Ángel —Mary olvidó por un instante su desnudez—. Lo que ahora le preocupa no es cómo enfrentar al ejército del general Casanova, que está acantonado en Campeche; sino sacar adelante al partido, en el Congreso de Tizimín…

—El Congreso de Tizimín —repitió Roy al soltar aquel cuerpo añorado por años.

La muchacha abandonó la cama, hurgó en uno de los cajones del ropero. Volvió saltando y expuso ante los ojos de Roy un recorte periodístico. El piloto alcanzó a leer el encabezado en inglés:

Un nuevo accidente de aviación, que costó la vida del teniente Ángel C. Roy, ha mermado significativamente la flotilla de la empresa…

—Leí eso en Veracruz —comentó Mary con singular flema—. Entonces amé a un muerto en esta cama —añadió al adelantar su cuerpo hacia Roy.

—Nadie rezará por mí, muchacha —dijo él, apoderándose de aquellas caderas endurecidas por el frescor de la madrugada.

Roy la abrazó con fuerza, y alzándola entre sus brazos bailoteó por el cuarto como niño en su noveno cumpleaños. Se dejó caer por fin en la revuelta cama. Besó aquellos hombros perfumados.

La muchacha comenzó a ronronear felinamente. Quiso ser poseída; abandonarse en las aguas del deseo.

EL CONGRESO DE TIZIMÍN

Lo había presentado como "un viejo amigo que anda de aventuras por el país". Sí, *que anda de aventuras*.

Ángel Roy no se llamó a engaño. En la mirada radiante de Carrillo Puerto identificó la nobleza de un hombre generoso.

—De modo que usted vuela —había comentado el gobernador socialista, la gallardía en sus tranquilos ojos verdes—. La señorita Riff habla maravillas de usted.

—Es un piloto extraordinario, *Yaax Ich* —interrumpió Mary con cierta ansiedad—. Es un héroe de la Gran Guerra.

—La Gran Guerra —repitió Roy dibujando su amplia sonrisa—. Maté una docena de borregas alemanas. Sí; como el lobo, debo ser un héroe.

Carrillo Puerto inclinó su cabeza de pájaro curioso. Miró a Mary; después, de nueva cuenta, a Roy.

—Cuando usted mataba a esos animales —dijo con tono añorante—, nosotros nos cuidábamos de las balas carrancistas. Mi general Zapata murió también como borrego.

Ángel Roy intentaba comprender la situación. Las golondrinas arribando al continente parecían invadir por millones aquel recinto adornado con brillantes helechos… pero no. La playa de Corpus Christi estaba en la otra orilla del Golfo, cuatro mil noches atrás.

—¿No es una lindura mi amiga? —preguntó sin buscar respuesta, pero la mirada de ella permanecía huidiza, abochornada ¿*Yaax Ich?*, qué significaba eso.

Carrillo Puerto llamó a su secretario. Le entregó un cartapacio que desbordaba documentos. Buscó pelusas en la solapa del saco.

—Yo soy un hombre de tierra —comentó—. "De la tierra del faisán y del venado", decimos aquí… Volar debe ser una experiencia formidable —añadió con cierta melancolía, sabedor de que esas frases eran pompas de jabón.

—El *Houston Monitor* publicó que había muerto en un accidente —insistió Mary luego de un lapso de hostil silencio. Miró el brazo del piloto, titubeó, pero no se prendió a él—. Sin embargo fue un error…

—No. No fue un error —la sonrisa de Roy ascendía entre las nubes—. Soy un hombre muerto.

El gobernador yucateco lanzó una mirada hacia el portón del edificio, detrás del cual los automóviles de la escolta ya aceleraban:

—Ustedes vieron esos papeles que se llevó Tomás Bolio, ¿verdad? —Carrillo Puerto manipulaba su sombrero de jipi—. Ahí va nuestro pequeño asalto al Palacio de Invierno —la situación era incómoda pero tolerable—. Es el decreto 420, con el que comenzaremos a expropiar las haciendas abandonadas, que entregaremos a las ligas de campesinos. Ya verán, la van a bautizar como "la ley del despojo"… ¿Nos vamos?

El Congreso de Tizimín fue inaugurado al mediodía. Apenas depositarse en la silla de tijera, Ángel Roy enjugó el sudor que escurría por su cuello. El convoy había recorrido durante horas aquel camino de polvo y traqueteos, que el chofer nombraba como *sacboeb:* "camino blanco de los mayas".

Roy lanzó un vistazo a su izquierda y se alegró al contemplar el perfil de la muchacha de Tennessee. Mary Riff no era, de ningún modo, una mujer de esplendente hermosura. Su nariz casi recta resultaba demasiado voluminosa; sus labios eran pálidos y delgados… pero sus ojos azulgris eran de una arrobante dulzura.

Luego miró hacia la tribuna, donde el gobernador y otros dirigentes del Partido Socialista del Sureste ocupaban ya la extendida mesa cubierta con manteles bordados con machetes y estrellas rojas.

—Parece un hombre honrado —dijo.

Mary Riff tardó en contestar.

—Un hombre honrado… ¿quién?

—Él.

Miles de indios mayas, delegados regionales de toda la península, ancianos y mujeres concurrentes desde las selvas chicleras de Bacalar, pescadores de la Isla del Carmen, cortadores de henequén de Motul, eran los reunidos en aquel mitin a la sombra de varios toldos imbricados.

Un orador, que alguien presentó como el profesor Peniche, pronunció el discurso inaugural. Por medio de un magnavoz apoyado sobre la boca, hablaba un minuto en castellano y luego un traductor repetía sus palabras en maya durante casi tres. Mencionaba que "la organización cuenta ya con setenta mil militantes a todo lo largo del Mayab", y más adelante, que "estaba por discutirse la incorporación, o no, del Partido a la Tercera Internacional Comunista". Fue cuando Ángel Roy estuvo a punto de caer de la silla. El calor y las horas de ruta le provocaban frecuentes bostezos.

De pronto tuvo una corazonada; se volvió a su izquierda pero sí, ahí seguía la muchacha de perfil, atenta al discurso del profesor Peniche, quien ya peroraba:

"…no por nada nuestras credenciales de las Ligas de Resistencia de Obreros y Campesinos tienen inscrito el decálogo que nos liberará del yugo de la Casta Divina. Recordemos, antes que nada, los mandamientos de nuestro código socialista: primero, la defensa y emancipación de los trabajadores es obra de ellos mismos. Segundo, la tierra es la madre y el trabajo es el padre de la humanidad. Tercero, si cobras el precio de tu trabajo, haz trabajo bueno…".

Ángel Roy estiró las piernas, se cruzó de brazos, inclinó el cuerpo hacia Mary y murmuró sin mirarla:

—El *canario* nos espera.

Mary Riff pareció no haber escuchado nada. Permanecía atenta al profesor Peniche, quien ya insistía, luego del turno en maya:

"Los compañeros que ya sepan leer y escribir, deberán integrarse en el Comité de Desal… de Desalbati… de Desanalfabetización, sí, teniendo como principal norma la siguiente: no hay que conformarse con llevar los trabajadores a la escuela, sino que hay que llevar la escuela a los obreros…".

—California es una tierra de oportunidades. En tres o cuatro escalas, con el Bristol Scout, podremos llegar hasta San…

—Luego, Roy. Luego hablamos de eso.

Mary Riff sostuvo sus ojos en la soñolienta mirada de Roy. Sus ojos como relámpagos sinceros.

—Luego —insistió.

—Luego es cuándo —Roy miraba nuevamente la tribuna. Aquella gente que por miles callaba para escuchar en su propia lengua lo que esa bocina de baquelita arrojaba al viento.

—Ángel mío —dijo ella con voz trémula—. Estoy confundida. Tú no…

—¡Don Pil! ¡Don Pil!

El profesor Peniche interrumpió su discurso. Muchos de los asistentes se pusieron de pie, sorprendidos, para poder observar al indio jadeante que irrumpía corriendo en el mitin. Saltando entre rodillas y bultos, aquel muchacho alcanzaba la tribuna para anunciar, agitando en la mano la banderita amarilla del telegrama:

—¡Don Pil!… ¡Coronel Casanova… cuatro mil soldados! ¡Ya vienen! ¡Ya vienen, don Pil!

Al escuchar aquel nombre, los mayas ahí presentes no esperaron la traducción para transitar del estupor al sobresalto.

—¡Rifles, don Pil! —gritó otro, muy cerca de Roy.

La asonada delahuertista ingresaba, finalmente, en territorio del Mayab.

LA VIDA NO ACEPTA PREGUNTAS

La gente deambulaba por la ciudad con el semblante taciturno: Mérida bajo la canícula del naciente invierno semejaba una galería de hormigas asustadas. El Congreso de Tizimín se había interrumpido, el transporte público se había interrumpido, el sol mismo parecía interrumpido en la línea del horizonte… Un sol más que anaranjado, circularmente perfecto, detenido sobre la espinosa llanura del Mayab.

Ángel Colombo Roy ingresó en la posada Poc-Nah con el rostro bañado en sudor. Sus sospechas resultaban ciertas: se había trasladado hasta el campo de beisbol donde su biplano permanecía anclado. Ahí midió la recta más larga: la que unía los extremos del cono de fildeo, pero aquella línea del *outfield* resultaba insuficiente para un despegue normal. Con cincuenta metros más valdría la pena el intento, pero aquel terreno sembrado de arbustos, desniveles y espigadas yucas de henequén, auguraba una muy probable colisión. El Bristol Scout apenas habría alzado el trineo de la cauda cuando aquel muro de yucas y huizaches le provocaría un raudo tropezón. Ese tipo de volteretas, el timón aplastado contra el suelo, concluían normalmente con el cuello quebrado del tripulante.

—Yo se lo aseguro, con ciento cincuenta caballos de vapor, no dudaría en intentar el despegue —comentaba Roy con doña Otilia en el portal de la casona—. Pero en ese tramo los noventa caballos del motor no levantan al Bristol ni de relajo.

La posadera le ofreció la confortable curvatura de la hamaca. Su inquilino se presentaba, a todas luces, como un hombre con serias tribulaciones porque, apenas tenderse entre las columnas del patio, volvió a insistir:

—Fui un estúpido… ¿Cómo se me ocurrió aterrizar en una trampa semejante? Abrir un tramo añadido de pista no tarda menos de cuatro días, y para eso necesitaría una cuadrilla de peones. Y en cuatro días la guerra ya habrá llegado aquí.

—O en cuatro horas, ¿verdad?

—Cuatro horas —repitió Roy, percatándose de que la tarde perdía sus últimas sombras.

—Desde ayer la estoy olisqueando —dijo la mujer al sentarse en el largo peldaño de la veranda.

—Está usted oliendo qué —inquirió Roy al llevarse un antebrazo sobre el rostro.

—La muerte —precisó ella—. Igual me pasó hace veinte años, cuando la guerra de los mayas…

El inquilino que llegó de Tejas se frotó perezosamente un lacrimal.

—Es como las tormentas —insistió doña Otilia descansando una mano en la cuerda de la hamaca—; este bochorno que es oprobio, la absoluta escampada que las precede. Ya viene la sangre fácil.

El piloto Roy no quería pensar en su esperanza averiada. Dos encuentros, después de cinco años de ausencia, eran apenas una breve develación de futuro. Suspiró en silencio. Recordó a Kate Skipper, su agonía silente y nocturna a bordo del Bristol.

—Mi problema es sacar al avión de ese maldito campo de beisbol. Me falta potencia para el despegue —hizo un ademán deslizante con la mano.

Diciendo esto, Ángel Roy descubrió dos ojos que lo vigilaban en el penumbroso follaje del laurel. Pensó que aquel primate era un hombre sabio. Trepado en el árbol, Otorino estaría ausente de ambiciones, celos y asonadas. Con alpiste y miel podría ser feliz hasta la mañana en que amaneciera tieso a medio patio, como pajarito sorprendido por una pedrada.

—¡Ey, cabrón! Baja ya y ven a cuidar a tu mujer —lo regañó Roy formando con las manos una bocina, pero doña Otilia refunfuñó como quien espanta mosquitos:

—Déjelo. No nos entiende. Mi marido se volvió un pájaro vicioso.

El hombre en la fronda del laurel era apenas una oscura silueta. Se balanceaba en una rama con ritmo pendular. Miraba a Roy con el semblante curioso de un mandril.

—A ratos me dan ganas de acompañarlo, doña Otilia. Allá arriba lo hay todo, menos…

—Usted está enamorado, ¿verdad señor?

Roy prefirió no responder. Miró a doña Otilia descansando a un lado de la hamaca.

—Además; cómo sacar al biplano de esa trampa. No queda más remedio que tumbar la maleza y apisonar el terreno para añadirle cincuenta metros de pista.

—Ustedes son los que inventan todas las calamidades… bicicletas que vuelan como las mariposas, victrolas con orquestas metidas en una tortilla de alquitrán: puras necedades.

—¿Nosotros?

—Sí, señor de Tejas. Ustedes los hombres.

El piloto sonrió. No quiso recordar a Mary cuando lo despidió apenas el convoy de automóviles reingresó a Mérida levantando nubes de polvo, ese mediodía: "Vete, Roy. Tengo que acompañar a Felipe al palacio de gobierno. Ha convocado a reunión de emergencia con los dirigentes de las Ligas de Resistencia… Después nos veremos".

—Y el suyo, señora; ¿no lo extraña?

—Será que olvidó el reloj —la mujer permanecía abstraída, entregándose a la creciente oscuridad del patio. Un par de cucarachas enormes avanzó tropezando entre la basura caída del árbol—… porque su tiempo es otro. Yo no sé qué aire le faltaba cuando comenzó con aquello. Tampoco imagino lo que soñará allá trepado, porque eso fue lo que dijo cuando me dejó con la carga de la botica. "Voy a soñar…". ¿Qué pensará de nosotros allá subido? ¿Habrá alguien que entienda sus chifladuras?, porque hay tardes que se las pasa a chifle y chifle, igual que un cenzontle al amanecer. ¿Y sus vicios?… Porque luego el Otorino se envició allá arriba… No, no por las cagarrutas que nos hace llover desde su horqueta, sino porque un buen día untó su cosa con miel y estuvo toda la tarde convidándoselo a las mariposas que llegaban a lamerlo. Tuve que correr a Magdalena la cocinera, porque se quedaba como lela mirando a mi Otorino jalándose el pellejo. Toda la mañana, toda la tarde a jale y jale; como si no hubiera otras formas de gastar el tiempo. Será por eso que una noche se cayó el muy tarugo. Yo pensé "ya azotó un mameyazo", pero cual, niño. Se quebró un brazo mi Otorino, y a como pudo volvió a trepar a su domicilio de siete ramas. Allá se curó solito… Por eso le quedó el brazo medio chueco, pero de ahí no bajará el muy…

Doña Otilia suspiró dos veces. A duras penas conservaba el decoro. Seguía mirando las sombras ominosas del patio, el avance de una noche toda desasosiego. En la distancia el perico Zósimo gritó para arrullarse: "¡Viva el mole de guajolote!"

—…yo sólo quiero pensar que olvidó el reloj en su cajón del ropero. No haga esas preguntas, niño, porque quién sabe quién tendrá la razón —insistió la posadera al ponerse en pie—. Él o nosotros, y quién es quién para decir que mi Otorino es o no feliz, niño de Tejas. La vida no acepta preguntas. Abre puertas, solamente.

LA VOZ DE LAS ESTRELLAS

"Huir". La palabra no duró mucho en su mente.

—Eso no. De ninguna manera.

—Pero, señor gobernador; lo que ellos derechamente quieren es la cabeza de usted: no podrían degollar al pueblo maya todo —insistió el delegado de Tixkokob.

—Esta misma noche zarpa usted con el gabinete. En Nueva Orleáns o La Habana se reorganizará la defensa. Aquí resistimos con las ligas del partido.

—No —enfatizó Carrillo Puerto—. Eso sería huir, y sólo huyen los cobardes.

Recordó entonces la tarde en que su pistola fue más rápida en el mercado de Mérida. Néstor Arjonilla, su enemigo político, había quedado ahí tendido, pero el joven periodista de 1913 fue enviado a prisión, donde tuvo acceso a lecturas impresas en Barcelona. Sí, un año después había "huido" en la sentina de un barco inglés hasta Nueva Orleáns. Pero de eso habían pasado diez años y ahora ejercía como el primer gobernador socialista salido de esa revolución de confuso perfil: los caudillos del norte querían orden productivo y los del sur justicia distributiva.

—Lo mejor será organizar de una vez la resistencia. Debemos, además, concluir el Congreso de Tizimín; el partido no puede navegar sin fijar su rumbo.

El gobernador miró a los veinte delegados que lo acompañaban, miró al general Hermenegildo Ricárdez, su jefe militar. Miró por unos segundos el rostro asustado de la muchacha de Tennessee.

—Lo que sea, pero pronto… No me gustaría que nuestra dulce invitada perdiera el sueño.

Mary Riff desvió la mirada. El rubor asaltaba su rostro. No supo qué hacer con las manos.

—La Peregrina podría acompañarlo a Miami, señor gobernador. Dentro de tres horas zarpa un barco en Progreso.

Carrillo Puerto pareció no escuchar al delegado de Umán. Volteó hacia el general Ricárdez y preguntó sin más:

—¿Cuántas armas tenemos?

El oficial tardó en responder, luego del recuento mental:

—Cuatro… no. Tres mil. Como tres mil trescientos fusiles. Quinientas pistolas; poco menos.

—¿Y efectivos?

—Dos mil cuatrocientos de infantería, ochocientos de caballería, y en la gendarmería municipal…

—¿Y la gente?

—…unos cien policías; más los delegados de las ligas.

—¿Y la gente?

Carrillo Puerto hizo un gesto que silenció a su jefe militar. Miró a Fermín Ku, el viejo delegado de Izamal, quien volvió a insistir:

—¿Y la gente, don Pil? Digo, qué hacemos con la gente. Son miles, y su sangre a tu disposición.

—A disposición del partido, Felipe —aclaró el de Tixkokob. El general Ricárdez miraba hacia el piso, las puntas lustrosas de su par de botas.

—¿Cuál es la posición del general Casanova? ¿Asaltó por fin el cuartel de Champotón? —preguntó Carrillo Puerto mientras buscaba los ojos de su traductora, pero estaban ausentes.

Una de las botas retrocedió en las duelas de caoba.

—Deben estar en la llanura de Bolonchén; no sabemos si hayan avanzado. La comandancia de Campeche reporta que tras el asalto a San Juan Villahermosa marcharon hacia el oriente por los pantanos del Usumacinta. Se internaron en la selva.

—Entonces están avanzando —interrumpió Carrillo Puerto.

—Sí. Así es, señor gobernador —el oficial apretó su gorra caqui bajo el brazo.

—En la guerra avanzar es conquistar.

—Sí; deben estar avanzando por la selva —reconoció el jefe militar—, aunque el general Casanova no es gente de esta tierra. Combatió con Salvador Alvarado en Sonora; la mitad de sus hombres son yaquis, gente del desierto. Los podemos acorralar antes de que ocupen Caikiní. Pero ya, señor gobernador.

—¿Cuántos hombres necesita, pues?

—Todos, señor gobernador.

—Dos mil.

—Tres mil, señor gobernador. Casanova trae un poco más.

—Dos mil quinientos.

—No, señor gobernador. Tres mil por lo menos… y los mejores tiradores del cuerpo de policía.

—¿Y la gente? —insistió Fermín Ku, pero el gobernador miraba hacia la puerta que daba al corredor alto, más allá del rumor nervioso que llenaba el salón.

—Está bien, general Ricárdez: lleve usted tres mil efectivos con sus fusiles para detener a Casanova. Pero que se queden los gendarmes y doscientos hombres, los más viejos, protegiendo la plaza.

Los ojos del gobernador socialista brillaron en la débil luz del recinto. Permanecían clavados, como colibrí libando néctar, en la figura de Mary Riff. La muchacha parecía esperar, con los antebrazos en la balaustrada cuadrangular del corredor, a que una de aquellas estrellas se desprendiera del manto nocturno y entre sus manos le ofreciera una respuesta luminosa.

Las mujeres se habían adueñado de la ciudad. Presurosas, desde temprano marchaban cargando víveres, cubos de agua, bultos de ropa. Temerosas de la leva y la viudez, mantenían encerrados a sus hombres en casa. La sombra de la guerra se extendía por todos los resquicios de Mérida.

Tumbar la maleza y extender aquellos cincuenta metros diagonales de pista en el *outfield* del campo de béisbol, comenzaba a presentarse como tarea imposible. Finalmente dos peones habían aceptado chapear el terreno y apisonarlo, pero nunca se presentaron a trabajar. Roy pidió un segundo café con leche en el restaurante del hotel Montejo. Miró una vez más el reloj del salón. Las mujeres son impuntuales porque existen los espejos. Intempestivamente dejó la mesa para trasladarse a la recepción del hotel. Ahí preguntó por Mary.

—No está ella —le informó el encargado del mostrador.

La cita había sido por vía telefónica; la primera vez que Roy hablaba con ella por medio de ese aparato de vana intimidad. Mary se había mostrado renuente al encuentro, nerviosa, "no es momento para pensar en nosotros", dijo al terminar la conversación.

—¿A qué horas salió? —insistió Roy bajo la brisa del abanico de aspas.

—Eso no lo sé. Mi turno comenzó a las siete… y como están las cosas, en cualquier momento le echamos candado al portón.

El piloto Roy volvió a su café con leche en el restaurante. Sentía la necesidad de un whisky doble con hielo cuando reconoció la silueta de la mujer que lo esperaba sentada en su mesa.

—Pedí huevos motuleños y papaya rebanada; pero no me quieren atender, grillo nocturno —porque esa mujer, ni qué duda cabía, era la gordísima Aldegunda.

La silla, desbordada por aquellos glúteos como de harina amasada, crujía a ratos. Roy ordenó que le trajeran el desayuno y una segunda silla.

Dos veces más le llevaron papaya rebanada y huevos fritos con jamón, queso rallado, crema y chile chipotle. Luego de aquella descomunal ingestión, Aldegunda dijo:

—Anoche bajó Otorino del árbol.

—¿Anoche? —Ángel Colombo recordó el agitado insomnio en la hamaca. Una noche y una frase: "No es momento para pensar en nosotros".

—Sí, anoche. Me lo dijo María Jazmines cuando yo dormía.

—Ah, un sueño —el piloto de la Aero Navigation se había citado a desayunar con una mujer que era un sueño y ahora conversaba insensateces con una loca de pesadilla—. María Jazmines habla por las noches conmigo —la mujer hipaba por el hartazgo—. Me lo dice todo. Me contó cómo vas a morir en la guerra…

Al escuchar esto, Ángel Roy tuvo un sobresalto.

—…y me dice cómo van a morir todos. Ella supo todas las muertes, menos la suya. Ahora se aburre mucho.

La mujer no paraba de rascarse la enredada cabellera. A su modo recompensaba el favor en la mesa porque, con el paso del tiempo y como a la mayoría de las mujeres, no le quedaban más que palabras.

—Cuando vinieron por ella, qué sorpresa la que tuvimos en Orivajaro. Desde temprano comenzaron a llegar angelitos petacones montados en relucientes triciclos. Por cientos y desde todos los rumbos la invasión de los angelitos fue avanzando hasta concentrarse en nuestra calle. Era muy temprano y el calor apenas apretaba cuando aquellos miles de hermosos angelitos rodeaban ya la casa. "Mamá Jazmines", le dije en su lecho de moribunda, "creo que vienen por usted". Mi pobre madre se levantó con enormes esfuerzos, y asomándose por la única ventana miró a esos querubines olorosos a talco y bandolina. Quiso decirles algo pero le ganó la tos. Avanzó arrastrándose hasta la puerta y nomás empujar aquellos tablones renegridos, gritó con el pedazo de pulmón que aún conservaba "¡Ah, qué jijos de la tiznada! ¡No se saldrán con la suya, cabrones patas güeras!", y los pobres y radiantes querubincitos no tuvieron más remedio que obedecer. Abandonaron Orivajaro con sus caras tristonas y sus triciclos, igual que como llegaron, pedaleándole quién sabe para dónde... Porque fue muchos años después cuando mi madre María Jazmines aceptó por fin su hora. Esa tarde, me acuerdo, dijo mientras revolvía sus yerbajos en la cocina: "Aldegunda; ahora sí me voy donde los petaconcitos caguengues". Y se fue en el tren de las siete para tenerla después ahí, regañándome en los sueños... pero. Oye, grillo nocturno, no te vayas así nomás. Mira, ven. ¿No quieres mirarme siquiera el chocho?

No quedaba más remedio; el whisky le alivianaría aquel desencanto azul. Después de todo, se dijo Ángel Roy, "soy un tejano".

La mayoría de los comercios estaban cerrados. Roy optó por buscar en la zona del mercado. Allí fue donde escuchó a una mujer que exponía su muy particular pronóstico: "Siempre vivimos al borde de la zozobra, señora José. Qué le preocupa la guerra, si lo que sobran son, precisamente, bocas que sostener".

Compraba un par de Cutty Sark. Por fin había hallado a Mary, y él era (debía ser) un hombre feliz.

—Quisiera vivir en el aire —dijo en inglés al muchacho que despachaba en el almacén, pero éste le contestó:

—¡Ha, bosh! De ése no tenemos.

Al salir de la tienda, Ángel Roy sufrió una alucinación. No había descorchado aún aquel limbo de ámbar líquido, cuando ahí, en la contraesquina y a plena luz, deambulaba Neftalí Abed.

El piloto estuvo a punto de soltar las botellas. Como pudo se frotó los párpados, pero no, seguramente estaba demasiado ansioso. Allí no había más que mujeres presurosas cargando costales de maíz.

Llegó a su habitación en la posada Poc-Nah. Se enjuagó la cara sobre la jofaina del aguamanil. Jaló la mesita junto a la hamaca y comenzó a destrabar el corcho.

Fue cuando una voz femenina lo distrajo:

—Ahora está loco dos veces.

Roy se volvió para mirar a la posadera. No tuvo más remedio que disculparse:

—Mi novia se me esconde y tengo entrampado mi aeroplano. Si vienen los tiros, señora, mejor que me agarren borracho.

—Ay, niño de Tejas —doña Otilia meneaba la cabeza con

maternal resignación—. Le estoy contando de mi marido. Anoche Otorino se bajó del árbol.

Ahora Ángel Roy era el que sonreía divertido:

—¿Y dónde está, pues?

—Se fue a la calle cargando los tubos que trabajó en su cuchitril. Menos mal que se metió un pantalón. Dicen que fue al campo de beisbol, donde usted guarda la bicicleta que vuela… Oiga, ¡espere! No me lo vaya a espantar.

Cuando Ángel Roy llegó al diamante deportivo, descubrió al cuervo aquél metido bajo el ala inferior de su Bristol Scout. Otorino terminaba de sujetar el segundo cilindro de cartón justo delante y a un lado del trineo de cola.

—¿Y eso, pajarraco? ¿Se puede saber qué le estás amarrando a mi aeroplano?

Roy sudaba, jadeaba luego de aquella carrera bajo el sol. Insistió ante el mutismo de aquel chorlito desquiciado:

—Qué, ¿piensas dinamitar mi avión?

Otorino meneó la cabeza con gestos negativos.

—No —interpretó Roy—. ¿Y entonces qué son esos cohe…

¡Tenía razón el loco del árbol! Otorino comenzaba a silbar, arrastrando una mano extendida como réplica del biplano, sugiriendo el despegue con aquel par de cohetes auxiliares.

—¡Ah bruto! —reconoció Ángel Roy al acariciar el cilindro de estribor—, ¡pero si no eres ningún idiota!

Otorino repitió el gesto anterior. No, él no era eso. De ningún modo.

Si lograba sacar al aeroplano de aquella trampa, ya no habría motivo para aceptar las excusas de Mary Riff. ¡Demonios!, todo el mundo lo sabía… "¡California es territorio de bisontes con audacia!" Luego de revisar los niveles, el piloto de la Aero Navigation trepó al Bristol. Apenas si comprobó el juego del timón y los alerones. Entonces lanzó una mirada apremiante al pajarraco aquél.

—¡Anda, tira de la hélice cuando yo te diga! —le gritó, porque Otorino, estaba visto, era un águila mustia.

Sacó los anteojos protectores de abajo del asiento y se cubrió el rostro. Ordenó:

—¡Ahora, cuélgate chango! —y sí, fue una sola explosión la que echó a andar los nueve pistones del motor LeRohme.

Un minuto después, cuando la máquina alcanzaba temperatura de trabajo, Roy aceleró y condujo el aparato hasta más allá del *left field,* donde el Bristol quedó situado en alineación transversal. Entonces abandonó la carlinga, descendió y miró a Otorino con ojos admirativos. No, no era ningún tonto. De espaldas al remolino logró encender un cigarrillo. No que el tabaco le devolviera la tranquilidad, sino que aquello le sirvió para encender las mechas de los cohetes sujetos bajo el fuselaje. Como pudo, sin fijarse en los estribos, Ángel Roy trepó en la carlinga y esperó el empellón de aquellos cilindros de pólvora blanca. Tenía que hacerlos coincidir con la aceleración a fondo, ¡y bendita la noche en que James Roy poseyó a Carmen Colombo para fecundarla! Aferrado a los controles, el piloto Roy calculó rápidamente los movimientos inminentes, quizás maniobrar primero el timón de profundidad para compensar aquella fuerza a reacción que ya hacía vibrar el Bristol… Quiso despedirse del taciturno gorrión que había ideado aquello; pero ahí abajo no estaba Otorino. Se volvió hacia el compartimiento trasero y descubrió el culo de un guajolote sin plumas… y su regaño fue tardío porque los cohetes lanzaron, simultáneos, una cauda resplandeciente de humo anaranjado.

No había marcha atrás.

—¡Angelo, Angelo… querubín de la mierdaaaa! —gritó al tirar del acelerador a fondo, porque aquel bólido ya había recorrido un tercio del campo de beisbol.

No quiso esperar más, instintivamente tiró del bastón de profundidad, y a mitad del diamante deportivo el biplano rojo despegó como flecha ígnea que buscara incendiar los territorios celestiales.

El piloto Roy suspiró satisfecho. Miró hacia abajo y sintió que la aceleración cesaba. Los cohetes eran ya dos tubos carbonizados y, afortunadamente, el fuselaje había salido indemne de la prueba.

La ciudad maya era una sucesión de cubos de yeso, como dados infantiles que alguien hubiera olvidado en la terraza. Alcanzó el "techo" de los mil metros y corrigió el rumbo con un suave giro de alabeo. Sintió un salto y volteó a mirar a su pasajero: Otorino contemplaba el mundo con los ojos de un azor que no se anima a abandonar el nido. Ángel Roy dejó de sonreír… recordó a la profesora de Port Aransas.

La muchacha habitaba en la siesta de aquella ciudad, pero habitaba también dentro de su plexo solar. Mary Riff no habitaba, tampoco, ningún sitio que no fuera su memoria y su esperanza. Entonces Roy aceleró en picada y obligó al biplano a trazar un súbito y vertiginoso *loop*.

Atrás, en el compartimiento de carga y aferrado como loro a su trapecio, Otorino soltó una ruidosa ventosidad.

Media hora después, luego de sobrevolar dos veces la ciudad, Ángel Roy escogió una pista de aterrizaje peculiar: la carretera hacia Progreso. Descendió con lentitud para convencer de sus intenciones a los escasos vehículos que por allí transitaban. Desaceleró y tocó tierra. Avanzó un trecho más hasta ganar un baldío que alguna vez fue secadero de fibra de henequén. Ahora el Bristol Scout era, de nueva cuenta, un pájaro libre. Sostuvo la marcha para situarse bajo un cobertizo de hojas de palma y nomás cortar el circuito y esfumarse la borrasca de la propela, Ángel Roy escuchó el grito retumbante de Otorino:

—¡¡Su puuuta madre!!

Eran sus primeras palabras después de muchos años de ornitológico silencio.

ESPERANDO A LOS POTRILLOS

Zósimo parloteaba con impulsos tipludos: "¡Canta bonito, o te mato!… *¡Fiat lux! ¡Fiat lux!*", cuando un elegante y rasurado caballero entró en la botica atendida por doña Otilia. El hombre preguntó, ignorando al loro:

—¿Cómo va el negocio?

La mujer soltó por fin el respiro. ¡Aquel era Otorino Fernández, su marido!, quien aclaraba al ceñirse el delantal:

—Ya regresé, mujer… ¿Qué le pasó a tu peinado?

No lejos de ahí Ángel Roy filtraba con lienzo de gamuza los veinte galones de gasolina que había adquirido, a cuentagotas, por aquí y por allá. Un decreto del gobierno yucateco obligaba al racionamiento de todas las mercancías. La mula resopló aliviada cuando Roy le desmontó aquel segundo bidón.

Aquella mañana de diciembre parecía la frontera de un cambio estacional. Mérida despertaba extrañamente fresca, despoblada, fantasmal. Aún no llegaban noticias de la columna militar del general Ricárdez avanzando por la selva al encuentro de las fuerzas rebeldes.

Ángel Roy debía repetir una súbita y nueva mudanza, sólo que esta vez sería definitiva. "A California con ella", pensaba al imaginarse paseando de la mano de Mary por aquel país de viñedos y gambusinos, cuando descubrió dos perforaciones en la cauda del Bristol. Era la trayectoria de una sola bala, en diagonal, que había atravesado el timón del biplano. ¿Quién, por qué, para qué carajos le habían disparado? Entonces recordó las palabras de Aldegunda: "vas a morir en la guerra", el sueño de su madre en 1917 antes de partir hacia el frente europeo: "sé que morirás en la guerra".

—Lo importante es volar, creer en el destino de los sueños —le dijo Roy a la mula, pero la bestia no contestó.

El Bristol Scout estaba listo para navegar más de tres horas continuas. Así podrían alcanzar la ciudad de Belice, en las Honduras Británicas, o después de varias escalas llegar a Los Ángeles, igual que James Doolittie un año atrás…

—No podemos posponer la partida, Mary —Roy miraba la bandera triangular del Partido Socialista adosada al muro de aquella oficina, el retrato del gobernador Carrillo Puerto junto al presidente Obregón, una xilografía que representaba las siluetas de seis cortadores de henequén—. Ahora el *canario* está libre.

—Todo se resolverá pronto.

—…pronto —repitió Roy con la mirada aún en ese grabado que parecía arder bajo el inclemente sol del Mayab.

La muchacha de Tennessee despegó los labios, pero no tuvo el ánimo de la palabra.

—Por favor, Mary. Tengo cinco años de buscar tu rastro. Este país… —y sintió sumergirse en la claridad de aquel par de pupilas—. Somos forasteros, vida mía. Este país no nos pertenece.

"Vida mía", se repitió ella. Tuvo que insistir para no dejarse consumir por los sentimientos:

—No debería decírtelo… pero tenemos confianza en que todo se resolverá pronto. La misma tarde en que se interrumpió el Congreso de Tizimín, esa misma tarde enviamos un telegrama cifrado a la Winchester/Ruger de Nueva Orleáns. De un momento a otro arribarán diez mil fusiles al puerto de Progreso. Y, como dice Felipe, "con esas armas, el socialismo en Yucatán será invencible".

—¿Me amas, Mary?

La muchacha no tardó en responder. Dijo en inglés:

—Claro que sí, tontito —le besó una mano. Quedó pensativa por un momento, como maniquí de escaparate, y añadió—:

—Yo traduje el telegrama. Felipe tiene puesta toda su esperanza…

—California —pronunció Roy.

—Espera. Nada más espera a que lleguen esas armas, Roy —se apoderó nuevamente de su mano. La besaba cuando recordó—: Aquella vez, en la playa de Corpus Christi, cuando te encontré tumbado en la arena. ¿Te acuerdas?, yo pensé…

Un ruido seco, no tan lejano, hizo que el beso fuera imposible. Aquello era un tableteo de ametralladora, su detonación rítmica (totototototototo…) una esquirla, una herida, una muerte posible en cada golpe de sonido.

—¡Ya llegaron! —gritó Mary.

Roy pensó en las dos botellas de Cutty Sark que guardaba en la posada Poc-Nah. La guerra estaba ahí (totototototototototo… ta, ta).

—Qué raro; parece que el tiroteo es junto a la estación del tren —asomando por la ventana de aquel despacho, Mary parecía una colegiala en espera del carruaje que la conduciría al aula escolar.

—¡Felipe! —gritó de pronto, y abandonando el antepecho de la ventana, saltó hacia la puerta del salón. Iba repitiendo en su carrera—: ¡Él me necesita; él me necesita!…

Cuando Ángel Roy dejó la butaca de terciopelo guinda, ya estaba solo. Hasta entonces percibió el calor encerrado de la oficina. Avanzó hacia la ventana y todavía alcanzó a mirar a la muchacha de Tennessee corriendo a través del jardín municipal. Era una graciosa ninfa perseguida por las llamas bruñidas de su falda escarlata. Contuvo el aliento para gritarle a todo pulmón, antes de que alcanzara las rejas del Parque Centenario… pero no supo qué gritarle. Fue cuando una serie de pasos tropezados irrumpió en el recinto. Eran tres gendarmes palidecidos, los máuseres resbalando de sus manos sudorosas, que lo contemplaban con la mirada perdida. Uno advirtió:

—Vamos a parapetarnos en su ventana, señor. ¿Nos permite?

El combate ya duraba dos horas cuando Carrillo Puerto, vaciándose una caja de cartuchos del .32 en los bolsillos, recibió el siguiente mensaje:

más 3 mil hombres marchan sobre mérida. gral. ricárdez traicionólo. asalto terminal ferrocarril estrategia distractora. real invasión pinza envolvente. oriente salida única. col. zavala.

El telegrama había sido remitido desde Tikul, donde la llanura del henequén era frontera con la selva del sur.

—¿Cómo va la recuperación de la estación ferroviaria? —preguntó, cuando las balas de su revólver abierto cayeron al piso y rodaron como píldoras.

—Pues ni ellos avanzan ni nos dejan acercar, con esas ametralladoras. Nomás se están haciendo guajes tirándoles a los curiosos que asoman las narices —informó el jefe de la guarnición de policía.

—¿Han matado muchos? —Carrillo Puerto ya recargaba la mazorca de su Colt.

—Muchos no; uno que otro metiche. Ya le digo, Pil… Se echaron a la loca de Nalguebunda, que empezó a contar una de sus historias en los andenes de la estación.

El gobernador se levantó de la mesa para acomodarse el revólver al cinto. Alcanzó su sombrero y mientras revisaba el plano de la ciudad colgado en el muro de la gendarmería, ordenó:

—Saldremos por el norte. Que se concentre mi comitiva personal en el patio del Palacio Cantón... No quiero más sangre derramada ahora que será entregada la ciudad.

—¿Entregarla? —el comandante de la policía contestó sorprendido—. Pero... ¡Son menos que nosotros!, además el general Ricárdez debe estar...

—Está rodeando la ciudad —lo interrumpió Carrillo Puerto—. Por eso ya no llegó esta mañana el correo de Umán. Nos ha traicionado el hijo de perra.

El oficial observó la mano de Carrillo Puerto buscando rumbos en aquel mapa:

—La comitiva, ¿con escolta?

—Sin escolta; mi gabinete y los dirigentes de las Ligas de Resistencia.

—Si usted ordena, señor gobernador, mis hombres...

—Hombres sobran, capitán Lara. Lo que necesitamos son armas.

—...¿Se va la Peregrina con ustedes?

Carrillo Puerto se abotonó el saco en silencio. El tiroteo en la estación ferroviaria parecía respetar sus cavilaciones.

—Sí —respondió por fin—. La señorita Riff nos acompaña.

MACHETES CONTRA BALAS

El miedo entra por los ojos y se aloja en el vientre. Roy había mirado a la loca Aldegunda arrastrando sus tripas por las calles adoquinadas de la ciudad. En su febril agonía, la mujer desvariaba a gritos "¡respiramos alacranes!", y tumbándose al fin sobre aquella madeja de intestinos lívidos, jadeaba en espera de su madre.

El vaso de whisky era un oasis tangible. Ángel Colombo asió aquel cilindro de cristal, miró su geometría de mansedumbre. Si debía morir, había pensado una hora atrás, "mejor morir borracho". Se encerró donde la taza del retrete y evacuó el miedo. "Hay que hacer lo que hay que hacer", se dijo, con estúpida valentía.

Roy se dio un par de minutos para recoger su elemental equipaje… pero, ante todo, el trombón de varas. Pagó el hospedaje y se lanzó a la calle. El hotel Montejo quedaba al otro lado de la ciudad.

Como un eco, el tiroteo en la terminal ferroviaria había menguado. Ahora los francotiradores y las balas perdidas seguían cazando transeúntes. Aquella era una suerte de ruleta infortunada. No había completado una cuadra cuando, abruptamente, el piloto debió abandonar la sombra de la acera. En su violenta caída Roy lanzó delante de sí el trombón y su maletín, donde la ropa comenzó a empaparse con el Cutty Sark derramado.

Ángel Roy quedó tendido, cuan largo era, a mitad de la calle.

Varias columnas de humo negro empezaban a levantarse al poniente de la ciudad. El premio de los guerreros ha sido siempre el pillaje. Las guerras son cadalso de hombres anónimos, heroicos generales con nombres de avenida, ciudadanos cuya ausencia no es más que la molesta excavación de fosas comunes. Muertos sin patria y sin rostro. Vidas que nadie notaba. Ambiciones fútiles, acopio de vanidades, ruindad y egoísmo. Un perro llegó a husmear el cuerpo inerte de Ángel Colombo, no tuvo ánimos siquiera de orinarlo. Prefirió buscar la sombra de una fachada con dos balcones.

Desde una de esas ventanas, alguien miraba hacia la calle.

—Mamá, ¿se comen los perros a los muertos? —preguntaba con horror el niño Obdulio Kan.

—¡Quítate del vano, idiota! ¡A tí también una bala te va a tocar!

No tardó mucho en llegar la ambulancia. Era un automóvil sin capota, dos muchachos que altruistamente competían con los puntuales redondeles de zopilotes.

Cuando el más joven de los camilleros alzaba la cabeza yerta de aquel cuerpo, un puñetazo en la quijada lo hizo rodar por el adoquinado. El otro muchacho, en lo que se percataba del asalto, fue atacado por una serie de golpes que lo tundieron hasta morder, en la inconsciencia, el polvo.

—Lo siento, amigos; pero necesito su coche —dijo Roy en inglés mientras alzaba su equipaje.

El Studebaker, con la cruz roja pintada a brochazos, partió velozmente hacia donde las columnas de humo se multiplicaban.

En el trayecto Ángel Roy fue descubriendo cúmulos de objetos… óleos, valiosos candelabros, vajillas, espejos, baúles y victrolas expuestos frente a las residencias: ¡Era la Casta Divina que entregaba su ofrenda a las huestes desheredadas!

Pateó la puerta del hotel Montejo, pero los tablones apenas si vibraron.

—¡Mary! —gritó.

El automóvil ronroneando ahí junto le recordó que toda diligencia le podría significar la vida. "California", se dijo, y volvió a patear la puerta atrancada.

—¡Mary Riff! —gritó nuevamente.

Roy creyó escuchar un rumor de gente que avanzaba no lejos de ahí.

—¡Mary! ¡Mary Riff; aquí estoy! —clamó con algo que era furia, aunque también esperanza.

—No está…

Se volvió hacia un balcón del primer piso, donde el recepcionista, tendido junto al barandal de hierro, ya informaba:

—No está… La Peregrina se fue en la comitiva del gobernador.

—¿Se fue?

—Se la llevaron, señor. Vinieron por ella hace media hora. Se fueron todos hacia Motul.

"Demonios", pensó Roy, "de nueva cuenta el gato y el ratón".

—¿Va a pasar? —insistía el tipo sin asomar nada más que la nariz— …porque ya vienen.

Era cierto. En la contraesquina del hotel, Ángel Roy descubrió a los autores de aquel clamor. Era una veintena de obreros y campesinos, armados con azadones y machetes, que retrocedían ante el avance de las fuerzas del general Ricárdez. Uno de ellos tenía herida una mano; es decir, no tenía mano; solamente un pulgar sanguinolento que asomaba del muñón.

—¡Armas, señor! —le gritaron nomás verlo.

—¡Armas para el gobierno del trabajo y del pan!

—La ciudad está tomada —Roy tuvo que responder, y trepando al auto robado, insistió:

—Súbanse los que quieran por donde puedan.

El vuelo hacia Motul duró poco menos de quince minutos. Apenas aterrizar en la carretera que llegaba de Mérida, el Bristol Scout fue rodeado por una multitud heterogénea. Roy ya se acostumbraba a ello; niños, ancianos y curiosos que se aproximaban para tocar con reverencia aquel invento sideral.

Tras quitarse los anteojos protectores, Ángel Colombo reconoció al hombre que encabezaba aquella tumultuosa comitiva.

—No apague su máquina, amigo Roy —lo saludó el gobernador Carrillo Puerto.

Con el rostro cubierto de polvo, Mary Riff surgió de entre el agitado grupo. Se emparejó a un costado del fuselaje.

—Huye, Felipe. Huye, por lo que más quieras —urgió ella sin mirar al piloto, pero el ruido del motor pareció impedir que fuera escuchada.

—Amigo Roy… —el gobernador yucateco apoyó un pie en el estribo del biplano—. Llévese a la señorita Riff. Esto es demasiado peligroso para ella.

Ángel Colombo aún empuñaba la botella de Cutty Sark en la mano oculta bajo la carlinga. Dijo:

—El Bristol está a su disposición, caballero…

—¡Felipe! —lo interrumpió ella—. ¡Tú eres el que se debe salvar! ¡Sin ti, todo esto…! —no supo cómo terminar la frase.

La presencia de Roy ahí montado y el torbellino que escupía la hélice, fueron todo un muro para su voz.

Carrillo Puerto miró a la periodista que había llegado para visitar las ruinas mayas. Miró a los cientos de campesinos agolpados y murmurando palabras de conmiseración. Miró al piloto de la Aero Navigation Limited, su biplano rojo, como crustáceo invicto:

—¿Cabemos los tres? —se aventuró a preguntar.

—No. Los tres, no.

Mary volvió a exigir:

—¡Vete tú, Felipe! ¡Sálvate! —pero el gobernador no dudó en proponer:

—Vuele usted con la señorita Riff, amigo Roy. Toda la línea

del litoral, hasta donde se corta la península al oriente. Lleguen a Holbox y espérennos ahí.

—Pero, Felipe… —protestaba Mary, cuando Carrillo Puerto musitó, retirando el pie del estribo:

—Nosotros avanzaremos por la selva. El gobierno del pueblo será una serpiente nómada por el Mayab. Esperen ahí el barco que viene de Nueva Orleáns; los diez mil fusiles que empuñarán las Ligas de Resistencia…

El gobernador socialista miró con tristeza a la muchacha de Tennessee. Precisó:

—Es una orden, pues —porque los mayas de Motul comenzaban a tocarle los brazos, se atrevían a desafiar el rugido de aquel tucán escarlata:

—Armas, don Pil —solicitaban con devota humildad.

—Nuestros machetes no sirven contra sus balas…

—¡Danos rifles, *Yaax Ich*!

CUANDO TUS BESOS

El mundo no existía para los hombres de Holbox. Mataban langostas y mataban el tiempo. La vida era el mar, el caserío, los jureles asándose envueltos en hojas de plátano.

Un barquichuelo llegaba los jueves por la tarde para guardar los macruros en sus bodegas de hielo. Esa misma noche recomenzaba la travesía rumbo a Miami, donde el domingo al mediodía las colas de langosta, hervidas y coloradas, eran un manjar de tres dólares con mayonesa. "Miami queda al norte", era todo lo que sabían. El jueves no había trabajo en el mar. Los buzos alzaban entonces las jaulas donde, sumergidos como pollos marinos, conservaban a los crustáceos. Cada langosta eran veinte centavos de dólar. El dólar era la moneda de la isla, pero no había nada, casi nada que comprar. Los hombres de Holbox no necesitaban más que una mujer, un cayuco, una palapa y un poco de suerte al bucear a pulmón. Los jureles arribaban por millares en las tardes, perseguían sardinas, y las focas monje perseguían jureles. Alguien les dijo que una revolución sacudía a su país. "Hay ahorcados en todos los postes de telégrafo". "En los muros de los camposantos fusilan al que sea y por lo que sea". En Holbox no había postes de telégrafo, pero sí un cementerio con nueve tumbas, porque una vez cada once años el huracán barría con todo. Las nueve tumbas eran los muertos a partir del 25 de octubre de 1919, cuando pegó el último ciclón, que exhumó y se llevó con el fango a los muertos de la isla. Holbox conservaba entonces su arena, sus habitantes. El huracán venía de Cuba, esfumaba los cayucos, tumbaba palapas y cocoteros. Entonces no quedaba más que recomenzarlo todo, porque en Holbox el tiempo aún no se inventaba; y ahí descansaba ese aeroplano encarnado, como erizo de porcelana, amarrado en la playa.

Estaban por cumplirse tres noches desde el abrupto aterrizaje del biplano, porque Mary Riff miraba, con multiplicada melancolía, el círculo bermellón del sol a punto de sucumbir en el horizonte.

—Las miradas son tristes —dijo entonces ella.

Ángel Roy jugaba a su lado con la arena casi blanca del Caribe. Descansaban sentados en la playa, los pies lamidos, de cuando en cuando, por lenguas de tibio oleaje.

—La mirada de quién —quiso indagar Roy.

—Las miradas… Todas las miradas.

Mary Riff soltó la mano del tejano, sacudió la arena escurrida sobre su falda. Se vio precisada a explicar:

—Las miradas son como hilos que llevan a todos los rincones… Miramos el sol, miramos el mar, miramos los ojos del ser amado; pero nada de eso es nuestro. Es decir… —la muchacha de Tennessee hundió cuatro dedos en aquella arena como de harina rancia, pero no completó la frase.

—Las miradas son tristes… —repitió Roy. No quiso mencionar la obviedad: esa tarde tampoco había arribado el barco prometido por el gobernador.

—Las miradas son el seguimiento puntual de la vida —Mary sacudía la arena de sus manos, disfrutaba ese tacto mineral—.

Miramos dormir a un niño con los mismos ojos con que se mira la luna… Mirar es recordar que apenas tendremos algo en la vida. Mirar es reconocer que todo nos es ajeno: la piel del amante y la lluvia en el cristal de una ventana. Mirar es mirar con los ojos de la muerte, porque ella sí, todo lo conquista.

Guardó silencio y volvió a lo de su jugueteo con esa materia deleznable.

Ángel Roy pensó en el primer beso de la muchacha, aquellas frambuesas de 1916.

—No llega el barco —dijo por fin.

—No, no llega. Ni Felipe… ¿Qué habrá ocurrido?

—No sé. De cualquier modo, cuando lleguen aquí no habrá más armas que las fisgas de los pescadores —Roy miraba, no lejos de ahí, el vuelo color de rosa de una bandada de flamingos—. Afortunadamente me permitieron llenar el depósito con la gasolina del barco langostero.

—¿Te la vendieron, por fin?

—Sí. Ya la filtré dos veces con la gamuza.

Todas esas mañanas Ángel Colombo había revisado su plano de navegación. El mapa indicaba que en tres horas de vuelo podrían alcanzar la ciudad de Campeche, al occidente, o la península de Guanacabibes, en Cuba, al oriente; y quizás aterrizar en Pinar del Río. Pero ganar la península de Florida era más que imposible; se requería de por lo menos una hora extra de vuelo, y eso implicaría iniciar una nueva aventura. Ángel Roy estaba harto ya de aventuras.

—En La Habana podríamos vender el Bristol —dijo Roy cuando el lomo ígneo del sol desapareció tras las aguas—. Después, para llegar a California, no habría más que…

—No puede fallar —interrumpió ella.

—Claro que no; hay pequeños poblados antes de llegar a Pinar del Río. El mapa señala por lo menos…

—Estoy hablando del barco, Roy —lo previno ella—. El barco que trae las armas.

El piloto de la Aero Navigation volteó hacia el horizonte, dos lienzos de plomo y buganvilia que se fundían con ritmo implacable. Los catalejos que llevaba al cuello comenzaban a ser inútiles.

—No, no puede fallar —comentó.

—Un amigo mío, de mucha confianza, se encargó de esperar el embarque fuera del puerto. Le pedimos que subiera a un barquito en Progreso… Lleva una carta personal de Felipe.

—Un amigo tuyo —repitió Roy—. No, no podrá fallar.

Mary conservó el puñado de arena. Quiso arrojarlo contra su novio tejano, pero terminó lanzándolo contra sus propios pies.

—Es un muchacho de toda mi confianza… Neftalí Abed.

Roy soltó la carcajada. Apenas si pudo levantarse.

—¿Lo conoces?

El piloto avanzó contra el mar, propinándole patadas juguetonas. "¡Neftalí Abed!", se repetía entre risotadas.

Tardó algunos minutos en volver. Quiso que la brisa se encargara de consumir aquel acceso de ridiculez y extravagancia. ¡Neftalí Abed, vaya sorpresa!

Cuando llegó a la cabaña, Mary Riff ya no esperaba sentada en la playa. La noche y la tardanza del barco la tenían doblemente intranquila. Roy empujó la puerta de la palapa. Contempló a Mary cuando encendía, como en ritual eclesiástico, un quinqué.

—Háblame de él —dijo ella—. ¿Qué es lo que te provoca tanta risa?

El piloto de la Aeronavegation Limited observó que la muchacha descolgaba la segunda hamaca, donde Roy se arrellanó. Enlazó las manos bajo la nuca, sonrió al observar las sombras caprichosas que proyectaba el mechero. Entonces advirtió:

—Usted y yo tenemos mucho que platicar, muchacha.

—Así es —admitió ella.

—El tiempo no pasa de balde por nuestras vidas: nos hace viejos y mata las ilusiones.

—No digas eso, Roy —Mary se levantó.

Avanzaba sosteniendo uno de los cocos abiertos horas antes a golpe de machete.

—Sí. Sí lo digo… ¿Nunca te hablé de los besos aframbuesados que me regaló una novia, años atrás?

—Nunca; pero cuéntame…

—California, Mary. California está esperándonos desde hace

muchos años, desde cuando tus besos eran licor aframbuesado en Corpus Christi.

Mary soltó el coco. Se arrojó sobre el cuerpo en reposo del tejano.

—Cuéntame, Ángel mío. Cuéntame… —le suplicó. Su voz quebrada se fue apagando hasta alcanzar los labios de Ángel Colombo Roy.

DOS PECES, TRES MANGOS

Al despertar besó la cabellera perfumada de la muchacha de Tennessee. "Ella, al fin", pensó Ángel Roy. Sintió el cuerpo maltrecho, fatigado por la noche compartida en la hamaca. Se dejó arrullar por el susurro de esa respiración adyacente, el tibio contacto de otra piel, la memoria que ya guardaba esos momentos de fascinación.

—Tanto me amas —dijo sin preguntar ella, los párpados aún cerrados.

Roy miró despertar a Mary. La muchacha extendía un brazo con largueza, y al hacerlo emitió un maullido quejumbroso. La hamaca reinició entonces un ligero balanceo.

—Tengo torcido el cuerpo, maldito macho.

Ángel Roy esperó a que Mary repitiera la pregunta. Sacó un pie y lo hizo descansar en la estera. Se rascó una rodilla, aunque ya estaba habituado al asedio nocturno de los mosquitos. Pellizcó la cadera de la muchacha; un pellizco de salutación, pero la pregunta no llegó. En su lugar, ella dijo:

—Es difícil amar a un muerto.

—Imposible, creo yo —sonrió el tejano.

—Estoy hablando de ti. Porque yo, la verdad, ya me había resignado a tu muerte.

—Te habías resignado…

—Fue cuando leí la noticia aquélla: tu accidente en el Golfo.

—Pero, no estoy muerto. ¿O sí?

Mary no respondió. A punto del bostezo, se disculpó:

—Voy a darme un cubetazo, Roy. Deténme la hamaca.

—Hoy volará el *canario* —anunció él, un minuto después, mirándola empaparse.

Jamás olvidaría la escena: Mary alzando con esfuerzo aquel cubo de agua de lluvia y precipitar la ruidosa cascada sobre su cabeza, salpicándolo todo. Un duchazo que le untó al cuerpo el camisón de dormir.

—No me mires así, Roy —gruñó ella.

El piloto de la Aero Navigation sonrió. Ella tenía razón; se lo recordó:

—Las miradas son tristes; nos recuerdan que el mundo es ajeno… dijiste anoche.

—Las mujeres decimos muchas barbaridades, Roy. Sobre todo cuando no sabemos lo que queremos…

—Pero terminan teniéndolo, muchacha —Roy se mecía con los pies, igual que la primera vez trepado a un columpio.

Cargaba dos pámpanos ahumados y tres mangos que rezumaban lágrimas acitronadas. La isla no tenía mercado, solamente un terraplén arenoso donde muy temprano gobernaban el trueque y los dólares. Ángel Roy había cambiado los zapatos italianos por ese almuerzo que se balanceaba en sus manos. Al aproximarse a la palapa observó a un tipo que esperaba sentado allí afuera. Metros después lo reconoció.

—En el mar no hay invierno ni otoño, y las mujeres cumplen siempre cuarenta años —recitó el tipo, la mirada en el rostro del piloto.

La brisa le agitaba la corbata como cinta de celuloide. Aquél era René Gálvez, el soñador amnésico de Palma Sola…

—¿Y su trombón? —preguntaba ya el poeta, ofreciendo a la vista un abanico de finos pañuelos.

—¿Y sus recuerdos, amigo? ¿Ya sabe de quién está huyendo?

René Gálvez guardó aquellos pañuelos como tardes recién planchadas, y musitó:

—Uno huye siempre de la pasión… pero a veces, en un descuido, nos atrapa. Amigo aeronauta, usted no ha sufrido como yo, que no puedo vivir a puerta abierta. Usted no sabe lo arriesgado que es besar y oprimirse las manos, ni siquiera mirarse demasiado, ni siquiera callar en buena lid… Usted no sabe de estas razones de serenidad forzada.

—Entonces, ¿encontró usted por fin a… cómo se llama su mujer?

René Gálvez sonrió con más que dulzura, meneó la cabeza, se rascó la creciente calva:

—¿Deifilia?… No es mi mujer. Es mi señora madre, porque mi madre y yo somos una sola persona.

—Un amigo mío lo conoce —recordó Ángel Roy al abrazar aquellos pesados mangos.

—…mis manos son sus manos, llenas de color. Todo lo que ellas tocan se llenará de sol.

—Recitaba uno de sus poemas —insistió Roy, pero el otro sacó una libreta de la caja de pañuelos. Anotó en ella alguna frase mientras repetía bisbiseando:

—"Madre, para qué…". No. "Trópico, lleno de sol…". No. "Trópico, para qué me diste las manos llenas de color…". Sí.

—El amigo aquél dice que usted no se llama como apunta la credencial que carga. Dice que usted es Carlos…

—Sí. Eso me temo —lo interrumpió el poeta, y forzando sus pestañas contra el sol, preguntó a su vez—: ¿Y usted? ¿Halló a la mujer que andaba soñando? —ése era su lenguaje, y Roy debió responder, luego de meditarlo.

—No. A ésa, no.

—Qué remedio, amigo aeronauta. No nos queda más que la silenciosa música de callar un sentimiento… ¿Qué será aquello?

René Gálvez, o como diablos se llamara ese rimador desconsolado, se levantó señalando hacia la costa de la península, porque al otro lado de la albufera, entre el follaje del manglar, se alzaba una columna de humo.

—Ya viene el señor gobernador —anunció Roy con los catalejos montados, y apenas decirlo, una serie de remotas detonaciones comenzó a invadir la fresca atmósfera de la isla.

—¿Ya viene? —preguntó Mary Riff a su lado, tras salir de la palapa, reteniendo contra la brisa un sombrero pajizo. Aquellas señales de combate la habían alertado.

—Ya viene —dijo Roy, mientras afocaba los catalejos.

—¡Deja ver! ¡Déjame verlo! —suplicó Mary al arrebatarle el instrumento.

En la costa del Mayab (pudo observar la muchacha) tres cayucos navegaban, a golpes desesperados de remo, hacia la isla. Atrás de ellos, en las ramas de los mangles, repentinos claveles de humo reventaban a flor de agua: era el tiroteo que emprendía la tropa del general Ricárdez.

—Viene para acá… ¡Ya viene Felipe! —gritó Mary sin soltar aquel juguete óptico.

El piloto Roy suspiró en silencio. Sintió los hombros ardidos por el sol de la mañana, miró los pescados ahumados en su mano izquierda. Oyó el zumbido próximo de una bala rebotando en aquel brazo de mar, escuchó a la muchacha de Tennessee que exclamaba en inglés:

—¡Demonios, no pueden remar y disparar al mismo tiempo!

Ángel Colombo Roy suspiró por segunda vez. Se desprendió de aquel almuerzo exótico. Sonrió al percatarse de las cosas.

—No es tan terrible —dijo, pero Mary, a su lado y sin soltar los catalejos, refería con exaltación:

—Se van acercando… pero, ¡pobre Felipe! Está cansadísimo, se ve. Ya no puede ni con su alma…

Los pámpanos asomaban en la arena. Sus ojos cocidos por el humo parecían mirar ese paisaje con vetusta indolencia. Ya nada importaba. Roy pisó uno de los mangos hasta hacerlo reventar. Entonces dijo:

—No. La soledad no es tan terrible.

Marchó en silencio hacia el biplano rojo que vibraba con el paso de la brisa. Desató las cuatro cuerdas que lo anclaban a la arena y revisó apresuradamente los niveles del combustible y del aceite. Empujó la nave hasta alinearla con la playa.

—¿Lo puedo ayudar en algo, amigo aeronauta? —preguntó a su lado el poeta.

—Desde luego. Usted tirará de la hélice… Después contará que despidió a un hombre al que fue derrotado por la distancia.

—Eso sí no lo entiendo —se excusó el hombre de los pañuelos.

—No importa —sonrió Ángel Roy, y después de probar los controles de vuelo saltó fuera de la carlinga—. Espere. Voy por mis cosas.

Minutos más tarde, cuando Mary exclamaba enronquecida:

—¡Demonios! ¡Lo están rodeando con ese condenado barquito de vapor! ¡Lo están capturando!… —escuchó de pronto una explosión muy cercana. Volteó hacia la playa exterior donde el biplano lograba arrancar el motor. Vio que el piloto le hacía señas montado ya en la carlinga.

Mary Riff avanzó descalza por la arena. Quiso sufrir aquel ardor en la planta de los pies. Sintió que los catalejos en su mano izquierda pesaban cuatro veces más. Llegó junto al Bristol y miró a Roy.

—Lo atraparon —dijo ella, y debió gritar para ser escuchada—: ¡Lo atraparon!…

Roy se colocó los anteojos protectores. También gritó:

—¡Sube!

Mary Riff, sin embargo, no se inmutó. Segundos después movió negativamente la cabeza.

—Me quedo —anunció sin ser escuchada.

El piloto insistió con el ademán, el pulgar señalando el compartimiento posterior.

—Tú no necesitas a nadie —murmuró ella junto a ese torbellino rugiente y oloroso a queroseno. Gritó:

—¡Soy gringa! ¡No se atreverán a tocarme!

El piloto de la Aero Navigation Limited alzó las cejas por toda respuesta, aunque los pesados anteojos enmascararon el gesto.

—¿California? —volvió a gritar ella.

El piloto sonrió antes de enrollarse la bufanda. Negó con la cabeza, apuntó con el índice hacia oriente, más allá de donde terminaba la playa. Luego miró a la profesora de Port Aransas. Supo que no volvería a escuchar sus palabras, tocar esos labios que recordaban el aroma de las frambuesas.

Ángel Colombo Roy alzó una mano y la balanceó con lentitud. Entonces tiró a fondo del acelerador. El Bristol Scout avanzó por la playa y fue ganando velocidad hasta que las ruedas quedaron girando como carruseles en el vacío.

Cuando el biplano se alzaba sobre la superficie del Caribe, Mary Riff recordó algo, una idea de último momento. Sacó del sombrero una fotografía. La había guardado allí esa mañana, durante la ausencia de Roy después del baño: era el retrato en Veracruz, ella de perfil besando a un gato blanco. Agitó el rectángulo de cartón. Le gritó a Roy que volviera, pero el Bristol rojo ya alcanzaba el "techo" de los quinientos metros.

—Revolución de mierda —gruñó entonces la muchacha.

—No es eso, señora —se disculpó a su lado el poeta sin nombre—. Lo que ocurre es que, en este país… vencieron los mencheviques.

La muchacha, sin embargo, no lo escuchó. Contemplaba alborozada al aeroplano que ya enfilaba de retorno. Después de sobrevolar el sitio de la captura, los cayucos volcados y flotando al garete, el aparato trazaba un amplio giro sobre el villorrio de pescadores, y fue cuando Mary logró reconocer, distante y sin ritmo, la música de un trombón tocado con dificultad. Eran los acordes de la marcha nupcial de Mendelssohn.

Mary sintió que su corazón enloquecía. ¡Aquel ángel tejano estaba de vuelta!

Corrió hacia la palapa. Entró desnudándose y abrió el primero y el segundo veliz. Extendió su traje de novia, sucio y sin planchar, igual que un mantel después de la merienda. Se enfundó en él con renovadas ansias. Salió corriendo hacia el hiriente sol yucateco.

Entonces la muchacha de Tennessee se percató del silencio en la isla. Los pescadores de langosta la miraban más que sorprendidos, y en el azul del éter, dos gaviotas desafiaban, una vez más, al viento del norte. Ambos dependían, hombres y pájaros, de las aguas aturquesadas que rodeaban aquella cinta de arena y cocoteros, bautizada por los mayas como *Holbox,* "el estero de los peces bigotudos".

V

SAN ÁNGEL

CIELO DE TERUEL

Al otro lado de la ventana está la primavera y dos tiestos con bullentes geranios. Sin embargo la mujer vuelve a ocuparse de la maquinilla de escribir, porque el golpeteo de los tipos contra el rodillo de la Smith-Corona le sirven de arrullo y sustento. Entonces, de pronto, navegando en el ambiente, un aroma llega hasta su mesa de trabajo. Un olor que la reconforta.

—¡Paquita! —grita al voltear hacia la cocina—. ¿Ya está el café?

No puede leer el periódico sin acompañarse con una taza de café. "Vivir sin café es vivir a medias", le dijo su entrevistado, el Goya mexicano José Clemente Orozco, una semana atrás, y ahora redacta el artículo para sus editores en Nueva York.

En lo que llega o no la sirvienta con la bandeja, la mujer revisa el encabezado de *El Universal* ese día: "¡HUELGA CONTRA LAS COMPAÑÍAS PETROLERAS! Se paralizó Ayer el Tráfico de Vehículos", pero un rumor la distrae. Es la voz de su hijo canturreando en la sala de la casa. "El muy holgazán", piensa ella, aunque el orgullo le enciende las pupilas al ver el porte garboso de ese muchacho que regaló su colección de trompos la semana pasada.

La mujer mira entonces el jardín, la sombra del alto fresno sobre la reja. Allí enfrente pasa el tranvía que lleva, cada tres horas, hacia la ciudad de México. Mira las macetas de los geranios, una avispita dorada que revolotea sobre los pétalos como laminillas abrasadas. Lee en la hoja que asoma sobre el rodillo:

"Está muy mal que se rehuya a pintar las paredes públicas. Los buenos murales, como usted comprende, no son pinturas precisamente ordinarias. Son realmente Biblias pintadas, y el pueblo las necesita tanto como las Biblias religiosas. Hay mucha gente que no puede leer libros en México"…

—¡Voy a los llanos de Tlalpan, mamá! —la interrumpe el muchacho. Una sonrisa al asomar en el estudio, la pijama bajo ese ombligo con pelusas— …No se te vaya a olvidar.

—No, hijo —ella le guiña un ojo, confortada por su vibrante presencia—. No se me olvida… como a ti no se te olvidará qué día es hoy.

—¿Tu cumpleaños? —abre los ojos sorprendidos el muchacho. Esos ojos grises, como los de ella; lo único de ella.

—No, burro. Hoy es sábado.

—¿Sábado?… ¡Ay, mamá! ¿También hoy?

—Fue un acuerdo —deletrea la mujer, con tono poco gentil.

El muchacho ha recordado que antes de ir a montar al Club Militar, debe podar los setos de la vereda que llevan hasta la reja. Quince metros de matorrales, pero dos veces, porque están dispuestos paralelamente.

—Me voy a ampollar las manos, mamá —se queja él.

—No conozco jinetes con manos de princesa, Rodrigo —y ha sido suficiente, porque ya avanza el muchacho para trocar la arrugada pijama por las tijeras de jardinero.

Por fin llega la sirvienta, minutos después, con el café vaporoso y las rebanadas de panqué con mermelada de zarzamora.

Ha puesto, además, dos quesadillas prohibidas de papa con chorizo.

—Tú quieres que yo pese doscientos kilos, ¿verdad Paquita? —sermonea la mujer.

—Ay, señora Mary. Qué es un antojo para despedir al invierno.

La mujer regaña a la sirvienta con una mirada. Una mirada de reproche pero también de agradecimiento. "Qué sería de mí sin Paquita", suspira ella, y comienza a ojear otros encabezados en la primera plana. "Reciben indios Yaquis las 50 000 hectáreas afectadas por Cárdenas en Sonora", y de pronto arquea las cejas al encontrarse con una columna bajo el título: "El PNR lanzará la Candidatura del Lic. Neftalí Abed para Veracruz".

La mujer muerde, mastica parsimoniosa aquel trozo de tortilla cocida. Se ha propuesto no pensar demasiado en el pretérito. Lo suyo es imaginar el futuro, trabajar hoy sin analizar demasiado los vaivenes de la vida. "Un día te explicaré todo, Rodrigo", es una frase que sirve cada vez para menos; pero ahí está.

Sí, trabajar hoy, porque al trabajar se apabulla la memoria. Y la mujer, entonces, con la taza de café entibiándose en la mesa, vuelve al martilleo de sus yemas dactilares sobre el teclado (tac, tac, tac, tac; ring…).

La editorial Kaufman's Gallery le paga cincuenta dólares por cada artículo; setenta y cinco si lo acompaña con fotografías; porque esa revolución, además de un millón de muertos, ha producido el florecimiento peculiar de las artes. Los pintores se han apoderado de los muros públicos "y están produciendo una plástica ideológica, nacionalista, moral"…

La mujer tacha las últimas palabras, y con su lápiz de dos puntas anota, encimando la frase "y plasman en ellos épicos murales que enriquecen la tradición clásica del género". La mujer sonríe en silencio, satisfecha. Solamente así es como podrá seguir cumpliendo con la renta de esa casa en San Ángel, un barrio que es provincia y ciudad a un tiempo en el Valle de Anáhuac. Entonces vuelve a mirar los tiestos de los geranios, tocados ya por el sol, y sus manos demasiado blancas para ese país de latitud tropical. "El sol", se dice entonces, porque no ha vuelto a pisar, en años, el territorio de su país. Lo más hermoso es mirar a su hijo que nació bajo ese mismo sol que incendia el carmesí de las flores; su hijo galopando en los llanos de Tlalpan, como un guerrero espartano sin miedo y sin espada.

La mujer abre la ventana del estudio, logra escuchar al muchacho que ahí abajo, lastimándose las manos, canturrea con voz tipluda de apenas adolescente:

"A la orilla de un palmar, yo vide una joven bella; su boquita de coral, sus ojitos… ¡dos botellas!", y la risotada que estalla como obús de entusiasmo en el jardín.

—Señora Mary.

La mujer deja el lápiz y su maternal fascinación. Se vuelve instintiva para mirar a Paquita, que viene ya a retirar los platos sucios… Pero no:

—Señora —insiste ella—, *trajieron* estos papeles unos señores gringos. Quieren que usted firme.

La mujer anota su rúbrica sin abandonar la mesa. Abre el sobre amparado por el sello del águila calva. Relee el remitente:

"U. S. Embassy".

Dentro del sobre hay una carta y un telegrama. La misiva está firmada por el embajador Josephus Daniels y en ella explica que el telegrama, remitido desde España, tiene como doble destinatario la sede diplomática y ella misma.

Entonces la mujer lee ese rectángulo de papel amarillo:

sra. mary riff.
méxico, ciudad.
piloto ángel c. roy muerto combate aéreo en cielo de teruel.
órdenes suyas remitir mensaje: "mis alas son tus ojos".
condolencias.
g. luigi longo
valencia, rep. española
17/iii/1937.

La mujer mira hacia la ventana: la primavera y los geranios al otro lado del cristal. Agradece que la sirvienta se haya retirado sin tocar la charola. Mira sus manos, ese papelillo doblado en cruz, mira nuevamente hacia el jardín. No sabe qué hacer con la mirada. Busca un pañuelo; un viejo pañuelo fino que guardó hace años al fondo del cajón. Entonces el muchacho irrumpe en el cuarto, un salto y la camiseta empapada de sudor:

—¡Adivina mamá! —exclama al apoderarse del vaso de agua en la bandeja—: Ya regresaron las golondrinas del tejabán. Están revoloteando desde… ¡Mamá!

La mujer lo mira, no quiere escuchar la pregunta, que ya revienta como granizo:

—Pero, ¿qué pasó, mamá?

Mary Riff piensa en silencio: "Se salió con la suya". Sufre los brazos de Rodrigo que la enlazan cariñosamente. Ciñe la mano sucia del muchacho entre las suyas, la besa y sus lágrimas comienzan a humedecerlo todo, el pañuelo, el telegrama, la tierra del jardín. Suelta un suspiro y una frase:

—Nadie, mi vida. Nadie rezará por ustedes…

— F I N —

Alas de Ángel, de David Martín del Campo
se terminó de imprimir en marzo de 2009 en
Quebecor World, S.A. de C.V.
Fracc. Agro Industrial La Cruz
El Marqués, Querétaro
México